猶見扶餘

黃錦樹 著

目次

如果父親寫作

父親過世十多年了。

父親死亡那年，香港九七大限，也是我以二十九歲「高齡」在台灣找到平生第一份穩定的工作的第二年。

十多年來返鄉的次數不多不少，但上墳的次數很少。

猶記得有一次恰好在清明節前夕，么弟好意要載我去看看。臨出門，準備香燭時，母親阻止，表情非常嚴肅：不要拜。她說。大意是哥哥還沒去拜弟弟不能搶先之類的。

之後我就再也沒去上墳了。

返鄉的時間不對，沒有大馬駕照，不方便麻煩親人。

如果他還活著，也八十多歲了。以他的煙齡，勢必一身病痛。

近年也頗想以父親的口吻寫一個「車大炮」的家族史故事。但腦中浮現的，卻是個黯淡、緘默的形象。前些天我曾把那感覺以分行的方式、修修補補的寫在筆記本上：

有一股懷念的印度煙味
腳踏車澀啞的鈴聲

父親來告別
嘴角笑得很勉強
他看起來非常疲憊
好像走了很遠的路
途中缺乏休息
頭髮糊著黃泥，臉上有疤
衣襟上有土有血跡
他喘得像一台
一直踩也發不動的

鏽透的老機車
我為他備了白長壽
但火一直點不著
清明的雨悠長的下著

（那年我們合作掏井
也是那樣一身泥巴）

因為戰爭
他連小學都沒有唸完
脖子上母愛的繫繩
至死猶套著
就那樣被釘了樁
像一頭牛
還有一圈圈的
是為人父的

責任的環鍊

我不知道他是否
有過夢想。許是
像一根剛點著就掐熄的煙
突然
就被困在那樣的人生裡
像小水塘裡的鱧魚
像一篇寫壞的散文
像不斷朝向過去的未來

如果父親寫作
他會有個全然不同的人生

偶然讀到父親那代人寫的散文，童年時經歷日本南侵的惶恐，在膠園裡跟隨他們的父母割膠，過著貧困的、不知何日會翻身的日子。

我想如果父親也寫作，寫出來的文章，大概也是那個樣子吧。質樸的，沒有任何裝飾音，直接從回憶中提取他們認為值得一談的，卻包含了太多太多的省略。

原以為是黑白照，卻是炭筆素描，文字沒法傳達出那複雜的感覺。如果父親要能寫作，他必得喜歡讀書才行。

因此他那因日軍南侵而中輟的小學三年級的學業，在日本鬼子終於滾蛋、學校克難的恢復後，他會堅決回去上課，雖然那時已十五歲。

長了喉結，變聲公鴨嗓，在班上鶴立雞群，甚至比老是唸白字的林老師還高上半個頭。他不會在意自己超齡生的身分，不怕被比他小的小孩嘲笑「大人讀小孩書」。

他會用最短的時間補回那失去的三年八個月。

那幾年，他和他的父親曾被日本警察帶到派出所囚禁了數天，被毆打、灌水，多半是被哪個漢奸胡亂指認的。

鬼子找花姑娘。他的母親，連同他的幾個姊妹，白日都藏到灌木林裡去，驚恐的忍受蟲蟻咬一身癢。

男丁們也擔心送飯時被鬼子的走狗發現。

晚上返家時，徹夜擔心鬼子突擊檢查，留心狗吠，隨時做好從窗口跳出去的準備。

身為獨子，倘若他堅持要唸書，大字也不識一字的父母鐵定是全力以赴的支持的。那他的個性需再強韌些，必須更有主見。

首先必須對抗母親的溺愛，活動範圍免於被她圈定在伊母愛的視線內。母親，一早目送他徒步出門。白衣人影消失在樹與樹間了她還在發怔，目光沒離開過最後遮蔽了他身影的那棵樹。當他不在家的時間越來越長，她幾乎是終日惶惶不安的，手邊不論忙著甚麼腦子都想著兒子。多次砍柴險險讓右手砍傷了左手，砍香蕉莖時也差點壓著自己，走路走進路旁的小溝，以致忠心耿耿陪在一旁的長女都要搖頭。

他需要朋友，譬如同樣出自膠工之家的超齡生阿德、阿丁，和單親、靠祖母賣粿養大的小黑。

他必須獨自走三哩的山路，因學校畢竟在鎮子邊郊。

父母的警告他謹記在心：倘若敢和「三星仔」來往，就不讓他唸書，而是和父母、姐姐妹妹一道到芭裡割膠、飼豬。

日本鬼走後，英國鬼很快就回來了。日本香蕉票成了廢紙，三年裡一家人工作所得，那些賣雞豬掙來的錢，一夕都沒了。但甚麼也攔阻不了他上學的意志。

有一天，他父親砍樹時不慎被壓傷，敷了草藥，在家裡嗯嗯哎哎的躺了七八天。他也因此有幾天沒去上學，在家協助日常的勞作。

第四天早上，小黑他們即根據他以前的描述摸索著到膠林裡來看他。那時天剛濛濛亮，起著大霧，他和母親、姐姐專注的割著膠——撕扯開膠絲，沿著前日的舊跡，鋒利的膠刀俐落的往下拉拽，帶出一層薄薄的韌皮，蜷曲著、折斷、墜落。膠汁先是小顆粒湧出、膨大，連結在一起，即沿著斜斜的溝道往下流。他快速抓住、五指一轉，拔出陶製膠杯裡由剩餘膠汁凝成的膠皮。

那時，狗突然厲聲吠了。

他和家人都看到霧中有三個身影。

心下一凜，全身繃緊：三星仔？

大而圓的蛋黃般的日頭從他們身後緩緩昇起。

「免驚，阿母，是我同學。」

他們臉上露出陽光般的笑容。穿著和他一樣的工作服，腰間綁著膠絲桶，帶著膠刀。「我們聽說了。」他們異口同聲的說。「學堂很快就知道了。」他們手腳的俐落也超乎他的想像。「老師要我們來幫手，也希望你可以早日回去上學。」此後數日清早，他們都來幫忙——也都是忙過了部分家裡的工作之後。好讓他午後可以回到學校，雖然仍需提前返家。一直到他父親慢慢恢復。

父母對這幾個同學的印象都很好，稱讚他們「古意」，也體恤同為「艱苦人」。

花一年的時間他補完了小學課程，其時聽聞附近的華文中學增設初中部，他即向父母要求讓他唸初中。父母開始時並不答應，因為華校的學費高昂，又怕他心野了抓不住。但他們是拗不過他的，畢竟是唯一的兒子，他的意志是不可對抗的。漸漸的，他們帶他去聽北方來的老師激昂的演講，邀他參加他們的讀書會，以致經常夜歸。激烈的討論殖民地馬來亞的未來、華僑及兄弟民族在這塊土地的未來、如何終結洋人壟斷資本及華人資本家的持續吸血。

讀甚麼書呢？

讀《吶喊》、《子夜》、《家》、《共產黨宣言》、《鋼鐵是怎樣煉成的》、列寧《論殖民地和附屬國人民的民族解放運動》……。

天都黑了，飯菜都煮好了，母親都還等不到他歸家的身影。剛開始伊會到半路上等他，而遭到斥罵——兒子和丈夫都罵她。兒子嫌她煩，丈夫怕她被壞男人欺負。然而沒有人可以阻止她的憂心，她甚至一再遊說丈夫不如別讓他唸了，以各種各樣能想到的理由——經濟的、安全的、不知哪裡聽來的亂七八糟的理由——與及她能想到的撒手鐧——「他是你唯一的兒子啊！」不料丈夫好像也犯了傻，根本不理會她的嘮叨，只指一指楊桃樹下那窩自家母雞帶大的小雞，說：「妳自己看，小雞大了也要自己找吃。」但她想到的是，大白天，石虎常常當著她的面叨走雞，大小勿論，還目露凶光，狗牠也不怕的。晚上是暮傷（gua musang果子狸）悄無聲息的潛入，叨走雞鴨。伊也曾因此病倒，發燒，夢囈，但女兒給她燙兩顆化核黑橄欖，丈夫幾聲吼叫，她也就起來繼續做工，鋤草餵豬。

此後黃昏，伊常拉了把藤椅在門邊，一直望著路的盡頭。雨季時伊的憂心更深了。怕兒子淋了雨，怕他遭雷、閃電、墜落的枯枝、暴漲的溪水。怕他遇上「三星」或「番仔」被欺負了，感嘆兒子要是有個哥哥保護他那該有多好。有些較晚的或下著雨的夜晚，確實有同齡或稍大的青年陪他回來。他們用腳踏車，幾乎是摸黑的在狗的狂吠聲中陪他返家。只送他到門口一口水也沒喝，朝他們鞠了個躬道了聲失禮說耽擱得太晚了，就匆匆離去。最讓母親大開眼界的是，有時裡頭竟然有女孩，綁著兩條辮子。夜裡和年輕男人跑這麼遠的夜路不怕危險嗎？更令她擔心的是，兒子和這女孩道別時，那幅依依不捨的樣子。

做父親的也開始擔心，他在巴剎聽到一些傳聞（他不定時的挑些蕃薯木薯芋頭韭菜木瓜去賣，買點魚和豬肉）：共產黨在積極的吸收華校裡的學生，政府最近可能會採取行動，如果被抓多半會被送回去中國。

孩子的母親如果聽到這訊息，一定吃不下睡不著。

但怎麼跟孩子談呢？他已經長得比父母高，也很有自己的想法，最近還常嘗試向他們分析戰後南洋的局勢、中國的局勢，預言中國共產黨必將打敗腐敗的國民黨，取得政權。甚至出言不遜的說：「蔣光頭一定會被偉大的毛主席砍頭的啦！」他只能勉強以父親的尊嚴冷哼，要他「話不要亂講。」

他出生前幾年他們自唐山南下，雖已打定主意不再北返，但持的還是中華民國的證件。雖然那些字他都不算認識，但蓋在自己大頭照下巴上的那個圓印，「中華民國」四個字還是認得的。

非得和他認真的談一談不可。最好是避開她娘。

恰好北風起，橡膠落葉，好幾個月沒下雨了。賴以供飲用水的那口井，六尺深，一米寬，平日至少蓄著四至五尺深的水，汲取後隨即自行補充。而今只賸約一尺水，厚積著枯枝敗葉。

他決定邀兒子聯手把那口井挖深。挖井掏井一向是男人的事。

那是個週末的午後。照例先把乾淨的水盡可能的汲起，蓄在水缸裡，再淘盡枯枝敗葉、泥巴。這就需要一人在井底，一人在井沿。在井底的把污泥裝進桶，遞給井沿的接應者。淘盡後，再用小鋤頭在井底往下鋤，那已經是黏土層了。黏土裡混了大量的石頭，因此非常難以挖掘，費勁而進度緩慢。井底的人沒一會就氣喘吁吁。盛滿泥的桶也很重，提多了手會發軟，就要爬上來換手喘口氣、喝口水。兩人都沒穿衣，只穿條短褲，互換幾回之後，一身都是白的紅的泥巴了。

父子倆工作時一般是不說話的。挖了一尺深時，他父親決議暫停，到樹頭尿個尿，抽根煙。

喝過水，兒子幫他點煙時，他不經意的提起巴剎裡聽到的傳聞。

「我也快五十歲了。」祖父淡淡的重述，當年離開唐山是因為那裡太亂，沒得吃，「唐山亂了一百多年了，堯叔說，只怕還要再亂個三五十年。」

他提到宗親裡一個讀書人的名字，大事一般都會向他請教。

煙幽幽渺渺的在兩人臉上飄過。

祖父年輕時跑下南洋的船，祖母是在伊十六歲時提的親，因年幼父母不捨得讓她遠嫁，就推說再過幾年吧。不料他一去十年，返鄉迎娶時，依當時的標準，兩人都有點老了，他且已年屆三十。因此孩子不過十六歲，他就滿頭白髮了，因而常把頭髮剃光。臉上的皺紋深深的刻著，沾了泥漿、勞作後一喘，更顯衰老，雖然身上的肉看來還結實。「我只有你一個兒子。」他的聲音從井底傳上來，濁濁的。「在你之後，你媽接連生了六個女兒，就是沒有兒子。」他弓身低頭鋤地，鋤刃悶悶的剉著黏土石礫，「將來不靠你靠誰？」猛地抬頭，一桶泥垂直上甩。

就那樣默默的工作了兩天，井一口氣挖了一倍深，蓄了兩尺深淺乳白色的水。

每日完工後，收拾了工具，順著斜坡，走到低地小水溝邊，那裡勉強流著鏽紅的水。祖父獨自在那裡崛了一口井，井旁用破鐵皮圍起來，缺水時，一家子都在那沖涼。那井的水是茶色的，有股淡淡的爛泥味。

那之後，他對讀書會的熱情突然就冷下來了。至少不再晚歸。

但學校裡是更熱鬧了。

他因此而受到多次批判，批判他意志不堅、個人主義、為了小我忘了大我……。最讓他難過的是，家住豆沙路的好友阿德和他姐姐對他的批判是最嚴厲的，批判他滿腦子「封建孝道」。因為阿德也是個獨子，家裡一堆姐妹，也只肯讓兒子讀書，「女兒早晚是要嫁人的」是家訓之一。阿德更厲害的是，他把對家裡重男輕女非常不滿的姐姐妹妹好幾個都拉了進來，姐姐秀鳳在鎮上當店員，阿德唸書時她一有機會就在旁偷學，也偷偷去夜校聽課，同學都很快就被她趕過去了，很受男生敬畏。她有快速掌握複雜問題、並加以清晰的表達的能力，她的嘴巴像一把鋒利的刀子。因此辯論時，沒有人是她的對手。有時連他們的導師都為之語塞。她甚至能迅速掌握一種語言，聽廣播自學了英語。

以致數十年後，當阿德從森林走出來，約了多年不見的老友在茶餐室喝咖啡敘舊時，最感痛惜的還是這個在戰火中早夭的姐姐，「我們都不怎麼樣，但她有機會成為大人物。沒讓她唸書真是國家的損失。」除了旋著波蘭製、鼎狀的橡木煙斗，吐著古巴煙絲凝聚成的高尼古丁濃煙苦笑之外，一時間他真的不知道該說甚麼。「我一直很想念她。」他也沒想到自己的嘴巴擅自發言。「每當寫到女性角色，我腦中都會浮起她的臉，再次聽到她怒罵我的動聽的聲音。我心中把我寫的每一本書都獻給她。」連他的耳朵都察覺嘴巴今天怎麼油油的，也許剛剛因為見了闊別多年的老友，燒肉吃多了。

但他吐出的煙已凝成烏雲，有隱隱雷聲。「如果她還活著，她一定罵我寫的都是些垃圾。她看不上眼的。當年就沒有一個馬華作家是她看得上眼的。你記得她是怎麼批評《濃煙》的嗎？粗製濫造。《七洲洋上》？不知所云。巴金她都嫌煽情呢。」

那時父親剛獲頒號稱是馬華文壇最高成就的「馬華文學獎」，和若干他一向不是那麼瞧得起的作家並稱，由中國書法名家范真寫的、一群逃命的螃蟹似的墨字「真正的馬華文學現實主義」的巨幅原木牌匾就掛在腳踏車店內側，辦公桌的上方。沒錯，我爸他開了家名叫「陳平」的腳踏車店（夠有幽默感吧），這點連我都吃驚。但適合他的行業不多（當然，在這故事裡他也開了間雜貨店）。但別忘了，要讓他寫作，也是件非常不容易的事。忘了介紹他的筆名，你也許猜得到也許猜不到——就叫南方。還好不姓方。有時冠上許姓——或被拆開成言午，那筆名就帶點小日本鬼味——因此他經常把它省略。許是那早夭女孩的姓。

他出版作品的數量，差不多是文壇巨擘方北方的一半，略低於馬華文壇寫作人產量的平均數，但也有十多本了。除了戲劇之外，甚麼文類都有，詩、散文、（長、短篇）小說、文學評論、傳記、長篇報導、文學自傳……他的作品最受矚目之處在於，有的書名很長（尤其是最晚期的作品，或早期作品的晚年重編本，得獎後的改版本），曾被同行嘲笑「像從新加坡到吉隆坡的鐵軌一樣長」。晚年的小說代表作《月光斜照著的那條上坡路有一段沒入陽光也照不透的原始林只有四腳蛇和山豬能走》（原題《月光斜照的路》）寫的正是一群左翼青年走上革命的道路；詩集《東北西南季風吹過馬來半島雨一直下一直下一直下一直下膠農淚亦如雨》（原題《季風雨》）一百多首詩每一首都在下雨，連文學自傳的標題都是《我為什麼走上真正的馬華文學現實主義的道路而不是別的路？略述我赤腳走過的路山芭路爛泥路紅土路柏油路》（原題《我的文學路》）……畢竟是五〇年代的文學人嘛，即使是真正的馬華文學現實主義，多少也受到了現代主義風尾的吹拂。但他是甚麼時候愛上那「落落長」的句子的？沒有人知道，可能還得請教專家，文學場域論如果說不清，精神分析不知幫不幫得上忙。

「要不是她，我多半不會走上寫作這條路。」父親的煙鼎兀自蒸騰著煙雲。

因為思念？

熱烘烘的午後，阿德顯得衰老疲憊，煙一根接一根。還好我爸到中國參加例行的華文文學研討會歸返國門時，從機場免稅店帶了兩大條555，不怕他抽。阿德說了一個又一個難友的故事，感嘆在林中漫長的等待，「像等待一場永遠也停不了的季風雨把它的水龍頭給關了」。他說，他在樹林裡常想到他母親的眼淚，他父親的嘆息。那時他選擇不告而別，也是怕那場面。還好他母親命夠硬，一直撐到「雨停」。八十多歲了還很硬朗，看到他回家足足笑了十幾天。煩的是，一直嘮叨說要幫他娶個老婆傳宗接代，決心要把棺材本拿出來，向他那些幾乎都當阿嬤外婆的妹妹各自募了幾千塊馬幣。還問他「要印尼，緬甸，還是柬埔寨的？攏二十出頭，又白，又水，保證生男。」

「你也當阿公了吧？」

「內外公都當了。」父親臉上有幾分得意。

「是嘛，我們都快六十了，還娶甚麼老婆。」

阿德說他在部隊裡其實有過兩段婚姻，一個妻子死於高燒，可能是吃了沒煮透的蝸牛，一個被毒蛇咬死，都來不及給他生下小孩。「即使生了小孩，也是就近送給人。如果是北馬人，還可以送回家給親人。南馬路途那麼遙遠，完全不可能。那種大山芭，怎麼養小孩？」

「你當年如果跟我們上山，也不可能有今天的成就。」喝完咖啡，父親開著馬賽地載他回到新村的家。看他無限感慨，父親就把整條未開封的555都送了給他。

那年，馬來西亞聯合邦成立，對華人申請公民權定下嚴苛的條件，引起華人激烈的抗爭，很多同學都走上街頭，殖民政府開始抓人。祖父怕極了，不讓他去上學，甚至不讓他到鎮上去，每天給他分派了各式各樣的工作，從早忙到晚。

因此有一段時間，他和外界完全失去聯繫。

接著，他知道緊急狀態發佈了。幾個同學突然出現在林子裡，她也在裡頭。「一起上山去吧。」

有一天，幾個英國鬼跑到橡膠芭，其中一個鬼子不由分說的舉起鬼腳踢翻膠桶，膠汁留了滿地。

他爸想上前阻止，也被一腳踢倒，被踹了兩腳，還被幾支槍指著頭。

想上前救爸爸的他被一個鬼子搧了一個大巴掌，被反手捉住。

因為是下午的課，當天他就沒去上學了。

他父親被上銬，拉去警局，關了幾天。

警局裡的媽答說，有人密報說你們暗中給山老鼠送吃的。

有一天，兩部軍車開進來，全部家當搬上去，全家被強迫遷出，房子被一把火燒了。最傷腦筋的豬雞鴨狗，也要一道搬遷。所有歷史文獻都會寫到的，那後來被稱作「新村」的地方外頭圍了兩層，甚至三層的鐵絲網。只設了一處出口，進出都要憑通行證，還要被徹底的搜身，女人也不例外。早上進芭時，每人只許帶一人份的食糧。一早，他幾乎是被父親押著到膠園裡去的，一整天，他都只能在父母的視線範圍內活動。只有大小便時，得以短暫的消失在灌木叢後。他因此和那群人斷了音訊。（這樣的安排也是不得已的。如果我父親積極參與左派的抗爭，那極可能被捕，被遣送中國，那就不可能寫作，即使勉強寫，也不會是馬華文學，只能是無足輕重的中國歸僑文學，那我就離題了；如果他走入森林……這倒可以好好考慮，但那勢必只能是馬共文學了。）

偶然遇到和他一樣輟學的昔日同窗，說學校被嚴密的監控著，有「漢奸」到處指認抓人。很多同學和老師都被捕了，學校變得非常危險。部分同學老早隨共產黨撤到森林裡去了，他的幾個好友可能都在裡頭。沒進森林的，也被圈在不同的新村裡，行動受到監視。有人因挾帶宣傳單而被逮，聽說會被遣送中國。

那個新村原是塊濕地，有一條河經過，逢雨必淹。雨季來時，他顯得憂傷。不能割膠，常常一整天都出不了門。天空陰沉沉，灰茫茫，雨無邊無際的下著，遠山一片淒迷。

他們在山裡頭不知道怎樣了。

她好嗎？

他只能無聊的重讀過去讀過的書。隨父親一道去賣膠片時，順道從鎮上書局買來《水滸傳》、《三國演義》、《西遊記》。祖父像保鑣那樣緊跟著他，生平第一次走進書局。父子倆一起到茶餐室吃了碗乾撈麵，喝了杯咖啡烏。

大街上警察局前常有一身血污的屍首陳列，說是山老鼠，等待民眾指認。牆上、電線桿上張貼著懸賞，警告標語。從諸多懸賞中他看到昔日的同學，小黑、矮仔谷、木頭；還有殲滅榜上有好多都是熟人。還好她的名字沒在上頭。

報載，共產黨打敗了國民黨，蔣光頭率大軍逃命渡海到台灣，中華人民共和國建國。有人憂形於色，有人喜上眉梢。

茶餐室的老趙請他吃熱騰騰的魚丸，滿滿的一大碗。

他有點羨慕那些被遣送回中國的人，可以在充滿朝氣與希望的新中國生活。

他感受得到英國佬的緊張，新村裡、各處膠園出入口，巡邏的員警變多了，臉都很臭，顯得更為凶惡。

更多的屍體從樹林被運出來，有的不過是十來歲的小孩，瘦弱的女人。均衣衫襤褸，面黃肌瘦。

新村建立後，最後的告別差不多一年之後，他其實在樹林裡還疑似和她匆匆打過一個照面。

那時他在割著臨近鐵路旁的幾棵老橡膠樹，原本和他一塊的母親大概一時內急，不知躲在那一叢灌木後。那瞬間，他看到她和幾個著草綠色服的青年男女，扛著步槍，像幻影那樣穿過樹與樹。她沒有回頭，好似根本沒有察覺到他的存在。好像在一個錯開的世界裡。那股漠然讓他難過了一輩子。

但那太像夢。

以他們處境之艱難，如果不往森林深處撤，只怕難免於被大軍圍剿。

雨季的末尾，河水滿溢，新居泰半泡在水裡。把怕泡水的家當都堆在桌面上後，腳泡在水裡等待水退時，他在筆記本寫下第一個句子：她像幻影從我生命走過。劃掉。如果雨一直下。劃掉。啊祖國馬來亞。劃掉。告別。劃掉。如果風從海那邊。劃掉。橡膠樹。劃掉。落葉。劃掉。煙。劃掉。如果妳來自海那邊。劃掉。

突然幾個句子成形：

如果我把一切都劃掉了
這世界會剩下甚麼
妳身上有股季風的氣息
為什麼雨下個不停
還找得到路嗎？
除了你們留下的腳印
山裡頭的樹都還好嗎？
這樣的雨
火生得起來嗎？

妳會不屑的我的思念仍是真摯的像純金。這句子在意識裡就被劃掉了。於是就一陣心痛。新村裡的一年，又一年。時局平穩多了。守衛變少，籬笆拆除一層，守崗哨的士兵表情也放鬆多了。報載游擊隊已然往北撤，南馬這裡平靖多了。

「你也該娶某了，」有一天父親對他說。「二十一歲了。你媽也想抱孫了。」那時他想，如果有老婆孩子，人生只怕就從此定型了。他推說不想一輩子割膠，姐姐妹妹都很能幹，不缺他一個人手。他想要學一技之長，剛好圓環那裡父親的老友阿順的腳踏車店缺人手，縱使當學徒算超齡了，他還是以驚人的誠懇說服了老邁的阿順。阿順年輕時被賣豬仔到南洋，終生未婚。父親因為手巧，人機伶又肯吃苦，不到幾個月，他就把所有的技藝都學會了，讓阿順幾乎可以說是享清福了，對他非常滿意，說將來要把那間店留給他。領了第一個月的薪水他就給自己買了輛日本二戰時留下來的黑骨腳踏車，常騎著它到處逛，看到可愛的女孩也會吹吹口哨。

晚上的時間幾乎都是自己的。他偷時間讀書，寫詩。雖然上一個季風走了好久了，下一個季風還沒來，但雨在他的詩裡一直下著。

他為她祈禱。每一場雨都是禱文。願伊平安歸來。

看到為籌建南洋大學在募款，他和老闆阿順、父母姐妹集資捐了一百元。感嘆說：可惜生得早，中學也沒唸完，不然無論如何要去讀一讀南大。相識的人都是這麼憧憬著的：終於快要有自己的大學給下一代唸了。

然而那年最熱的時節，突然讀到一則新聞：**痛哉！**韋卡兵擊斃馬共第一才子郭炳清。小字的部分提到同時被槍殺的還有十數人，每個人的化名和本名都被查出來了。她的名字在上頭，黑白照片雖有點模糊，但依稀是她，小鳳。報載說，她和他形影不離，生死與共，可能是他的情人。

他只覺腦中一黑，好像燈被關掉了。

雨驟風狂。內心那場雨再也停不了了。

接下來的一年，他感覺自己進入一種奇怪的狀態。一樣工作，吃喝拉撒，但好像那都是別人的事。他一直聽到自己的笑聲。他好像從一列火車下來，火車却載著他的心，徑直遠遠的開走了。他知道母親帶著他跑了許多廟——連天主堂都去過了。母親替他安排了相親，一座偏遠新村裡的十八歲姑娘，微胖，有一雙大眼，笑盈盈的，母親和媒人都極力推薦。

「也好。」他點點頭。

結婚就依標準作業程序跑。

洞房花燭夜時，新娘驚訝的發現，初夜時怎麼是這男人在啜泣，該哭泣的是她啊。那時就覺得這男人有點「痟痟」。相親時就覺得他木木的，不看人也不愛說話，就有幾分擔心是不是有甚麼毛病。但她很快就懷孕了，來不及擔心別的事。一舉得男。父母親樂到買了隻燒豬分肉予親友。聽到嬰兒的哭聲，他倒有幾分醒了。但畢竟年輕縱慾，第二年又添了個男丁。父母親高興極了，這媳婦了不得，短短兩年已超越婆婆畢生的成就。小休一年（那年馬來亞獨立了），接下來連續生了兩個女兒。

在她第四次懷孕時，父親突然警覺，再下去，「恁爸」的人生就完了。

誰知道她還會生出幾張嘴來。再生下去，居鑾那座南峇山只怕也會被吃成平地。

因此在妻子生第四個孩子時，他發揮庛的意志，堅持要求醫生順便給哭哭啼啼、意猶未盡的伊「綁掉生腸」（做了結紮）。伊也不是省油的燈，要求他也要紮，省得將來到處去搞出野種——這為父親將來成了名作家之後，應付熱情的女讀者時，很放得開。

讀者看到這裡一定大惑不解，那「我」呢？沒錯，這故事裡沒有我。為了讓父親寫作，總得有一些犧牲。我那十個兄弟姐妹如果有讀到這篇小說，請原諒我把你們也都抹除了。相信我，少了我們，他們會比較快樂，父親也終於可以成為名重一時的作家。而我那八歲就被迫輟學的二姐，就會是最受寵的小女兒了（二姐曾無限感慨的說，一向疼愛她的祖父在過世前一年，牽著她的手，語重心長的說：「彩雲啊，一定要聽恁母的話，要不然她不會讓妳（繼續）唸書。」祖父一過世，她就被迫輟學了。母親那年生下了我，他們的第十個孩子，第七個兒子。）統統趕得上唸南洋大學——雖然最小的女兒十八歲時，南大已被迫進入秋冬，因此她最好還是留台。然而她的母親、祖母多半會捨不得讓那麼一個嬌滴滴的女兒獨自到那麼遠的地方。所以還是南大的可能性大些。那她將是末代的南大人了。以他們的年歲推算，如果他們去唸南大，也都是以英語為教學媒介語、改制後的南大了，和他們父親當年一直想去旁聽課程的南大，已不是同一個了。

但養四個小孩其實也不是那麼容易的。

還好他們連續生小孩的那些年，他精打細算的母親，一口氣把最大的三個女兒透過相親嫁掉了，都嫁去臨近深山的窮鄉，聘金雖不多，但比賣豬划算。

湊了一筆錢，給夫妻倆把腳踏車隔壁的那間骯髒的印度小吃店頂下來，略略粉刷過後，批些米糧雜貨來賣。因為精明勤快，短短幾年就略有規模了。單憑修腳踏車能掙幾個錢啊？老父母也不割膠了，留下來店裡幫頭幫尾，輕鬆多了。為了送貨，他買了輛速可達。膠園請工人去割，四六拆帳。再過幾年，兩間店都被買下來了，腳踏車店請人打理。垂垂老矣的阿順因為思鄉，帶著一筆錢回唐山去了。做夢也沒想過會有兩間店面，從來也不知道開雜貨店那麼好賺，錢一直進來。那也徹底改變了他父母對土地的執念。雖然，他每年都嚷著要到南洋大學去旁聽，可是雜貨店的工作是昏天暗地的忙。天還沒亮就有人來敲門，半夜門都關了還有人要求送貨。

生活漸漸寬裕起來，孩子都聰穎過人，妻子對生活很滿意，也是個安慰。當兒子再過一年就要上小學時，他動念想買一部車。有一天數完錢，望向藍色山巒的雲霧，卻突然驚覺：再這樣下去可真的動彈不得了。再這樣下去真的會變成小資產階級啊。妻子很能幹，父母也挺能幫忙，他決心花一年時間每週兩天通車到南大去聽文學方面的課。

他以強大的意志說服了他們：今日不做，會終生遺憾哪。

乘凌晨的火車南下，搭黃昏的火車北返。

他很快發現中文系非常守舊，以他進不去的傳統漢學為重心。他想選聽中國新文藝方面的課並不多，多是由一位台灣來的年輕而風姿綽約、總是一襲水藍色旗袍的柳姓女講師教授的，她還比他小五歲呢；系統的聽下來，從五四、三〇年代、現實主義文學、詩（新月、象徵主義、九葉詩人）、小說、散文、文學評論……他漸漸對新文學有了整體的掌握。偶有校外演講，請地方上的作家來講馬華文藝，也讓他眼界大開。柳老師的先生楊教授在現代語文學系教法語詩，因為在台灣找不到工作，又不敢回紅色中國，只好留落南洋。有時他也會去楊教授的課上湊熱鬧，為的是和他同齡（人家才不過三十歲！不怕熱的蓄了個大鬍子）的楊教授一起抽煙斗，聽他談巴黎盛行的存在主義，口沫橫飛的描述法國大師們的風采。

因為沒有學歷，反正也不能注冊，他的聽課都是私下向老師拜託的。剛開始母親為他滷好一隻鴨要他帶去給老師當束脩（後來他也常帶自家園子的尖必辣、榴槤、紅毛榴槤、黃梨、紅毛丹），雖然柳老師要求他以後只許帶作品——要求他每週都要有作品，每堂課都要交作業。為了聽課，他只好一直寫下雨的詩，寫描繪割膠生活的散文，後來也試著寫小說——以每週幾頁的連載方式，第一篇就是〈黎明的南行〉，寫一個超齡的文藝青年每週坐火車到新加坡尋找自己夢想，也不知是舊夢，還是殘夢，最終結束於對女老師的愛慕迷戀。沒錯，那是他自己的故事，只不知道最後一部分是不是真的。小說發表時確實給柳老師造成一些困擾（譬如無聊的記者會去問她，作者是不是真的愛上她了），因此他在下一篇〈南方〉裡只好寫那個超齡文青帶著妻小一家六口坐火車南下，拎了兩隻滷鴨到老師家拜年，到的時候才發現老師回台灣過年去了。

在火車搖搖晃晃的南行中繼眠，或如夢般的北返，有時也會想起那死去多年的女孩，在夜風中流下兩行清淚。

他備了手電筒，在昏暗的車箱裡讀那些新文學經典，《蹤跡》、《死水》、《野草》、《生死場》、《暴風雨前》……或寫下偶然一現的破碎句子。那一年終於寫完他的第一本詩集，在老師的推薦下由青年書局幫他出版，初版的書名只叫《季風雨》，收了七十首詩，有四十九首是束脩。楊柳兩位老師也是他最早的讀者，謔稱他是雨詩人。所以他給自己取的第一個筆名就是蟻獅。楊教授為他寫了篇熱情洋溢的短序，稱讚他是南方熱帶的雨詩人——南方的小雨詩人——盛讚他的詩有中國象徵主義、雨巷詩人的流風餘韻。

但那些詩受到報章上不知何方神聖以各種化名（甚麼雪風、北風、野風、火風、芒草、野草、狗尾草……）的猛烈攻擊，譏之「無病呻吟」者有之，「灰色」、「無聊的感傷」、「小資產階級情調」、「多餘的情緒」、「毫無文學價值」、「腐敗」、「違反寫實主義的基本信念」……最糟的是，連楊教授也被罵進去：法國資產階級的買辦、喝紅酒的假法國佬、帝國主義走狗。誰都知道是那些左派學生、或自稱左派卻不敢露臉的小文人幹的。唯一正面的評價是來自一位曾留學比利時的李姓資深記者，他的評語：「這是馬華文學迄今為止最真誠最動人的一場雨。」令父親一輩子感念。

那本小書還是幸運的得到南大校友會頒發的「南洋文學新人獎」。

隨後，冷藏行動爆發，那年兩位老師聘約期滿不再續，也都離境了。離開前他和幾個學生在萊佛士酒店為他們設宴餞別，喝紅酒，配羊肉咖哩飯。

旁聽結束了，父親的生活回到原來的軌道，買了輛墨綠色的烏龜車，暇時載著一家大小出遊。孩子也接連的上小學了。他的短篇小說集《南行記》也隨之出版，被收入趙戎主編的「星馬文藝叢書」，半數篇章還是當年的「束脩」。

腳踏車店收了不少當年日軍侵略馬來半島留下的腳踏車，他把它們視為珍藏品，也不賣了。把腳踏車店面縮小，騰出空間來放雜貨。雖然工作辛苦，但妻子笑逐顏開，很快的穿金戴銀了。辛苦的送貨工作讓工人去跑，父親也講究衣著了，經常一身白襯衫、深色西裝褲，開著金龜車到處跑。妻子雖沒受過正式的教育，管帳卻是天生好手，精明得不得了，很快就像個經理那樣大小事一把抓。他樂得有時間讀自己的書。在腳踏車店二樓給自己建了間書房，六英尺長原木書桌，老師送的伏爾泰拳頭大小銅像紙鎮壓著稿紙，四壁都是書，是長年從新加坡華文書店那裡搜來的。包含了世界各地文學的翻譯，甚至歷史傳記、宗教神話，中國古代文學及甚麼亂七八糟的書他都買來看。

課程旁聽結束後，他仍隔週會跑一趟新加坡，帶回許多中文書。有了車子後自己開車南下，更是悠遊自在。太太掌握整個事業後，他有時甚至數日不歸。後來有傳聞說他在外頭有了女人，更有陌生女人哭哭啼啼的打電話來說她懷了他的孩子，太太聽了只是哼哼哼冷笑三聲。

她挑了間半獨立的大房子當住家。

他發現自己近視了，就給自己配了副金邊眼鏡，梳著整齊的油頭，拍起照來十分體面，儼然是個小知識份子了。銀行的戶口數字一直往前跑。買地，買房都是妻子做的決定，等他知道自己和太太名下到處都有土地和房子時，是兒子中學畢業嚷著要去英國唸書時。那些年都是她在理財，既跟會又當會頭，買賣地皮、向銀行借貸，用不同名義向政府申請補助，轉手來轉手去，還真的賺了不少錢。他很吃驚——一如那回他看到從沒受正規教育的她掏出眼鏡，仔細閱讀一份政府寄來的馬來文文件，的那種吃驚。

知道家裡經濟寬裕後，孩子都想留洋。南大台大都瞧不上了。於是長子去了荷蘭唸建築設計，次子去了美國唸機械，女兒一個去了加拿大唸醫，一個去了日本唸服裝設計，都在各自的領域獨當一面。長子畢業後到新加坡一間著名的建築公司任職，參與填海造陸，立志要填平柔佛海峽。成了家，也常帶小孩回來看祖父母。次子留在美國，在福特總廠裡當工程師，參與他最愛的汽車設計。長女成了著名的心臟外科醫生，留在加拿大，在那裡成家。小女兒在國際服裝設計界也闖出名堂後，也在當地成家，嫁給了同行。母親對女兒遠嫁很難接受，抱怨自己年輕時沒多生幾個好留在身邊。

但那十多年裡他頗有收穫，出版了多本書（他贊助某些出版社），得了不同會館頒贈的文學獎（有的經費來自他妻子給會館的匿名贊助），也受邀成為某些叢書的編委（那些叢書他出了不少錢）、文學獎評審。

不必困守在樹林裡，一直懷孕生小孩，互相指責都是因為對方貪歡或沒做好防範；不必抱怨他不體貼，連臨盆都要自己挺著大肚子騎腳踏車去醫院、冒著生命危險在多樹根的山路上震動——上坡時喘不過氣來，下坡時幾乎煞不住；不必在數十年裡日日操煩小孩的衣食，每日凌晨雞啼即起，割膠賺取微薄的收入，錢總是不夠用。更不必抱怨他從來不管孩子的教育、生涯規劃，彷彿要任他們自生自滅似的。也不必抱怨他沒給過她輕鬆快樂的日子。不必抱怨樹林裡有打不完的蚊子，隨時鑽出來的眼鏡蛇。不必擔心夜裡隨時摸黑來襲的不明人仕。不必像一切怨偶那樣費盡心力把孩子的愛全爭到自己的一邊，視他為無物——一個失敗者，而把他推入沉默的深淵。

而今如此的狀態，妻子當然不可能抱怨他不會賺錢，「沒才調」；而是疼惜得不得了，處處引以為榮。他也因此可以一直活過八十歲。

家裡那些獎座令母親妻子見了十分歡欣，在已形同個人紀念館的腳踏車店裡特製了個陳列檯（就擺在他父親的遺照旁——因為生活寬裕，他比原來多活了八年——及見長孫從英倫取得大學學位返鄉探親。祖母也免於因過早守寡而造成個性乖戾孤僻），陳列獎座獎牌，和他出版的著作的各種版本。雜貨早移走了，另租了個倉庫。獎狀和和他有關的剪報都整齊的框在另一面牆，製成巨型海報的個人照片（戴著褐色牛仔帽，微瞇著眼，一道八字鬍；右手持著他招牌的鼎斗，一股尺許長的白煙從嘴角噴出）像美術館裡的名畫，從四個方向朝他打燈。那是妻子一手擘劃、挑選的，她覺得這張最「緣投」；他那些西裝也是她在打點，大部分都是請了老師傅來家裡量身訂製的。她也經常打扮得雍容華貴，陪他出席頒獎、演講、酒會；為此她需暫時卸下老闆娘的職責。確定自己的孩子不可能接手（即使她多生兩個孩子——譬如命運坎坷的三姐、三哥在這故事裡被生下來，也必然送出去唸大學，至少到台灣去），她早從自己姐姐那裡接來她一個十八歲的身材豐腴的小女兒玉蘭。她早早被迫失學，但異常乖巧，在很短的時間裡就訓練得可以獨當一面，也深得她的信任。如此，她甚至可以陪他出國，或糾團到世界各國去旅行，途中有時可以繞去看看自己的女兒。

多年來他也摸熟了文壇的運作方式，有時也會用筆名寫尖銳的文章批評討厭的作品、瞧不起的作家，也會為新進作家寫序；參加了若干藝文團體（諸如：南馬文藝協會、福建會館文藝小組、馬華寫作人聯盟），結交了不少常出書卻沒有多少讀者的朋友（煙友、酒友），出書時互相寫文章打打氣、美言幾句。也學會了泰然自若的演講，時不時穿插幾個笑話、小故事，眼光飄蕩於清秀的文學少女與賢淑的貴婦之間，時不時牽動嘴角微笑。仔細鑽研了真正的馬華現實主義的創作手法之後，四十多歲時他也奮力寫下反映華人困境的長篇小說，原始書名並不長，《華工船》、《赤道風雨》、《漸漸富起來了》三部曲（因為賣得不好，還沒能出版有著長標題的改版本），從豬仔南下（脫胎自阿順的故事），一直寫到華人落地生根，晉身中產階級——那是他中期的代表作，因而躋身「馬華現實主義代表作家」的行列，也擠進「馬華文學獎」的候選行列，只需排隊，反正一定會輪到。

他有了意想不到的嗜好：收藏煙斗，裝滿一個五斗櫃。楠木的、胡桃木的、黑檀、紫檀、桃花心木……以各種商周及三星堆青銅器的造型刻就，他尤其愛那些極富抽象意趣的獸紋、雲紋、巨眼臉。都出自名家之手。還有名人用過的，純收藏。舉其大者，如邱吉爾、史達林、聞一多生前用過的煙斗。還有就是世界各地的煙絲、煙葉、火柴。她有時會抱怨幾句，但看起來純粹是為了夫妻之間的互動，不是真的在意。

那些年裡，她當然也有新的煩惱。當男人得意、自由時，當妻子的必有的煩惱。當他習於衣著光鮮、笑嘻嘻的開著新車（那些年他換了好幾部車）到處跑，她敏感的發現他身上常帶著股陌生的女人的味道。有時是脂粉、香水味，有時更是肉體本身的味道，有一個還是印度妹，有一股咖哩味。最開始她是氣，鬧，質問他，他並不否認，毫不在乎的兩手一攤，「只是玩玩，反正又不會大肚。而且……都是為了寫作。她們給我靈感！」曾經，新加坡有一個，後來，蔴坡、峇株、馬六甲、怡保、檳城、哥打峇魯……有幾個還是二十多歲的女孩呢。他大大方方的收藏著她們寄來的情書，誑她說「這是好不容易取得的第一手資料，可以直接用進小說裡」。「夭壽！老不羞！」為了了解丈夫對她們的真實的態度，她為自己請了家教學會閱讀，發現他在小說裡對她們可是情深意重啊！現實裡，看來他並沒有想要放棄這個家，以他的成就，就當做是老天給他的額外獎賞吧。

那時他的穿著讓他看起來像個阿拉伯人。高而瘦，牛仔帽，騎著輛紅色哈雷。陷在略凹眼眶裡的眼睛顯得深邃而憂鬱，常半隱在他吐出的白煙後，更帶著幾分神祕感。那年，他和幾個文友共同創辦了個馬華文學雛鳳獎，獎勵有潛力的新人，以紀念那早逝的女孩。他親手設計了獎盃，一隻纖細的鳳盤伏在一塊蛋形的碑上，由贔屭負著，碑上有她側臉的素描，她的名字。

然而有一天，一對長髮披肩、漂亮的姐妹花找上門來，說懷了他的孩子。她原本想把她們攆出去，但他適時的出現了，態度瀟灑的勸服她們含著淚搭晚班的火車北返。「孩子我會負責的，」她聽到他溫柔的搭著她們的肩膀說。「負啥麼責任？」她聽了一肚子火，「花筆錢解決就是了。」他答覆得輕描淡寫。「可是，」她沒說下去，心裡有幾分疑惑。不久後，當玉蘭常臉色發白、嘔吐，伊一再逼問她終於囁嚅的咬著牙含淚說出她肚子裡有了「頭家的種」（她不說姨丈）。伊終於忍不住強拉他去醫院脫褲子檢查，發現她的疑慮果然成真。當年的手術太粗糙，他那兒「綁著」的竟然鬆掉了。她要求醫生這回要他的管子剪斷，兩頭各打上三道死結。

「死老猴！」「死老猴！」伊咬牙切齒。

那是他五十歲前的事了。

她還不知道，他「鬆綁」後的那幾年，他已在新加坡成功的播下幾顆種籽。那些被我的小說刪掉的兄姐，那些多餘的孩子們，有幾位就藉由別的女人的子宮，找到重生之路。即使沒有完整的父愛，他們也將受到呵護，有機會受較完整的教育，不必大半生在底層打滾。

來日看到父親的訃聞，他們將在他的葬禮上出現，為他上香，給母親帶來極大的震驚。但多半分不到甚麼財產，因為精明的母親老早就處理得乾乾淨淨了。但他們也不是一無所得——父親的《南方晚年自訂稿》在他過世前出版，其中有九套精裝限量版簽了名要留給他承認的孩子，他寫下他們的名字。毋庸置疑，有的是婚生的，有的是「野生」的。

附記：

此文獻給逝世已十六年、應已在故鄉的黃土中化成白骨的父親。父親死亡那年，我返馬參加了兩場研討會，為的是順道返家探病，那年父親飽受癌症折磨。前後發表兩篇論文，一篇批判方北方，引起掀然大波，讓我被定調為馬華文學的罪人。另一篇〈詞的流亡〉，幾無人聞問。彼時我博士班還沒畢業，也還沒當爸爸。而今，孩子十五歲了，我偶爾會提醒他：我十九歲就離家自己生活了。

二〇一三年四月二十六日埔里牛尾。春雨中

陽光如此明媚

大啊象，大啊象
你的鼻子為什麼這麼長？

——兒歌

無風無雨，日影微斜。已過了最曝照的時刻，但日光依然刺目。樹葉的影子濃淡深淺，因層層疊疊的樹葉篩著光。

女孩八歲，放學回家吃過午飯，幫著母親洗了碗後，就獨自爬上屋後那棵比房子高出許多的老雞屎果[1]樹。讓母親獨自和那三個妹妹糾纏，她們的年齡不過差上一到兩歲、要麼喊

1 客家話。台灣這裡習慣叫它芭樂。

餓、要麼拉屎、要麼洩尿、搶玩具、爭寵、終日吵鬧不休的。時而聽到母親尖銳的咆哮，或叫喚她的乳名，或三字經衝口而出，要她還不趕快去幫忙，「××打翻醬油了」、「××妳不要再欺負妹妹」、「××你係唔係臭耳聾」或臭罵她父親、她祖父，「講麼該傳宗接代，香火，惱俺生唔出仔，呸！丟你媽。」

祖母靜默無聲，漸漸看不到事物的伊，多半時候都抱著女孩的第二個妹妹，在搖椅上悠悠的晃蕩。輕輕的哼著：「搖啊搖，唐山下南洋……」久久的，待聽到孫女鼻息輕柔勻稱，或把她輕輕的放在搖椅上。摸索著到廁所去，或摸到廚房倒一杯水，小小聲嘆一口氣。如果給暴躁的媳婦聽到了，不免又起波瀾。

屋裡安靜下來，一家人都在午睡了。

眼前鏽黃的鐵皮耀閃著金光，疏疏落落數十戶，都是鐵皮木板屋。只有山頭上那間骸白的洋樓是混凝土貼著馬賽克的，那是昔日洋人經理的別墅。出過命案後就被廢棄，久而久之成了鬼屋，但依然高高在上，俯瞰著這小小的工人社區。這裡印度人馬來人雜居，華人寥寥沒幾戶，家家戶戶屋前屋後都種了熱帶果樹，紅毛丹、紅毛榴槤、油柑，甚至榴槤，如果是印度人，多半還會種上一棵山馬茶，一叢萬壽菊、黃薑、藍薑、生薑、板蘭葉。馬來人家則增減之。

自上學以來，這幾乎是她每日的午後休憩了。差不多會一直待到黃昏，聽到父親的嚀哆車上坡了，再快速滑下樹來。

父親一向禁止她爬樹。

拔仔樹幹滑溜乾淨強韌。老樹分枝多而壯實，幾乎每天都有新熟的果可以解渴解饞。只是有時在枝端，勉強攀過去，還是有點風險。如果果子沒握實掉了下去，可就成了名副其實的雞屎果了——樹下圈養了二十來隻雞，雞寮裡差不多每天有雞蛋可撿，雞屎卻也是日積月累。如果人掉下去，那就更不得了。

有一次她差點就摔了下去，慌亂間搆著紅毛丹的岔枝。

老紅毛丹樹緊鄰著雞籬，果實成熟時，她就改爬那棵樹了。那時她會特許六歲的妹妹當她的下手，協助傳遞她摘得的紅毛丹。

只有那時節父親會用長長的竹竿、竿頭以廢棉布裹了火水，在雨後把那樹梢頭的紅蟻一窩窩的燒了。

再過去，屋後還有兩棵榴槤。但榴槤樹爬不得，爬了果熟不墜；一棵高齡的山竹，樹葉密實得即使果熟了也看不見。樹上常有蛇，結的果籽大肉少，她恨不得把它砍了，但那樹頭已在隔壁的界域內了。一棵老楊桃，她也愛爬，但從那樹上會看到隔壁人家的沖涼房。自從那回瞄見隔壁的大男生在裡頭，邊抹肥皂搓弄腹下那根東西、還故意頻頻朝她張望之後，她就再也不敢爬上那棵樹了。

有的樹可以看見別人房間裡發生的事。

有波羅蜜。有尖必辣。芒果樹。

但這些樹皮髒枝脆，且多黑螞蟻，鑽進褲襠難受死了。

紅毛丹樹上更常有一團團的紅螞蟻窩，哨兵分佈得到處都是，一沾上，沒完沒了。

有兩棵蓮霧。一棵是一般小紅果的水蓊，微酸而可口，越近樹梢越甜。另一棵在更遠的山坡上，是棵俗稱「木頭水蓊」的、真正的野生蓮霧，結果率低。果大，但即使紅熟了也不甜。但她愛的倒是不熟的青果，酸到全身發抖。但那裡雜草叢生，縱使沒有母親的警告（「小心被印度人拖進草叢強姦」），她也不會想去。因草叢裡多的是眼鏡蛇，動不動就揚首亮出黑底白圈，嘶嘶作響，吐著唾液。

還是拔仔樹溫和，枝幹分散，葉疏，縱使有青竹絲也容易看見。

女孩的皮膚如馬來姑娘一般黑亮，眼睛也是大而有神，並不輸附近的印度姑娘。她常從樹上眺向遠方，浮想聯翩。

環顧四方，一望無際的油棕園漫延開來，沒有盡頭。單調乏味，像一片由油棕樹構成的荒漠。那樹，巨大如爪的柄，瘦長如刃的葉。隨著樹長大，一層層沿著柄緊挨著樹幹切斷，留下的傷口枯乾泛黑，慢慢的腐化、剝落。或長出蕨類、藏著蛇鼠。

每棵樹都是如此，毫無例外。加上棕櫚果切割後留下的類似痕跡，樹身髒兮兮的，隨著年歲越大就越長越高，果越結越少，樹身漸漸裸露出椰子或檳榔的模樣。那時，它們的死期便近了。

中學時她在華文老師收藏的一本詩集中，讀到一首關於防風林的詩，腦中會自動的用油棕樹來替換木麻黃，恰可以表述她視野的疲憊：

油棕園
的外邊
還有油棕園
的外邊
還有
油棕園

那是油棕樹沙漠。

不過數十年前，目前長著油棕樹的地方都還是熱帶雨林，往東、往北、往南，數千英畝原始林聯結著中央山脈的古樹群。千萬種樹密密挨擠著，不知多少鳥獸棲息其間，有犀鳥、有熊，有獏，有虎豹，有象群。這裡原是老虎大象的棲息地，有數千頭象、數百頭虎棲息其間。殖民者來了之後，廣伐原始林，且最愛獵取虎皮、象牙。當原始林伐盡，獵餘的虎象退入僅剩的大森林，但這裡仍保留著對象的記憶，而被命名為***Kampung Gajah***，大象村。

而大象和老虎在這村子裡早就看不到了。最後的數百頭象被通電的鐵籬笆阻隔在數十哩外，那油棕園和剩餘原始林的交界處。偶有闖入，也總是無聲無息的被射殺。

一如那些老虎和黑豹，當牠們迂迴的進入油棕園企圖獵取野豬、鼠鹿，或工人放牧的牛時，也會被毫不留情的格殺，且悄悄的被分食。園坵經理都合法擁有獵槍，平日隨意的射殺猴子、山雞、果子狸、野豬和蝙蝠。但因為虎象的數量已經太少，早就引起國際保育組織的關注。官方雖默許射殺，但嚴禁張揚。

難怪女孩成年後回憶童年生活的散文裡，那些她吃過的野味裡只有四腳蛇、果子狸、松鼠、穿山甲、山豬、猴子、蟒蛇、山雞，而不及虎和象。

但她其實吃過的，只是她不知道而已，因為都不好吃。

她大概忘記了，有一回隔壁的材叔分一碗熱騰騰的、煲了中藥的不知道甚麼肉，要她雙手小心捧著，且表情詭異的交代說：「那是給妳爸吃的，包生男。小孩子最好連湯都別喝。」她不喜那藥味濃烈，但父親堅持分了塊肉給她，卻說甚麼都咬不動。「像鞋子」，她對爸爸說。狗牯（她家的老公狗）都不愛吃，聞一聞就走開。

那晚爸媽房裡床板一直響，第二天媽媽一直抱怨腰痠骨疼。第二晚房裡床板又一直響。九個月後生下四妹。那是老虎肉。另一次就別提了。她爸流了三天鼻血。

而空氣中無時無刻飄散著一股燒煉棕油的噁臭焦味，讓她有時半夜被臭醒，忍不住會想哭。那味道讓她一再的夢到火葬場。

夢到摯愛的父親，連同他心愛的紅色野狼，被烈火重重包圍。

但她那時即早已立定志向，長大後，無論如何，要遠遠的離開這被油棕佔滿的鬼地方。然而當她真的遠遠離開，到一個東北方的、四季不很分明但也不算不分明的亞熱帶島嶼時，她卻會懷念那股空中的味道，把它混淆於炒咖啡的焦香、鄰家馬來人的羊肉咖哩味。

甚至也忘掉大部分的樹。

尤其是那棵比木頭蓮霧還遠，在山坡上，重葉疊出高大濃蔭的原生芒果樹「呇煎」。香味濃烈，但吃多了之後身上會異常燥熱，甚至長出一顆一顆的濃疱。但她每每冒死去撿樹下的熟果，和榴槤一樣，單用聞的就可以找到完美的藏在草叢裡的果子。必然帶了棍子，及家裡的狗牯。防蛇，也防草叢中有男人埋伏。

她最懷念的還是那棵拔仔樹，涼涼的樹幹，她甚至可以把臉貼著、緊緊抱著打盹，等待父親的歸來。

她突然聽到樹下有嘻笑聲。

是那小她一歲的討厭的印度小鬼魯米，偶爾會和她做伴到一個人不敢去的地方偷摘水果。

惺忪中，一時聽不清楚他在說甚麼。

魯米兀自指指點點，做著鬼臉。

「看到了。」他說的是馬來話。

這回她聽清楚了。也馬上明白了。

為了在樹上保持平衡，她把腳張得稍微開些，而短褲是寬口的。

她臉一紅，啐了一口，隨手摘起一顆生拔仔朝他擲去，「去死啦，死吉靈鬼。放狗咬死你！」她用馬來話罵。

「長針眼長瞎你的狗眼。」華語。

魯米身體一閃，踩著雞屎。

急推開雞欄的柵門，逃走了。掉了一隻拖鞋，腳底滿滿的雞屎。

「惡雞嫲！」他遠遠的丟下一句客家話。

她當然不會知道（即使知道也不會注意，不會記得），不愛讀書的魯米，此後短暫的一生相當艱辛。小學畢業後就在油棕園當搬運工，稍大些加入割油棕果的行列。積掙了點錢後，貸款買了部其時最時興的黃色爬山虎，到處飆。

在她努力埋首初等文憑考試那年，一個下著小雨的傍晚，他不知何故迎面撞上一部奔馳中，滿載油棕的囉哩，當場命喪輪下。

那是她第一個過世的童年玩伴，曾在童友圈裡引起一陣震驚，有幾位還流著淚參加了他破碎遺體的火化。

他們多半告訴過她，但她可能連魯米是誰都不記得了。以致多年後在她自己的洞房花燭夜時，突然想起那時在拔仔樹上，被偷襲般的驚惶。

但那時的感受竟是懷念，那畢竟是孩稚的天真。想起那人，不止以為他還活著，還把他和寶萊塢的同名男明星混為一談了。

「小時候根本看不出他長大會這麼有出息。」

彼時日影更斜，父親的嚤哆聲出現在她聽覺的範圍內了。

女孩看到父親和他心愛的野狼都沾滿泥巴、車大燈破裂，後頭跟了一輛車頭燈異常明亮的囉哩，非常吃驚。

那一天她父親遭逢意外，讓他差點回不了家。

在他返家的路上，離家不過數公里，那條塵土飛揚的紅土路的最後一個大轉彎，後方一輛載滿樹桐的大囉哩，突然加速趕上。轉彎時，車尾竟然朝他的嚤哆車橫掃過來。從望後鏡瞥見時，他只好緊張的將車把猛往外扭，連人帶車撲進一片爛芭裡，身上多處擦傷。他看見那人也趕緊把車剎在路邊，跳下車來，火速的把他和嚤哆車從爛泥裡救出來。

那個小個子男人格外有禮，一再鞠躬道歉，承諾他會賠償。看他無大礙，還是要堅持陪他回家。

此後他成為她父親終生的朋友，逢年過節一定來送禮。送雞、送鴨、或者送燒肉，一直到他們搬離那裡為止。

女孩留學台灣時，他不也偷偷給她塞了個兩百元的大紅包嗎？比任何舅舅、姑姑、阿姨包的都還多。

那可是超過他月薪的四分之一呢。

他們並不知道，這個叫做阿順的謙恭男子，幾年前才從牢裡放出來。他出生、成長於北方錫米之都。十多年前曾積極的參與馬共的活動，後來和一群同夥被捕，向政府承諾洗心革面。因為沒有殺害過人的證據，獲得七年輕判。出獄後，內政部安排他們分散到全國各地的園坵當基層勞工，列了名冊要求當地員警定期不動聲色的追蹤。阿順心理有數，因此願意不惜代價的和解，以免於上警局，被勒索。甚至被他太太和岳家知悉他的過去，那是大多數過著太平日子的華人，都會覺得恐懼的。

然而那天晚上，女孩的父親卻聽到從北方傳來的惡耗。她那在錫礦場當礦工，脾氣暴躁的祖父，酒後被殺死在酒肆裡。她的父親想立即動身北上，但他一身傷，雖然都不過是皮肉傷，還好阿順自告奮勇說要載他上去。

匆匆沖了涼，女孩細心的為父親的傷口塗抹紅藥水藍藥水。

兩人遂各自向自己的老闆請了假，半夜驅車北上。

女孩敏感的直覺到，有些事情發生了變化。聽到惡耗時，她注意到母親的表情的微妙變化。在她的表情轉為悲傷之前，閃過瞬間的喜悅；而當祖母空茫的雙眼滾湧出大顆的淚珠時，母親竟然趨前緊緊的擁抱她，輕輕拍著她的背。那都是前所未有的事。她知道，母親的枷鎖解開了。她不知道的是，葬禮結束後，她母親就強迫著她父親到醫院裡去做了結紮。

而此後，她變得溫婉而有耐心。

她們都不知道的是，要不是這偶然事故，母親會給逼著一直生下去，一直到生出個兒子，句號式的。在這句號出現之前，她會生足七個女兒，被親友諢稱七仙女。他們一家會加倍的清苦，她的留學夢會加倍的不可能——祖父甚至會反對她唸獨中，他一向認為女兒是賠錢貨，唸那麼多書幹甚麼？要唸就唸馬來校——但他會認為連那也是多餘的。

是夜，女孩輾轉反側。望向窗外，那麼黑的夜，星斗閃爍，偶爾有螢光劃過。她想，父親此刻被無盡的黑暗包圍著了，小小的燈柱在那曲曲彎彎的路往北方鑽著。他讓這麼一個撞了他、又是初識的人載他，還帶著瞎眼的祖母，會不會有甚麼危險呢？她開始祈禱，向父母常拜的觀音，土地公，拿督公，友伴們家裡的諸神——杜爾伽女神、蛇神、安拉。無論如何爸爸都不能出事。他一出事，這家就毀了。祖母說，任何的祈禱都有代價。她想，我能用甚麼交換呢？少活幾年？嫁個平庸些的丈夫？書唸少一些？變笨一點？長大變醜些？都可以的，只要他好好的給我回來，我們過回從前的日子。

也想著，祖父為什麼會遭遇這樣的事呢？甚麼是命運？

但她其實也知道，像祖父那樣的壞脾氣，不出事才怪——那是父親和他父親吵嘴時常掛在口上的一句話。祖父二十歲時攜妻南渡，受同鄉之招在北部的錫埠工作，後來在那裡買了間小房子。養大了一兒數女。不管換甚麼工作，最後都回到本業。雖不致一事無成，也談不上有甚麼成就。和他那些工人朋友一樣，也喜歡喝點小酒，怡情小賭，車大砲。偶爾也招妓，尤其當妻子隨兒媳南遷之後，他更是定期去解決他迫切的需求。

他當然知道，兒子為了個賺不上幾個錢的工作，幾乎遷去半島的最南端，多半也是為了避開他。媳婦也痛恨他對男孫的執著。漸漸失明的妻子，寧願隨他們南遷也不願留下陪伴他，更一直令他惱怒。

女兒婚嫁後都躲他躲得遠遠的，有一個竟然還躲到更南端的廖內群島去。

但那樣的祖父，有一回返家卻興沖沖的給她們帶來七八個熱呼呼的大包。

有一回興高采烈的爬上樹給她摘一大把帶著螞蟻的紅毛丹。

但她害怕他的目光，那目光中永遠有這麼一個問句：「為什麼不生成男的？」

睡到半夜，有個溫暖的身體輕輕的抱著她。醒來，聽到母親溫柔的呼叫她的小名，叫她別怕。「不會有事的」母親反覆的、在她耳邊輕輕的說著，但她分明感受到母親的淚水滴落。原來自己在夢中哭泣呼喊。

多少年了，自有記憶以來，母親都忙著抱更小的孩子，忙著哺育。只會呼喊她做家事，幫忙照顧妹妹，哪來的閒功夫擁抱？連耳屎、指甲都得自己處理哪。

次日，女孩照常自己走四十分鐘的路，穿過油棕園、茅草坡，到那破敗的大象小學上課。照常蹲萬蛆鑽動的茅坑，蜷曲在茅坑一角的那尾大蟒蛇鼾睡如故，課室裡外小朋友打鬧如昔。只是她病懨懨的，甚麼事都提不起勁。

老師和同學都以為一向健壯如小牛的她病倒了。

父親通知母親，屘姑會租一部車帶她們北上，共同參加祖父的葬禮。因此還沒等到放學，她就被接回去梳洗更衣，和姑姑一家人共同擠了滿滿一車，匆匆北上。

那是女孩平生參與的第一場葬禮，但往後多年她都不願去回想。

她們像傀儡一樣，被要求穿上特定的衣服，依序行禮。她得努力去回想祖父對她的好，方能勉強擠出幾滴淚。

但女孩腦中始終浮現，母親在她很小的時候就向她反覆描繪過的，當她剛離開娘胎，護士報說是個女孩時，產房外原本期待大肆慶祝的祖父暴怒拂袖而去，丟下一句話：「嫲個有屎用？」

葬禮上他的照片，仍是一臉怒容。

棺木裡的他倒是閉上了眼，臉灰白，一襲長袍領子拉得老高。

她聽到竊竊私語，說他脖子被深深劃了一刀，「幾乎都被割斷了。」

出乎意料的是，到場致意的人分外多。幾十年一道下礦的工友，他的賭友、酒友、街友，連拿督都來了。

朋友們花錢請附近華校派了百位學生來鞠躬，派來軍樂隊。

最後竟出現一位風姿綽約、著黑底金縷旗袍的中年女人，化著濃妝。

有人驚呼：「是小鳳。」

伊上了香，即風也似的、坐上黑頭轎車揚長而去。

莫說女孩看呆了，阿順也看呆了。

一聽說女孩的祖父是在美麗華那裡被宰掉了，他心理就有數了。

如果不是私會黨，就一定是「他們」。但「他們」不是退到北邊，很久沒活動了嗎？循著他自己的管道，探聽得最近有兩個小突擊隊悄悄南下活動。

但「他們」應該會更審慎才是，畢竟時勢對他們已經非常不利。

怎麼會如此張揚呢？是有甚麼私人恩怨嗎？

傳聞說是化名小鳳的女人親自操的刀，她怎麼還敢如此明目張膽、大搖大擺的出現呢？是為了立威？

沒有人知道。只知道那一刀改變了許多人的命運。

盛大的送葬隊伍其實也經過女孩未來夫婿家的門前。那時他正守在收音機旁，聽麗的呼聲裡的「李大傻講古」，「七劍下天山」。和往常一樣，他和兩個弟弟手持自製的竹劍，在客廳裡追來追去、打打殺殺，天一亮就鬧到現在。他們一度被大街上的敲鑼打鼓吸引，而到路邊圍觀。女孩在送葬的隊伍裡，無心觀視圍觀的人；而一身苧衣、頭戴苧頭罩及苧巾，頭垂得低低的，也沒給男孩留下甚麼印象。當忙於工作的父親在午餐時問他對早上葬禮的印象，他的評語是：「好普通嘞，冇乜嘢好睇嘅[2]。」

但父親提到他聽里巷傳言說，死者被非常精準的一刀劃過喉嚨，「話・唔・定・真・係・有・武・林・高・手・係・呢・度。」

父親同時咬著一塊帶皮燒肉，咔滋咔嗞的，言有肉聲。

2 廣東話：沒甚麼好看的。

那話卻讓男孩深深動容。多年以後，加油添醋的寫進散文裡。但他當然不會記得那塊不知道早已經消化到哪裡去的燒肉。也不會記得母親當時斥責父親，不要一面吃東西一面說話，「小心哽死」。

沒有人知道究竟是怎麼一回事。

沒有凶手，沒有凶刀，沒有目擊者，警方只能以意外結案。

他們都不知道的是，這小鳳其實就是失蹤多年的小蘭。十多年前森林裡發生的那件事[3]，深深的改變了她的一生。留下的後遺症之一是，她發現自己沒辦法完全掌握自己的行為。身體常常好像有它的自由意志。她懷疑自己被一種邪惡的激情吸引了。她曾經在林中草寮裡故意留下自己的日記。有好些年，掖著小刀追蹤那個傷害了她的男人，發現他被重重保護，而其實自己也拿不定主意要對他怎樣。她唯一確定的是，她不會再回森林裡去了。那樣的被圍困，怎麼去改變這個世界？

於是她把自己推入火坑，由一位綽號魔術師的龜公形塑她。先讓醫生為她動了個小手術，去掉了「臭蟲腺」；改投以香水，濃妝豔抹。為她設計造型、服飾、儀態、說話的腔調和方式。甚至引介一位自稱征服過阿拉伯的勞倫斯的百歲老嫗，來傳授她一套古中國房中祕術。那曾讓歷代帝王迷戀不已，從秦始皇到光緒。很快的，他保證，經過這一番脫胎換骨，過去認識她的人即使上了床也認不出她。後來成為她事業夥伴的龜公魔術師利用她來侍候好色的馬來王公，拿督丹斯里，首長部長，以順利的換取事業上的各種特許。有了錢之後，她另外請瑞士的製刀師傅給她打造一把更為鋒利也更輕的小刀，取名為風。

過去的記憶讓她的身體有時會非常渴望一身臭汗的勞工，且限於某種特定的氣味。有人以為那是她對勞動階級的「階級情感」，但她自己心裡清楚得很，那是一種黑暗的激情。女孩的祖父恰好是她選中「施恩」的對象之一。雖然他自己也不了解，自己為什麼會被一個自己絕對玩不起的女人看上，不定時的享受「王公等級的服務」。雖然他年歲已不小，卻還自詡有很好的「爆發力」，是塊「老薑」。

外傳說女孩的祖父之所以被殺，是因為他好罵，對共產黨沒有好感。他家鄉宗族裡有不少人在土改中被整垮。酒友們證實，那晚他甚至辱罵陳平和整個馬共領導團隊和他們的理念「有屎用。」他認為縱使馬來亞被他們拿下來，一定依樣畫葫蘆，搞土改，搞文革，有房有地搞到咪嘢都冇，大家一樣沒好日子過，「吃屎啦佢地。」

據說他說完這句話血就從脖子噴出來了。

他吃驚的用雙手捂住。

頭突然就往後折斷了。

3 見〈悽慘的無言的嘴〉。

沒有人看到誰在揮刀。只有一線寒風拽過，像一道冷光。有人言之鑿鑿的說。

但其實不是的，他確實是多言賈禍。

在罵馬共之前他對著酒友得意洋洋的指指吧檯說了另一句話：「介隻雞嫲嬈到死。」[4]

而那時小鳳就在吧檯喝著調酒。

他顯然沒把他們歡好時她在他耳邊的警告聽進去。

於是她彈一彈指頭。

那一刀當然也局部的改變了女孩的命運。至少，她的青春期不必那麼叛逆，不必離家出走。

將來離家後，會更想回家、也更常回家，和父母的關係會更融洽，更自然的想念他們，甚至經常想是不是該把工作也搬回故鄉。

更大的轉變是，她對孩子充滿想像，婚後接連生了兩個可愛的孩子。不必像頂客族那樣，靠養貓、養狗、養蜥蜴、養烏龜來投注他們的父愛母愛。

那也影響了她的寫作。她以大量的散文、鉅細靡遺的追蹤孩子的成長。

那一本本書都受到廣大的媽媽讀者的歡迎，更被教育部評選為「優良育兒讀物」，穩據暢銷書排行榜多年。哪天孩子也識字了，向她抱怨：「媽媽，怎麼我擦屁股、尿牀的事你也寫得那麼詳細？」

她那駐顏有術的、孩子般的夫婿，也會是個寵溺女兒的爸爸吧。

女兒的神態每每讓他想起早夭的妹妹，因而對她百般呵護。

以致當她把他珍藏的手稿拿來折成船和紙飛機，還向他抱怨紙太軟浮不起來、飛不起來時。他也只是苦笑著伏在地板上，向三歲的她鞠躬道歉：「小麒，都是爸爸的錯。爸爸以後一定會選用適合小麒摺紙飛機的紙來寫稿。」

「還有船。」女兒補充。

於是只好陪著女兒到書局去勘察稿紙的厚度，但那時其實已是電腦年代，只有少數「冥頑不靈」的寫作者還在堅持手寫、還在用稿紙。選了稿紙後，他才發現女兒的鬼靈精超乎想像：她不用空白的稿紙，一定要讓爸爸寫上字才行。隨便亂寫也不行，她會請媽媽唸出上頭的字，而媽媽一向沒耐心撒謊。於是可憐的詩人只好把電腦上寫好的新作品列印下來，掏出心愛的萬寶龍鋼筆，逐字逐行的抄在稿紙上。

女兒輕輕的親了一下他上唇，在他耳邊小聲說：「小麒最愛爸爸了。」

他本能的抬起頭瞄一眼正奶著兒子、一邊看探索頻道的妻，她很專注。

但多半一切都看在她眼裡，鐵定會被她「加料」寫進下一本書裡。

4 客語：那隻母雞騷死了。

女兒走向廁所，大聲說：「小麒去大便，爸爸等下記得要來幫小麒擦屁股。」

多可愛的女兒是不是？

經常，他得扮演動物讓她騎，到處爬，讓她笑得咯吱咯吱。

至於扮甚麼動物，端看她那天看了甚麼卡通，或甚麼繪本，但她最愛的——你也許猜到了，是大象。Gajah也是她懂得的唯一一個馬來文字，也是她最早認識的字之一。你一定也猜到了，她給爸爸取的暱稱就是Gajah。

愛搖頭晃腦的唱兒歌〈大象〉，詩人忍不住對著妻子讚嘆：「真係好得意！」

當她偶然看到媽媽愛看的紀錄片裡頭，泰國馴象師殘忍的馴化野象時，不禁含著淚說：「大象好可憐。」

但她也因此得到靈感。有好長的一段時間，她都強迫爸爸陪她玩馴象遊戲，還因此吵著去買了條鞭子。雖然是玩具，用力打的話屁股還是會痛的。於是屋裡常響起詩人的求饒聲，「輕一點，乖寶貝，這隻Gajah已經很馴了」。

但常常還是得要勞動媽媽出面制止：「喂小麒妳玩夠了沒有？再不饒了妳爸小心老娘揍妳哦。」然後用廣東話飆她老公：「有冇搞錯，搞成咁！」如果他用廣東話回答，會立即被女兒制止。她伸出細小的中指押著他雙唇，用力搖頭，一個字一個字清晰的吐出：「Gajah・不・許・用・小・麒・聽・不・懂・的・外・國・話。」

可想而知，馬來話也不行。

有一回，她在他脖子套上繩圈，要他載著她在屋裡到處爬，巡視她的城堡。末了把那繩子掛在衣帽架，地板上還用粉筆畫了一圈，吩咐道：「Gajah你在這裡乖乖等公主。」

巡自到房裡去睡午覺了。

但他不敢離開孩子指定他蹲的地方。

老婆大為光火，「你在幹甚麼？不是叫你去把曬乾的衣服收了摺起來？你沒看到要下雨了嗎？」

詩人一臉求饒的表情：

「報告老婆大人，小的是一隻對公主非常、非常忠誠的小象。沒有公主的吩咐，不敢擅自行動。」

名篇〈象外象〉大概就是在那樣的環境刺激下寫成的。

雖然後來，孩子的母親還是會責備他對兒子沒耐心，「叫你陪他去散個步，你怎麼像溜狗那樣隨便繞一圈就回來了？」

但他為了孩子還是蓄了個希特勒似的小鬍子，以免讓生了小孩後微微發福的妻有壓力。帶孩子上學時，也免於遭社會局盤查。

至於睡覺時一定要抱著爸爸的手臂，吃飯要爸爸餵，洗澡一定要父親全程侍候之類的瑣事，也就不必細表了。

但有一個小小的插曲，不得不說一說。

關於那〈象外象〉堅固的手稿，不用說，當然被女孩兒摺成不同款式的紙飛機，擲到屋裡到處都是。

有一回，小女孩跟著媽媽上頂樓曬衣服。她隨手把紙飛機從陽台往外一擲，恰好風起，它就被遠遠的帶進數十米外一家宅院裡了。女孩厲聲哭叫，大聲呼叫Gajah。他恰好在馬桶上，悠哉的隨手翻閱一本年輕詩人寄贈的詩集《衛生紙》。聞聲匆匆沖了水，期間詩集不慎掉進馬桶，只好撈起、攤開，擱在垃圾桶上晾著。即以火一般的速度奔上頂樓。看到妻子神色有異，還以為寶貝女兒出了甚麼事。

「你看，」媽媽神色凝重的指著那棟獨門獨戶的大宅院。依稀看到一隻黑色獒犬在搖頭晃腦的撕扯著一張紙。那庭院裡養了七隻大型狗，都在觀望。

「那不是黑道大哥的家嗎？」詩人也慌張了。但女兒還在哭鬧。「乖女兒，爸爸還有更多很會飛的手稿——」女兒不依，號啕頓足。

媽媽火大了，一把抱過來，啪啪啪屁股上火辣辣的打了三掌，塞進他懷裡，逕直下樓去了。女兒大哭。詩人抱起她，哄著，指著遠方那隻狗。突然視野裡出現一個赤膊男子的身影。

距離雖遠，那人身上的刺青還是觸目驚心。詩人要蹲下閃躲已經來不及，那人抬起頭看見他了。他只好輕輕抓起淚眼汪汪的女兒的手，向著那人揮一揮。大哥露齒一笑，一低頭，隨手從狗嘴裡搶出爛紙片，高高舉起，朝他揮動。

有時散步會遇到他們遛那幾隻凶猛的狗，互相點點頭而已。但詩人不知道的是，為了自身的安全，整個社區住戶的資料，那大哥都請徵信社仔仔細細的查過了。不論是職業，家庭，交友狀況，財務狀況，甚至有無外遇——不用說，當然知道他們來自南洋。

當天晚上，剛吃過晚飯，就有人按門鈴了。

門一開，竟然是黑道大哥，帶著七八個一臉殺氣的保鑣。詩人正忐忑該不會被滅門吧，還是壯著麒麟膽邀他進來。大哥說：「不打擾，馬上好。」一揮手，就有小弟送上一張獎狀般的事物，他一瞧，不正是那稀爛的手稿嗎，好像有幾個象字還是完整的。「小弟一向尊敬讀書人。偶書讀得不多，象字還是認識的。」手再一揮，一隻孩童大小的粉紅象給捧了過來，「給小姑娘做個小小的賠償。」

他只好把女兒叫過來，向「阿伯」道謝。

女孩乖巧的拎著裙角，盈盈的鞠了個躬，甜甜的說了聲謝謝，收下了。

大哥龍心大悅，說：「好可愛好可愛。妹妹叫啥名字？偶國語講得不好，恁台語咁ㄟ通？」

詩人陪笑，「勉勉強強。」

缺了個門牙的大哥非常誠懇的解釋說，他在道上的綽號之一就是「象公」。動物裡面除了狗，就喜歡象，「俄不喜歡條紋太多的動物，比如老虎，斑馬、雨傘節」。「大家都喜歡象，也是有緣。」他對小女孩拍胸脯說，妳長大後如果有人敢「給你欺負」，別忘了通知阿伯，「恁爸給伊好看。」他揮掌比了個連環砍的動作。

小女孩一個字都聽不懂，但睜著大眼猛點頭。

詩人鬆了口氣，還好這大尾鱸鰻沒有提出要當她乾爹，否則不知道要怎麼拒絕才好。往後數年，每年小女孩生日（「佢又知！」），他都會給她寄各式的大象玩偶。青銅的、象牙雕、銀的、玉的、金的。「有公有母有仔，有兄有姐，小小的一群象了。這隻『象公』很有心呢。」妻稱讚道。

他們不敢收又不敢退。只好向銀行租了個保險箱，牢牢的鎖著。想說哪一天有機會再還給他。

一直到那年，他積欠天文數字的賭債跑路。

但那時女孩長大了（十二歲），對象已經非常疲乏。她愛上藍鯨，和媽媽比較有話說，跟爸爸倒沒那麼親了。

詩人難掩失落。妻子只好安慰他：「我當年和我爸也是這樣。孩子總要長大，我們不也都是這樣走過來的？」

他們都不知道的是，幾年後那位可憐的落跑大哥不慎被對手擄走。談判破裂後竟然被槍殺了，被棄屍在埔里的內埔橋下。

時值年節，報紙上只有地方版有小小的報導。嫌犯「老虎狗」被捕後說「憨象」那天不知道為什麼自己跑出來，去買一款牛尾路假日市集在特賣的、難吃到像屎的「大象巧克力」，他還哭著說好幾年沒給他女兒寄生日禮物了。

「憨象有查某仔？幹，騙痟！」

老虎狗在警局裡態度還是十分囂張。

然而，有些事情就是沒有發生。也不會發生。

父親洗浴畢，打赤膊，穿條寬鬆的短褲，好讓女孩幫他為大大小小的刮痕抹藥。雖然談笑自若，觸及那些較深傷口的傷口時，他結實的肌肉還是忍不住抽動一下。

夜裡為父親整理、準備刷洗髒衣服時，發現卡其布做的衣褲，多處被扯裂了。上衣口袋裡有一張小紙條，一個陌生的電話號碼，一個英文字，Amy。。褲子深深的口袋裡，爛葉泥巴翻出來，竟然有一尾還活著的鬥魚。洗淨後，驚恐而不失亮麗，是隻赳赳的雄魚，大概父親剛好掉進牠的地盤吧。那條鬥魚她在水缸裡養了許多年，靠孑孓和蚊子自給自足，拿鏡子鬥牠時牠會暴怒，孔雀開屏。後來她把牠給忘了，待想起時，水缸裡已是滿滿的孑孓了。

那張紙上的號碼呢，她禁不住好奇心，第二天下午趁母親去串門子時，即打了個電話過去。

是懶懶的女人的聲音，喂了半天，罵了句髒話。

聽起來是三十幾歲的老女人。女孩鼻端立即浮現一股廉價的香水氣味，那是每每經過據說裡頭有妓女的酒店，和冷氣一道往外吹出來的噁心氣味。

時間如浮雲，發條上得太好的地球兀自卡答卡答的自轉。

太陽照常昇起。

午後，她懶洋洋的爬上樹，又溜了下來。

拉了張躺椅，在樹蔭裡看樹葉、看雲，天際偶爾有飛機劃過。

連妹妹們都安靜多了。母親變得溫柔而有耐心，臉常帶笑容，也變得愛開玩笑。

父親照常上下班。女孩一如既往的愛爬樹，愛遠眺，做著遠行的夢。

再大一些，她將到二十公哩外鎮上唯一的一所華文中學去唸初中、高中。會遇到她後來不願意提起，但對她的文學之路不無啟發的那些華文老師。

校園裡不知怎的種了一排木麻黃。從樹的腰圍來看，只怕建校之初就植下了。季風帶著細雨吹過時，颯颯風聲裡，就略有海濤的意味了。

有幾年，父親每天開著沒有門的囉哩繞一大段路送她上學，自己再去上工。放學後，她在校門口高大的相思樹下，翻著台灣出版的文藝書籍，等待難得準時的父親的卡車咆哮著上坡而來。

女孩發育得很好，胸部脹鼓鼓的，上衣的紐扣都快被擠爆了，害羞的男生迎面走過會刻意的把頭轉開。

她自己走路到車站搭車時，經過殯儀館那條路，偶爾會遇見那個鼠頭鼠臉的「鹹濕佬」。看到女生落單時，「鹹濕佬」會快速脫下褲子，獻寶。她曾經撿起石頭朝那人要害猛擲，斥罵：「除俾你老母睇啦死鹹濕佬！[5]」

她遠赴台灣留學後，父母舉家搬遷到祖父工作的那個產錫的大埠，就很少再回去故家。

女孩的故鄉其實也是我的故鄉，只是住在不同的村子。*Kampung Hariman*（老虎村）？當然不是。

我們甚至在同一間華文中學唸過書。我有兩位高中同學就住大象村，其中一位是哥兒們球友，他妹妹似乎還是女孩的同班同學呢。高中無聊時，我曾多次騎機車到大象村找那位總

5 廣東話：去脫給你媽看啦死色狼。

是笑臉迎人的好友。

他們也在多年前搬離。

許多年後，她在那島上寫著一篇篇的散文，回想生命最初的那些年，字斟句酌。哪些是可以寫的。哪些是還不能寫的。哪些是不該寫的。哪些該穿插藏閃。散文太透明了，像玻璃。

它下方生命的苔蘚容易受到陽光的傷害。

那些字詞。譬如是該寫島上慣用的「芭樂」呢，還是該還原回原來的方言語境，寫成雞屎果、拔仔？用家鄉華文慣寫的嚀哆，還是島上的「機車」？囉哩，還是卡車？寫到「祖母，我回來了」，在對話中是否該做「阿婆，俺轉來囉」？

然而她最終決定用平順的中文撫平這一切。

一直到趨近回憶的牆邊。

如果那時，事情不如此發生，而是往另一個方向——

如果她一直留在故鄉。

如果那年運氣好去了英國留學。

如果如果——

但散文不愛如果，它只愛事實。某種事實。能說的。可說的。有些事不能說。有些事不該說。有些事不想說。不可說。

它只沿著事實的湖面快速划過。

但她其實也隱隱感受到湖底有一陣陣騷動。宛如有千百種魚睜大了眼留心湖面的一動一靜，那裡清波漣漪，流光如夢，舟和槳和人的影子一晃而過。

但不管怎樣，故鄉的雲淡，風清。果樹長綠，陽光總是如此明媚。

埔里二〇一三年二月十三—十六日，大年初四—初七

螃蟹

蝦嫂（He so）雖然已經不記得自己幾歲了，但認識伊的人都知道伊已經八十幾說不定快九十歲了。眼睛幾乎已看不見，但大太陽下還是可以看見矇矓的光影；重聽，耳朵時好時壞，有時會突然聽得清楚，但伊的世界是常常沒有聲音底。縱使如此，燒水煮飯還是難不倒伊，灶裡斜斜交錯著枯枝，擺好膠絲，摸索著划著火柴，憑著手指探測掌握溫度。白日伊還能摸索著到林子裡檢幾根柴，操作抽水機把手，汲幾桶水。咱一擔心的是如廁時失足掉進糞坑裡。

樹林裡草長了，女兒會使喚女婿打殺草劑，順便幫伊撿許多枯枝，砍成一段段整齊的架起來，還蓋上鐵皮，儲存待用。假日時，外孫兒外孫女有時也會過來看伊，幫頭幫尾。

兩隻老狗小黃小黑陪著。依狗的年齡算，牠們的年齡或許比伊還大，已經到了聞母狗發情而不動心的地步。整天趴著睡，很少吠，即使吠也不是因為甚麼風吹草動，而是殘存的記憶化成了夢，夢見別的狗吠而吠聲而已。牠們也吃得少，一半因為牙齒不好，再則是：實在也沒甚麼東西吃。因為蝦嫂多年來都是煮一鍋粥吃上大半個月。唯一的配菜是梅乾菜焢五花肉，煮一鍋可以吃兩個月。沒有餿水給牠們吃。但牠們竟然也活得下去，竟然沒有離去。

這多虧蝦嫂兩個女兒角瓜菜豆不定時的燉補來孝敬，蝦嫂只喝湯，肉伊女兒嫌浪費啃了，至少還剩下骨頭。

雖然嫁出去的角瓜菜豆一再央求伊搬去同住，伊還是堅持不肯。寧願一直窩在那間樹林裡住了幾十年的小屋，老伴也是在屋裡嚥的氣，幾個孩子都是在那張木板床上懷上的。有著一生的回憶。畢竟是再熟悉不過的地方，靠著摸索也還可以過日子。面對孩子，伊能說出的理由只有一個：這裡卡涼快。

而且女婿畢竟不是兒子，是外人呢。

那天，有個女人來訪。早上煮水時就聽到火無端在噗噗笑。蝦嫂心裡一忖：莫不是有人要來。但多少年沒人來訪了？也許是女兒要來吧。午睡時老狗稀罕的叫了，伊在夢中被吵醒，由於夢到久無消息的兒子回來，格外火大。「去死啦。吃屎啦。」伊罵了句。

隱約聽到女人的聲音，在敲門，問有人在嗎。伊聞到一股強烈的體味，像公羊，又像公山豬。「誰啊」伊回答，拉開門栓，門外日光刺目，一個模糊、沉重的身影，扛著一個大包袱，體臭撲鼻。一低頭，就進到屋裡來，微微在喘氣。伊依稀聽到那人說了甚麼，但沒聽清楚，只好耳朵再靠過去，請她大聲點，她身上的味道讓伊幾乎暈倒。她吼道：妳囝生前交代我把他的物件帶回家交給妳。聽到兒子的訊息，伊感覺有一顆大耳糞滾了出來，左耳的空氣流通多了。伊模模糊糊地聽說她和伊兒子李克強在森林裡做了幾年夫妻，後來他遇害了，屍體還被敵人奪走，現場草叢中只留下一隻被砍下來的尺許長手臂，手上還緊緊抓著一支筆。部隊裡的廚師用鹽醃了保存起來，遵照他的遺願給送回來——他遇害前常交代——他似乎早有預感——，和平後要把他的遺物送回老家給媽媽。

然後她抽抽噎噎的哭泣，蝦嫂只好忍受她的體味抱著她，她叫了蝦嫂一聲媽。兩個女人就緊緊抱著大哭了一場。伊好久沒流過淚的眼睛勉強擠出兩行濁淚。

「現在和平了，我依約把他送回來了。」

她把那包袱扛到伊多年來為兒子留著的房間，那房間伊每隔幾天都會摸索著打掃一番。她把東西從包袱裡掏出來，有的擺在桌上，有的擺在櫃子上，有的擺在床上。她一面掏一面叨叨絮絮的說，克強他其實是個文人，在部隊也一直寫啊寫的，到死還沒寫完。簽和平協定時一個鬼佬特地假惺惺的過來向她說 sorry，說他腰被砍斷時還掛念著他的東西沒寫完，嘴巴冗自說個不停，讓他們印象非常深刻。長官們不該派他去巡邏的，他動作那麼慢，注意力又不集中。那些亖卡真不是人！她哭著說，「那些亖卡鬼就喜歡把人砍成好幾塊。」

她交代說，晚上給他點一盞油燈吧。

「那隻手臂，是要埋還是要留，您老人家自己決定。小心別被狗咬去吃了。」

她說她有空會再來看看老人家。但她沒有再出現。以致蝦嫂以為自己又做了一場夢。

但摸一摸，兒子的遺物確實在。有筆，一本本的書——伊不知道那許多一本本的物件大部分是筆記本。摸到麻布包裹著的、兒子枯瘦的手臂，聞一聞，有淡淡的火腿香味。胡椒味。那一顆顆沙子般粗礪的東西就是鹽了。摸到斷口，骨頭尖銳的突出，肉縮成球狀，伊忍不住又哭了一場。

那晚，伊依照吩咐，在房裡點了盞小小的油燈。

那隻手臂用油紙（還好，十多年前做蛋糕用的油紙還有剩幾張）包好，擱在他床上，還蓋了被。有時忍不住抱著它睡，但伊不知道，伊睡著後它就偷偷溜去書桌前忙它自己的事。在筆記上塗塗寫寫，天亮前寫累了再回到伊懷裡。

伊就夢到兒子回來了。和過去一樣年輕，神情平和，臉上有汗水，好像走了一段路，曬過太陽。

回來後，像他離家前那樣，無時無刻不在燈下讀書、寫字，一直到深夜。

他房裡有了燈光（雖則那燈光於伊不過是一團淡淡的影子），也就好似有甚麼動靜。伊尿急起來時，聽到那裡窸窸窣窣的，也許是老鼠吧。但伊沒敢動養貓的念頭，就怕貓愛吃醃肉。伊倒沒想過老鼠或許也愛吃呢。

於是接下來的日子，伊就多了個寄託：撫摸、抱著那隻枯槁的手臂，和它說話，訴說伊數十年來對他的思念、那些舅叔妗姨堂表這些年各自發生了甚麼事；誰嫁誰娶誰結婚又離婚，誰被搞大肚離家出走，誰被姑爺仔騙了在新加坡跳樓，誰又得了癌症。然後是他父親的病——那經常眺望著森林那裡，嘴裡碎唸著「不孝」的父親，有一天突然就倒了。想說甚麼但說不出來，喉嚨裡嘰嘰咕咕的，手朝天亂比也不知道要說甚麼。有話又不早說。躺了幾天就走了。

蝦嫂的淚沒停過。淚流多了，眼睛好像也比較通了。

季風雨，蝦嫂沒出門，也沒人來訪。

兩隻老狗睡一整天，每日配給兩片蘇打餅。

兒子的房間悉悉索索的，蝦嫂摸著床沿坐下，感覺油燈亮著，黃暈暈的一團。心裡有小小訝異：最近的油怎麼這麼耐燒。

伊逕自說著大女婿和這個那個姣婆「夾」的事。外頭的女人也不知為他生了幾個賠錢貨。嫌角瓜不會生兒子。哼。

書桌上確實有聲音，好似兒子就端坐在那兒似的。伊把臉湊近，嚇一跳——那隻枯乾的手，好像扶乩那樣懸空搖晃，索索疾書。有時停下來，食指和無名指扣扣扣的敲擊著桌板。

伊一嚇，頭一暈，摸索著回到自己的房裡，躺下，半昏半暈的睡著了，當然又夢見那隻手臂。不知是夢，還是那天那有熊的氣味的女人告訴伊的，這隻手臂經過部隊裡的魔術師（還是法師、巫師）特殊處理，有時會做些奇怪的事。

窗外雨聲瀟瀟，風撲打著樹梢，整個世界都沉浸在雨中了。

那些天，因為氣溫驟降如秋，雨雲覆蓋了整片天空，一整日都彷彿天還沒亮，樹林裡迷迷濛濛的。地表被泡得鬆軟，有的地方開始出泉；河、溝、小溪的水都滿了，低地開始淹水。根部抓握力差的橡膠樹，有的就轟然倒下。

蝦嫂和兩隻狗都陷入漫長的沉睡。所以他們都不知道，外面的世界泡在水裡了。

狗也在做夢，夢到年輕時在朗亮的山裡奔跑。火速的追獵四腳蛇，讓牠們索索索的快步鑽進灌木叢或土洞裡，有時及時咬著尾巴，死命把牠拖出來；或者追猴子，讓牠們成群的上到最高枝，如果不慎摔下，撲上去一口咬死了。

兩隻老公狗同時夢見那隻風華絕代、毛色油亮、味道超級濃郁甘醇的黑母狗。為了牠，牠們不止棄家多日，奔跑數十哩，追蹤那令人陶醉的氣味，與數十隻兇悍的公狗大戰到遍身齒痕、一身血。打敗敵人後自家哥們還要再咬一場，好不容易得手了，私處榫接在一塊歡好時，還有被趁隙咬斷的風險。幾隻大狼狗就是那樣被牠們活活咬死的。還好這方面兄弟有默契，誰先得手，另一隻負責守護。完事了再輪。

有一年，那隻母狗竟然自己騷勁十足的搖著尾巴來找牠們兄弟倆……蝦嫂揮著棍子把連成一體的牠們趕得遠遠的。斥罵：「痟狗母！」

蝦嫂夢到未嫁時，有個高大的工頭一直給伊送吃的，用言語挑逗伊，熱辣辣的目光在伊身體上上下下的烙著，讓伊渾身發熱。那年夜裡在河邊沖涼，月光下，有男人躲在香蕉樹後偷看。伊聞到一股怪異的味道飄過來，有時洗家裡兄弟的內褲會聞到那味道，但沒這般濃烈。

出嫁後方知道那是男人精液的氣味。

一隻溫暖、溫柔的大手撫摸著伊未曾和異性接觸的、青春的身體。伊小腹內的小爐子烘的一聲火被點著了。身體變得酥軟，很舒服。那隻手繼續忙碌，而甚麼東西滑溜溜的鑽進伊潮濕的縫隙裡去了。伊不禁身體發燙，奶子鼓脹：深處一顆卵子在呼喊。「囝仔！」伊歡快的呻吟。

兩隻老狗睡夢中彷彿聽到一聲喊叫，讓牠們想起那隻可憐的小母狗。牠們最後見到牠時，牠倒在爛泥芭邊奄奄一息的悲鳴著，流著口水。肚子和奶子都脹大，肚裡七八隻幼崽大概快出來了，但牠顯然誤食了毒餌。那些狠心的人！膠園裡多的是毒餌，牠們見多了中毒死去的同類，愛莫能助。牠的死讓牠們倆沮喪了好幾年，尾巴都翹不起來。屍體腐爛時強烈的味道飄來，蝦先生聞到了，一如既往的扛了鋤頭，鋤些土，就地把牠埋了。還警告牠們：誰敢扒開來沾一身就知死！

牠們過往愛那樣做沒錯，那味道強烈的吸引牠們。更何況是牠和牠們的孩子。但那回牠們真的忍下來了。那陣子常徘徊在牠墳邊，不讓別的狗去破壞，直到牠化成了一攤白骨。

雨季淹起的水早就沖走覆土了，牠的骸骨略略散開，褪色的狗毛和枯枝敗葉糾纏在一塊。

那聲喊叫，是牠在叫喚牠們了麼？

承受雨的重壓的鐵皮屋頂發出沉悶的聲響，好似天上的水直接往小屋傾倒，屋簷瀉下的水沖出了一排凹溝。怕水的螞蟻、蝎子、蜈蚣、老鼠和蛇都躲進屋裡來了，老鼠忙著躲蛇，蛇忙著追殺鼠；蝎子、蜈蚣各有各的忙碌，倒是其中一款食肉的螞蟻看上那隻手臂，趁它不注意把它爬滿——等到它發現時差一點被扛走了。還好外頭下著雨，淹著水，螞蟻無家可歸。況且，很快就發現它太鹹，不合牠們的口味，只好撤離。留下密密的嚙痕，還好它並不會覺得癢，不妨礙它在紙上繼續塗寫。

幾天後雨稍停，蝦嫂的女兒外孫女連袂涉水而來。

狗頗不耐煩的被叫醒，但她們叫了許久也沒人應門，一如既往，心中浮起不祥的預感。急蹽到蝦嫂窗外，猛力拍打叫喊，但仍舊沒反應，狗虛弱無力的汪了幾聲。於是他們只好蹽到後門，那裡只有小小的鐵栓。母女倆抬起腳，像面對仇人的屁股那樣使命踹，踹了十多下，終於碰的踹開了，鐵栓掉落，摔在水泥地上。

急奔到蝦嫂房裡，掀開蚊帳一瞧，兩人都大吃一驚，立即流下淚來。只見蝦嫂上衣解開，露出乾癟的乳房，雙手高高舉起，雙腿張開呈V字；雙目圓睜，嘴微張。雖已氣絕多時，但乾枯的肉還有一點溫度，微涼而非冰冷。伊眼裡呈現的不是恐懼，而毋寧是歡快、迷茫。嘴角還有一抹口水。後來為伊更換壽衣時，發現伊下體竟然濕了一大片，滑溜溜而沒有尿騷味。

「**鹹濕鬼！**」角瓜心中閃過一個恐怖的念頭。

那麼老了怎麼還會遇上鹹濕鬼？

當兩人在為蝦嫂的死悲傷震驚時，跟進屋裡來的老狗小黑突然狂吠，床底下有蛇盤捲，嘶嘶作響；難道是被蛇咬死的嗎？另一隻老狗小黃則在別處吠，莫不是屋裡還有別的東西？

角瓜唸高中的女兒韭菜趕過去時，只見那房間窗被打開了，雨水濺了進來。女兒眼尖，看到一隻像大蜘蛛又像大螃蟹的帶把的東西在雨中逃走了。但更引起她注意的是書桌上那十數個筆記本，封面寫著《南洋人民共和國大事紀》。

其中一本攤開著，她看到被雨濺濕的最後一頁寫著：

帝國主義的航空母艦，美帝的小鷹號、日本的大和號，與中國的鄭和號在南中國海對峙。蘇聯的聖彼得號緩緩駛進日本海。

標明第一冊的藍色封皮的筆記本，第一頁寫著：

一九四五年九月五日，馬來亞人民抗日軍領袖郭鶴齡在新加坡萊佛士廣場以中文、馬來文、印度文、英文宣讀《獨立宣言》，宣布南洋人民共和國獨立。

兩人都納悶，看到筆記上的簽名及其他雜物，角瓜想起那音訊全無的山老鼠弟弟。

他回來過了？

他回來了？那人呢？

從窗口逃走的又是甚麼？

回來的到底是甚麼？

思路一向簡單的角瓜也不敢多想，趕緊找來妹妹共同為母親料理後事。屍體扛走後，搜一搜母親櫃子，幾條金鍊和幾張馬幣百元鈔、幾個銀幣、地契、銀行存摺都搜走，揀走鋤頭、斧頭、菜刀和一把鋸子。而其他的，房子連同那些突然出現的東西，一把火燒了。以蝦嫂的蚊帳和弟弟房裡的紙引火。

下過雨，只有房子是乾的，不怕延燒。

韭菜對那些筆記甚感興趣，她媽堅持不讓她拿。她還是偷偷藏了一本，夾在腹間裙子鬆緊帶內。回去後長了一片疹子癢了好多天。

那一本寫的是個一隻鹹濕的手的故事。

兩隻老狗也不見了，這讓她們鬆了一口氣。熊熊火光中，兩人相視而笑，心意相通：終於可以鬆一口氣，不必跑來跑去了。

兩隻老狗拖著疲憊的身軀，搖搖晃晃的，勉強把自己拖到林中昔日情人的白骨旁，趴了下去，互相望了一眼，一垂首，就隨同女主人「駕鶴西歸」了。

那隻在雨中逃走的手，又鹹又濕的躲進爛泥芭邊的土地公廟，老屋的灰有十數片被捲進廟裡，其中一小片灰落在它上同。它腕上的「把」即如熟瓜之蒂剝落，剩下的部分縮藏在土地公神像後，表面漸漸的結起一層繭。

表皮硬化成軟殼，長出豆大的小眼、長出口、生殖器，和節肢類該有的一切，籠罩在濃烈的死狗爛屍味中，蛻化成一隻凶猛的螃蟹，破繭而出。待風把殼吹硬後，牠舉起紅色的巨大的螯，飛快的橫行進沼澤，把爛芭裡所有的澤蟹都強暴了——不管牠是公的還是母的。

澤蛙閃得慢些，就被生吞活剝了。澤龜見到牠，都要退讓三分，否則就被掀翻。

牠有時也去吃老狗溶解中黑糊糊膏狀的屍體，嘴爪間「津津」作響。

三月二十四日，埔里

追擊馬共而出現大腳

Burung kakak tua
Hinggap di jendela
Nenek sudah tua
Giginya tinggal dua

——Malay Children's songs[1]

前特種部隊成員 Leon Comber、小說家韓素英的前夫，在他那本詳細敘述英國特種部

1 馬來語兒歌及搖籃曲：一隻鸚鵡／立在窗檯上／奶奶老邁矣／牙齒剩下兩顆。在馬來語裡每句都押尾韻，但譯文只剩下詞義。

隊在緊急狀態的權威著作 *Malaya's Secret Police 1945-1960 : The Role of the Special Branch in the Malayan Emergency*（《馬來亞的祕密政治1945-1960：特種部隊在馬來亞緊急狀態中扮演的角色》）的第十二章有一個小節，題做〈馬共與大腳〉（Communist and the bigfoot），以十數頁的篇幅描繪了剿共過程中發生的一件怪事：一名雄性大腳救了一名女馬共。

事情的經過是這樣的，一九五七年秋天，特種部隊接獲密報，在牙拉頂（Ulu Galas）一帶有馬共游擊隊出沒的跡象（偷採木薯之類的）。就派了一支武裝小隊去伏擊，小隊從工作站出發，抵達時已入夜。

還好是個月圓之夜。

到現場埋伏沒多久，就發現鬼鬼祟祟的出現七、八個人影。他們耐心的等了一會，隊長指示每個人瞄準狙擊的不同對象，再等他的手勢。

等到那些人氣喘吁吁的拔好木薯，彎腰駝背的扛著準備離開時，隊長手一揮，數秒內槍聲大作，五個人當場被擊斃。但竟然有兩人及時撲進草叢裡，逃過一劫。

特種部隊趕緊荷槍搜索，在一段枯木後生擒了一名年輕男子。同時聽到遠方草叢灌木裡有雜沓聲，就胡亂開了幾槍。一陣野豬的慘叫聲。

然後就看到月光下，一名綁著兩條辮子的女子飛也似的往下坡處奔跑。至少有三名特種部隊同時瞄準她身上三個部位：後腦、背、屁股。三槍齊發。眼看三顆子彈即將射中，突然樹後閃出一道龐大的黑影，以迅雷不及掩耳的速度把那姑娘撲倒，滾下山坡。子彈落空。

特種部隊面面相覷：熊？黑猩猩？*orang hutan*[2]？

隊長大喝一聲，整個小隊趕了上去，亂槍掃射。只見那龐大的黑影抱著那姑娘，在樹與樹之間跳躍。身體雖大，動作卻異常靈活，子彈沒有打中的跡象。但也由於身量大，移動時都會引起草叢灌木一陣晃動。隊長靈機一動，換上麻醉槍，那是專門為馬共高層幹部而準備的。轉眼趕到了牙拉河邊，那黑影欲往洶湧的河水跳，屁股被幾支麻醉槍射中。跑了幾步，就癱倒在河邊蘆葦叢中。

他們把他身體翻過來，一看，前面也都長滿深色的毛，肚臍鼓起像一截手指。

那女孩並不在他懷裡，顯然被他使出掉虎離山之計救走了。看他身高有八九尺，比特種部隊裡最高最大隻的北歐海盜後裔歐瑪（O’ma）還要大上一號。一身長毛，額中央凹陷，耳大嘴大，但牙齒「煞」出唇外。不用說，腳也很大。那話兒多半也很大。隊長掏出迷你量尺，量一下牠的腳板。

——oh my god! It really 24 inches long and 8 inches wide! quite a big foot! shit![3]

2 直譯：森林（hutan）人（orang）。但其實是紅毛猩猩。

3 閩南語譯文：靠北！真正是大腳咧，二十四吋長、八吋寬，夭壽大咧！

——沒想到馬來半島真的有大腳。真是意想不到的收穫。

牠下身圍著一塊紅布，上頭有三顆黃色星星。

——那不是「三星旗嗎？」

——沒想到馬共裡有大腳。

於是招來軍用直昇機，運來裝老虎的大鐵籠，把牠裝吊回霹靂州特種部隊總部。隊長立即招來十數個高階投誠馬共，斥責他們為什麼沒有告知馬共裡有大腳？那些投誠馬共也都十分吃驚，面面相覷，異口同聲的說：「我在的時候還沒有。」

特種部隊高層和高階投誠馬共開了個緊急會議，從既有資料來判斷（包括截獲的馬共內部極機密信件）都無法證明馬共內有大腳的存在。所以主席Colonel Young裁示：大腳的介入應該是偶發事件，和馬共沒有必然的關係。

為了進一步確認，等牠醒來看能不能對牠進行一番偵訊。

於是急電召國內僅有的兩位靈長類學者、動物行為專家DR. P和DR .Q（還好都在馬來亞大學），在牠醒來後，DR .P和DR .Q帶著香蕉、木瓜和可口可樂，嘗試和他溝通，交朋友。不料這位大腳老兄對兩位英籍動物學家模仿紅毛猩猩的抓癢動作嗤之以鼻，朝他們吐了口水，咕嚕咕嚕的說了句甚麼。

「我建議把牠運回倫敦動物園，讓劍橋大學的生物學家好好研究牠。說不定是最古老的智人孑遺。」Dr.P說。DR.Q附議，並建議特種部隊對那片山再度發動搜索，「有一隻一定有兩隻。如果捉到一群，大英帝國的動物學就可以再度揚名國際。」「至少抓到一對，可以配種。生了崽，說不定可以和中國交換幾隻熊貓。」

籠子內的大腳聽兩個老外猴模猴樣的嘰嘰喳喳，不禁又發了一串單音節。

「咦，」一位年輕的華裔特種部隊內勤（三等祕書）小李突然說，「牠好像在說古漢語。」他靠近籠子仔細聽。「最好請我的老師，Mr Cheng親身來聽聽。我修過他的課。」他也是馬大畢業的，修過中文系開的一些高級課程，但好像沒有一科是及格的。

國學大師錢教授那時年方六十，到馬大已經兩年，對教誨華僑子弟盡心盡力。正在研究室用毛筆小楷寫著朱子年譜，寫到「鵝湖之會」。

內政部電話剛到說要請他喝咖啡，黑頭車就到樓下了。他急急忙忙上了車，在車上一面回想，最近上課有沒有亂放砲，有沒有對華語是否該列為官方媒介語發表過議論，不然怎會被請去喝咖啡……冷氣太冷，不小心就睡著了。有尿意。很想喝熱咖啡。

他在回憶錄《我在南洋教書的日子》提到，午覺一醒來就到了，那很像監獄、四周豎起高牆的地方，白色的樓房，「出入多洋人，土人盡皆僕役也」。

一看到關在籠子裡的那人，他就想起《史記・孔子世家》這麼一段話：「生而首上圩頂，故因名曰丘云。」及《孔叢子》的描述：「河目隆顙」。及至聽到他口中發出的「子曰：『性相近也，習相遠也。』」眼眶就不自禁的紅了。聽到「子曰：『君子謀道不謀食。耕也，餒在其中矣；學也，祿在其中矣。君子憂道不憂貧。』」眼淚止不住大顆的滾下來了。

——是他失散多年的兒子嗎？

特種部隊那些老粗看傻了，搞不清楚老頭幹嘛哭泣。他那被當掉的學生幫他做現場口譯。

「這個大腳背誦的是先秦古籍《論語》哪，而且是山東口音。」

「所以他是人，不是猩猩。」

——他是馬共嗎？

這是特種部隊最關心的問題。

錢教授嘗試和籠中人用古語對話，講沒幾句，就放棄了。他發現對方不會回應他的詢問，他吐出的古語都來自背誦。用各省方言及歷代的官話問他也一樣，他自顧自的吐出《論語》中的字句。他們沒有交集的對話結束於「我欲仁，斯仁至矣。」

「他怎麼可能是馬共？他天真的像個孩子似的。」

——會背古書的大腳？那就更值錢了。

——那他為什麼會冒死撲救那個女人？

也許，動物學家DR.Q說，母靈長類剛好在發情期吧。

幾個特種部隊在商議：如果不是馬共，那就更好辦了，送去倫敦或巴黎，一定可以賣到好價錢。他們不知道錢教授的英文也不錯，不是只懂國學而已。洋鬼子這番對話讓國學大師聽了大為光火，向籠中人說：「你放心，老夫一定會救你出來。」即拂袖而去。

那天傍晚，他即用毛筆修八行書一封，請中文系的馬來學生歐斯曼（O'sman）親自送到首相府去給東姑。在送去前，錢教授特地用白話向歐斯曼逐字逐句的解釋了十幾遍，再請他翻譯出一個馬來文腹稿，再回譯成中文，確定無誤後才肯放行。那時已近午夜，東姑其實早已入睡，還好歐斯曼的姑姑的哥哥的堂哥的表弟的妹妹即東姑的遠房表姐的堂妹，也是他最怕的三房太太。於是只好打著哈欠忍受歐斯曼蝦醬味的口臭，聽他囉里八嗦的報告到黎明。聽完後，當即把祕書從他情婦的床上叫起來，叫大法官發出一紙命令給皇家警察去把那 *orang hutan* 連同籠子給強制押送到首相府。

特種部隊裡的英籍成員萬分不捨，裡頭的華人馬來人成員都贊同東姑的作法，不同意把 *kaki besar* 給送到外國去。東姑其時剛成為國父，心情其實好得很。他給特種部隊的說法（原文為馬來文），如果翻成廣東話應該是這樣的：

點講佢都係我馬來亞的子民咧，而家我都佢國父囉，都應該保護自家的子民啦。就算佢曾經行差踏錯，也應該俾佢多一次機會。*orang asli* 都係單純地，好易俾果地山老鼠呃嘅。應該原諒佢，俾佢一次機會重新做人咧。聽講佢識背中國古書，話唔定係國寶來嘅。[4]

至於再教育，就委託給馬大的錢教授，國際知名的國學大師，因為他對教育有無限的熱誠。但東姑也派了一支精銳部隊，輪班二十四小時就近監視，以防國寶逃走。

特種部隊在那一代山區展開幾次搜索，除了高山上數聲「子曰子曰」鳥叫之外，連大腳屎都沒找到一坨。那幸運逃過一劫的女孩，再也沒有在報告中出現。

原來錢教授在給東姑的信上，確實在國父─子民關係上大做文章，並強調「古人云：半部《論語》治天下。此子之出世，不啻河出圖、洛出書，西狩獲麟，乃馬來亞新國祥瑞之兆也。」─連同數十句從古書中節錄的稱頌帝王的馬屁話，讓東姑即使不懂中文，那晚也忍著睡意，聽到飄飄然不知不覺腳板離地兩吋，姑心大悅。

取得監護權後，即把他接到宿舍去，準備好好調教。給他騰了個小房間，有書桌有床。親手給他修剪了頭上的毛髮，購置了亞麻製的上衣長褲，因為比較清涼；也讓他適宜在教授住宿區出沒，以免嚇著良家婦女。但要勸服他脫下那塊三星旗，就頗費了一番功夫。夫人以女人的直覺猜測說，「說不定是那女孩送他的遮羞布、定情物。」

買不到鞋子，可想而知，那麼大的腳。還好他的腳板像熊掌那樣厚，腳底戳起來軟軟的，很有彈性。它本身就已經鞋化，熱午天踩在柏油路上也不會疼。

他給他取了名字，單名仁，字懷德；因為能誦《論語》及長相有來歷，就讓他姓唐，一如斯地華人以方言自稱唐人。也不是沒考慮過給他取單名捐，字棄之，又嫌過於矯情。原本想讓他姓孔，又怕太冒犯孔老夫子了。姓姬，又冒犯周公。

隨即用珍藏的一塊田黃親自給他刻了個陽文篆書「唐」字私章（夫人唸他：你有必要這樣傷害自己的視力嗎？）。

但他發現此君時，即曾致函香港唐姓新儒家友人。興奮中不無感慨，感慨中不無興奮：

……此子首上圩頂、河目隆顙，初睹即頗疑孔聖後裔；其肖似先祖有過於今之衍聖公

4 閩南語譯文：安怎講伊攏是咱馬來亞的子民，恁爸當今是馬來亞的國父，是沒理由不給伊保護啦。就算伊曾經做錯代誌，也該給伊一次機會。山番頭腦攏卡簡單，人又少年，卡容易給山頂遐死共產騙，應該原諒伊啦。聽講伊會背古冊，不一定是國寶來嘅。
華語：怎麼說他都是咱馬來亞的子民，如今我堂堂馬來亞國父，沒理由不保護他。就算他曾犯錯，也該給他一次機會。原住民個性單純，是比較容易被山上那些油嘴滑舌的共產黨員欺騙。聽說他會背中國古書，說不定還是個國寶呢。

者，身高亦然。如《史記》〈孔子世家〉言：『孔子長九尺六寸，人皆謂之長人而異之。』依常理度之，人長腳必大，蓋非如此不足以支撐也。孔夫子腳大幾何，古籍失載，曲阜孔家嫡系後裔亦未聞有腳大若此者（長二十四英吋寬八吋），豈此一特徵獨流傳海外？

以一介土民而能誦《論語》，今之大學中文系本科生亦不能為也。惜乎不識字，亦不能說華語及中國方言，併當地土話。惟『子曰子曰』哀鳴而已。其誦《論語》，疑亦不過鸚鵡學舌。然有學舌者，必有能教鸚鵡者，此高人何在哉？此高人豈在山中乎？

神州文化浩劫，漢文化花果飄零。子曰：禮失而求諸野，然此地唯寺廟墳塚碑記而已，故國衣冠喪亡殆盡。迫於生活，唐人亦殆不免於入番，悲夫。

錢教授教他寫漢字，一度猶豫要從華小一年級華文課「來來來，來上學」開始，還是像古人童蒙以《百家姓》、《千家詩》入手。最終還是決定以識字為主，以《說文部首》為教材，「始一終亥」。根本的目的是希望早日教會他說華語，以了解他的《論語》傳承；還有多少山中人像他那樣，能誦《論語》？除了《論語》之外，是否還能誦其他典籍（他最希望有能誦《春秋》者，但依他的專業直覺，以誦《詩》、《易》的可能性為最大），整個部族是怎麼來的？是不是直接從曲阜南遷？裡頭有沒有孔氏血嗣？這一支到底有多少人，是不是真的來自孔子七十二弟子？文化為什麼會退化到今日「無以言」、「不能言」的地步？為什麼不是〈桃花源記〉式的建立一個自足、遺世而獨立、完整保留著先秦漢文化的社群？

在唐懷德吐出《論語》時（錢教授很快發現，隨著情緒不同，聲調有高低有不同的變化，有時會掉字），他以草書逐字逐句在稿子飛快的抄下。大概一個半月左右，經過反覆對比，錢教授發現唐仁的《論語》和通行版本比較，文字略有出入，脫落。如卷一就掉了「子曰：『學而不思則罔，思而不學則殆。』」卷三掉了「子謂韶」一章……諸如此類的。還發現有些章節會重複，如卷十最後一章「子曰：『不知命，無以為君子也。』」重複了三次；原卷五的「子曰：『鳳鳥不至，河不出圖』」重複出現在五個卷內；原卷二的「朝聞道，夕死可矣。」重複了七次。「子在川上曰，『逝者如斯夫，不舍晝夜。』」更重複出現在每一卷的末尾。

錢教授隨之編輯整理，由馬來亞大學出版社出版了《大腳版論語輯錄》，並寫了長篇考訂。印了兩百本分贈漢學界友人。不料歐美中日學者一致認為那是偽書，其中一位日本漢學宿耆在書評末尾寫道：「錢某僻居南島，窮極無聊而造此偽書，真不知居心何在。」

但更糟的是，在書剛印出來還熱騰騰的，錢教授卻發現這位大腳老兄的《論語》版本變了。那是在他陪懷德到後山去看那群小猴子，突然發現一位身披紗麗，身材曼妙，巧笑倩兮的女孩向他揮手之後。懷德的表情變了，吟出來的句子不斷錯簡、掉字，好像是新出土、字跡漫漶的《論語》竹簡，那狀況持續了十幾天。

錢教授夫婦其實也發現那上百隻的小猴子都不怕懷德，一見到他就開心的圍了下來，有的還跳到他手臂上、肩上、頭上，吱吱喳喳，爭先恐後的要告訴他甚麼似的。他似乎可以和猴子很好的溝通（比和他們夫婦溝通容易多了），用牠們聲調不同的叫聲，像老朋友那樣，比手畫腳的聊上好一陣子。那狀況，幾乎可以用「有說有笑」來形容。

錢夫人有感而發的說：「他和牠們在一起好像比較快樂。」

兒女都在美國唸書的錢教授，每天像對待兒子那樣說話，握著他大而多毛的手，以毛筆字寫著《論語》時代的漢字書體——大篆。談到百年來中國戰爭頻仍，幾被瓜分；而今大陸赤化，民國偏安孤島，命懸一線，不禁淚漣漣。夫人聽了難免不耐煩，「喂老頭子，你確定他聽得懂你在說甚麼嗎？」

但他還是說了又說，口焦舌燥，只好猛灌椰子水，「小心你的胃！」夫人咆哮。大腳對椰子的興趣還大過寫字，當錢教授感傷的訴說自己一生苦學自學，從小學教師到大學教授、中研院院士的艱苦歷程時，他一口氣幹掉了五顆椰子，水喝乾後，椰肉也徒手挖來吃掉。「出版了百多本書，其中最得意的是」，他從架上抽出一本《國史大綱》翻開扉頁。「就送你一本吧」在扉頁上題簽，一時頑皮，竟寫下：「孔聖後裔大腳唐懷德大德存念　賓四贈，丁酉年霜降，於馬來亞大學　求諸野齋」還有一部他校訂過的香港坊間版《說文解字校注》，也說是要送他的。

其實他們一直磨合得很辛苦。教他說話也教得辛苦。背書他好像行一些，只好讓他背，《史記》〈孔子世家〉以免數典忘祖。

最麻煩的是生活。譬如他不肯穿內褲，有時外褲也不穿（只有去看猴子時勉強答應穿上，因途中會遇到女學生），常常晃著那副大到不像話的傢伙在宿舍區走來走去。害得社區裡一干來自英美加澳的教授夫人兩眼針眼長滿，腫得看不到路，醫也醫不好。都鬧著要回家，都指控說那大腳怪企圖強姦她們。搞到教授們晚上睡不好（他們和夫人一樣恐懼），課上得亂七八糟（話題一直扯到*Bigfoot, kaki besar, monster*），論文也寫不出來，一直拼錯字，馬大的學術水平一落千丈。校長法學博士翁姑阿濟滋只好寫信給東姑，說如果再放任大腳這樣走來走去，踩死花木也就算了，嚇壞人家女士——如果嚇到女學生，馬大眼下就要關門了。

他也沒想到東姑如此英明，馬上叫教育部長把他免職了，調到全馬最偏遠的關丹去當小學校長。而啟用了一個很會拍馬屁的孟加拉人、動物學家伊馬阿馬（I'ma A'ma）當新校長。

別看他人長得笨，他真的有想法。他立馬找了建築師在後山猴子的棲地旁給錢教授一家三口新蓋了兩間高腳小木屋，那裡也鄰近工人社區。這一來教授夫人的針眼紛紛好了（錢夫人免疫力超強，本來就沒事）伊馬阿馬方案意外的解決了另一個問題：雖然取了個合乎身分的名字，大腳老兄其實一直不肯在廁所大小便。每要大便，他一定火速衝進附近的樹林裡。還好他在山裡養成了不錯的衛生習慣，大完便都會挖了坑埋起來，再蓋上枯枝落葉，像地雷那樣。

小便一定要尿在樹頭。宿舍旁那十幾棵高大英挺的鳳凰木，就是那樣活生生給鹹死的。再則是他好吃肉，且吃得極多（伊馬阿馬說，差不多是一隻成年公虎的量），而且喜歡生食。這讓虔心禮佛的錢夫人非常為難。

花費驚人是不必說的，還好錢教授領的是外籍教授的薪水，至少養得起十七、八個大腳。

錢教授一直對夫人曉以大義：「讀聖賢書，所為何事？錢某何其有幸，在此中華文化花果飄零之地，得睹孔聖血嗣……」

「好了好了，別對我講文言文。我現在可不是你學生了。」

但這一搬遷，卻苦了負責監視的特勤隊員：常在林子裡踩到大腳埋下的地雷，「shit shit shit！！！又臭又大坨！！shit shit shit！！！」

他們努力要訓練他吃熟食，那讓他吃得很慢，顯然很勉強。

故事總有結束的時候，大腳的故事也不例外。

大腳離去的那一天，錢夫人睡到日上三竿。因為前一夜丈夫不知怎的發狂（也許因為讀了些淫穢的小曲），纏著她繾綣到回教堂誦經聲響起，方勉強放過她。醒來沒看見大腳（她私下還是喜歡喊他大腳，而且還用軟昵的家鄉話），以為又到對面樹林裡去大便，也不以為意。

大教授一早興匆匆出門去上課，研究所的「宋明理學」，朱陸異同正講到關鍵處。欲罷不能講到超出一個小時，學生餓到臉臭臭。

課後即騎著腳踏車飆到家門口，夫人就跟他說：一早起來就沒看到懷德，以為是到對面林子去……。

「怎麼不早告訴我——」說只說了半句，他即想起今天自己上課也是遲到。

雞啼時迷迷糊糊聽到有人在吟誦「關關雎鳩，在河之洲」，勉強抬起頭，看到窗台上有隻大鳥。不耐倦睏又趴下去睡，卻彷彿又聽到「呦呦鹿鳴，食野之苹」，以為是在做夢。天明醒來，發現窗台上有一坨熱乎乎的鳥糞，才知道那不是夢。從那鳥的型態來看，應該是隻金剛鸚鵡。

匆匆衝出門，也來不及瞄一眼大腳。那時天剛亮，卻是到處都是猴子，滿山遍野的。不論是屋頂上、樹上、旗竿上、路旁駁坎上、路上，少說也是數千隻。好像參加甚麼盛大的慶典。古書多載異象，但他一時沒聯結起來。

原本下課回家路上心裡想著，這是回家要向夫人報告的第一件怪事。

那時猴群早就散去，路上都是大便。

夫人說她去問了那個守護的士兵（最開始配置三十個，一個月後發現大腳很馴就撤去一半；再一個月又撤去十個），發現他們也在睡覺，而且這些二十出頭的孩子一臉疲憊，好像晚上都沒睡。問了半天才套出（夫人很有語言天份，馬來語講得很道地），黎明時出現大批猴子，有幾隻發情的母猴很風騷、很主動。這些血氣方剛的馬來小兵一時受不了誘惑，被帶去樹林裡，發生了「超友誼的關係」。難怪，走到帳篷旁還聽到有人大聲說著夢話：「有尾巴好好，好好。」（Ada ekor memang baguslah!）

夫人說她檢查了家裡的東西，發現他只帶走錢教授送他的三本書（《說文解字》《國史大綱》《大腳版論語輯錄》）筆記本、毛筆（墨條和硯倒留著）和那方私章、那塊洗乾淨了當他擦腳布的三星紅旗，「那一身衣服倒是脫下來了。」聽到他記得把書帶走，錢教授覺得非常安慰，頻頻點頭，「孺子可教，孺子可教，自習也是可以的。」

他們同時憶起，前天傍晚帶懷德去後山看猴子，電線桿上好像就站著一隻鸚鵡，在叫著「子曰、子曰」。回程時，又遇到那身披棗紅色紗麗、身材曼妙，美目盼兮的女子，連錢教授看了都猛吞口水，被夫人擰了好幾下。

大腳更不用說，大大的腳自己直直走進水溝裡去。

緊急通報了校長，伊馬阿馬火速趕來。

據他判斷，錢教授睡夢中看到的那隻鸚鵡應該是灰鸚鵡而不是金剛鸚鵡，「灰鸚鵡有的比人還聰明。」

因性生活不諧調而早起的馬來鄰居證實，那隻大腳是光溜溜、毛茸茸，下身裹著紅旗，從窗戶逃走的。

向著雲霧繚繞的群山而去。

「屁股後面跟著一大群猴子。像螞蟻那麼多。帶頭的是一隻鳥大姐（*burung kakaktua*）。」

馬屁校長緊急通報了東姑，隨即附上錢教授的引咎辭職函，又是十幾頁毛筆字八行書古文，「有負所託，死罪死罪。」

錢教授期末教完即走人。

在香港待了幾個月後，就被其時中華民國的獨裁者請去台灣教國學。那天，在陽明書房向學生講完〈孔子世家〉，收到一封從香港書院老友轉寄過來的信。拆了兩層牛皮紙信封，出現黃色的薄薄的信封，裡頭有一疊厚厚的信。

是封來自森林的信，女性的，娟秀的藍色筆跡。

尊敬的錢教授：

不要驚訝，我們雖見過，但您不知道那是我。

我在馬大見過您許多次。

很感謝您那幾個月對外子的保護與照顧。如果沒有您，他可能會被那群洋鬼子帶到歐洲。運氣好的話一輩子在馬戲團展出，運氣不好的話可能就會被剝了皮，做成大腳標本了。

您為他的付出，我們夫妻倆不止會一輩子感激，也會讓子子孫孫世世代代感念。我雖然是個唯物論者，也會讓外子為您做個木頭雕像（那是他真正的專長，但他之前只會刻猴子），連同您為他刻的珍貴的章、您的贈書，供在家裡，當成傳家寶。

有些事我想您一定很想知道，他雖然不會說話，但就是有辦法告訴我。不然他怎麼會成功讓我懷上他的孩子？為了我，他也改吃熟肉了。

他從小被遺棄在森林，由母猴子撫養，可能就因為他那副長相才被父母遺棄的吧。從他的樣子，有人會認為是人和猩猩的混種，或是人和甚麼山鬼的雜交，所以腳才比較大。在他三歲時，母猴子把他送到我們座落於森林旁邊的家。我們是一起長大的，他小時雖一身毛，但沒那麼長那麼密。但他就是學不會說話，可能是錯過了黃金學習時刻。他也不會寫字，我媽教到失去耐心，罵他「生番」。我媽曾開玩笑說，這一點倒是像我爸。

我爸即使被她罵也只是露齒笑笑而已。

我十幾歲時因為叛逆跑進森林當了幾年山老鼠，過了一段刺激而單調的生活。但心太軟殺不了人。他是因為我而逃進森林的，我爸說他發現我失蹤時幾乎瘋了，一頭栽進大森林裡。但我有好幾年沒看到他，不知道他在哪片樹林裡游盪，可能是和他的猴友重聚了。毛長長了之外，還染上吃生肉、不穿衣服的壞習慣。再見面時發現他簡直大到我認不出來，只好把我們部隊的旗子給他遮羞。

還有他的腳，怎麼大成這樣？

我也曾懷疑他的父母是不是有一方是傳說中的大腳。

他確實不是甚麼馬共，但我是。為了他，我毅然離開了部隊。

毋庸置疑他是愛我的，他救了我不只一次。

有一次他從山上滾下大石頭示警，讓我們順利逃離。

另一次幾個特種部隊還來不及拿起槍就被他打昏了。後來聽說，因為外子出手過重，那幾個隊員腦部受到重創。醫好後智商只剩六成，餘生頂多只能當金店的Jaga，坐在門口籐椅上打瞌睡流口水。

害他被抓的那一次，讓我下定決心退出。因我曾向大部隊求助，要求他們設法把他救出。但我得到的答覆竟然是：不能讓一隻馬騮讓人民反抗軍身陷險境。也警告我不得擅自行動，否則將受嚴懲。因此我只有悄悄離開。幸虧有您，還有那群足智多謀的猴朋鳥友。

我父親是個土生土長的農夫，不慕榮華，也不愛講話。也許因為不太會說話。但我媽是個知書識禮的讀書人，小時候還讀過幾年古書，出身似乎不錯，但她不太想談。她從中國（似乎是逃婚而）隻身南下，不知道為什麼嫁給了我爸。我小時候每問及，他都露齒笑說：「用降頭。」

您待過南洋，知道「降頭」是甚麼嗎？

我媽曾經是馬來亞共產黨裡的要員，也是裡頭少見的讀書人。後來因為受不了裡頭沒知識的男性對她的歧視，憤而退出，那也是我最近看到資料才知道的。她曾經在這附近中文小學當了多年華文老師，雖然是五四一代人，南行的柳條箱裡，卻有木刻本《論語》和《莊子》各一卷。據說是外祖父的遺物，但我懷疑是匆匆偷來的。否則怎麼各只有一卷？

那隻灰鸚鵡（他有個馬來名叫 *burung kakaktua* 是我爸取的，但我們嫌長，都只叫牠 *kakak*）我們小時候牠自己從山上飛來的，*kakak* 和我媽很談得來，有說有笑的。我媽笑說牠不止會說幾種外國話，還會背誦四書五經，不知道是不是在錢鍾書家住過。但從牠的口中依稀可以聽出，牠有一任主人是烏克蘭的魔術師，會用不同的語言念咒語，吆喝：「變」。

我媽很尊敬牠，稱牠大師（master）、導師（mentor），但有時吵嘴會罵牠怪物（monster）。

外子自小和牠一見如故，*kakak*教的奇怪他倒學得會，那《論語》是牠一字一句教給他的。

我看到《大腳版論語》時簡直笑翻了，應該是《*burung kakaktua*版論語》才是。

為了避開馬共游擊隊及政府特種部隊的騷擾，我爸和我們一塊搬到更深的山林裡去了。這裡有一些和我們處得很好的*orang asli*，我們過著儉樸的農牧生活。養了十幾隻雞，幾隻鴨、鵝，一頭牛、兩隻羊，一隻狗，那隻狗名叫鴨都拉。

*kakak*有時會來看我們，講一些牠最近聽到的笑話。猴子們常會給我們帶山裡的野果來。山榴槤、山紅毛丹，野波羅蜜，還有很多名字還不知道的。我很幸福，第二個孩子再過幾個月就要降生了，希望是個女兒，腳也別那麼大了，最好也長得像我。

兩個孩子都用《大腳版論語》裡的關鍵字取名了字。一個叫三樂，一個叫九思。

但外子不能用您取的名字，他和孩子都得跟我姓。除了我爸之外，我們一家都姓楊（我爸沒有中文名，他姓Dong，可能是唐）。外子本來的名字叫棄，是我媽取的。我媽被英國人遣送回去中國後，我把它改成了「去」，那個棄筆劃太多了。

反正對我們來說這兩個發音沒甚麼差別。

我媽也回來了，她真的神通廣大，竟然從廣州經過越南、泰國偷渡回馬來亞，還找到我們。我爸那幾天高興得一直爬到高樹上去長嘯。更離奇的是（大概我爸太興奮了），她回來後不久竟然也懷孕了。這讓她非常害羞，因為她已二十多年沒懷過孕了。我的第一個孩子生下後幾個月，她也生下我弟。

唉，竟也是個大腳呢。

至於為孩子們辦出生登記有多麻煩，就不細說了。外子和我媽都沒有馬來亞身分證，只好找 orang asli 幫忙報生。

畢竟我們的孩子也是請 orang asli 幫忙接生的，也可說是土著了吧。

山裡的故事講不完。祝福您和師母在另一個中國一切順心

若蘭　一家

及山裡所有的動植物

誠摯的叩首

一九六〇年八月三十一日

二〇一三年二月二十三日埔里牛尾

猶見扶餘

不生不死最堪傷，
猶說扶餘海外王。
同入興亡煩惱夢，
霜紅一枕已滄桑。

——陳寅恪，〈讀《霜紅龕集》有感〉，一九五〇

待了差不多兩個月，村中可能提供資料的女人都接觸過了。我在泰南和平村關於女馬共生命史的訪談也已接近尾聲，整理行李準備離開了。

不過下午三點多，山邊樹梢霧嵐杳杳生起，有一點涼意。

村裡的紅毛丹、榴槤、波羅蜜、尖必辣等都結實纍纍，但都還沒到成熟的時候，綠得張

揚。村子中央那棵高大的樹，葉子倒不合時宜的紅了。它的葉子有點像山竹，闊葉卵形，葉厚而帶油光。可是山竹不落葉，但這棵數丈高的樹卻落葉。村人也不知道它是甚麼樹，只說不是山竹，也不結果。當初開芭時，領導愛其挺拔而把它留下了，而今唯一的功能不過是遮蔭。

我住的宿舍就在它的庇蔭裡，整理照片時，發現那個叫阿蘭的女人出現在樹下，手撫樹幹，另一隻手握著一片落葉，望著日漸稀疏的樹梢，若有所思，而喃喃自語。自從那棵樹的葉子轉紅後，她就常在黃昏時出現在樹下，有時說著說著比手畫腳，或兀自在那裡啜泣。偶爾也會朝窗這裡點點頭，但看到我出現在窗口，她的表情總難免有一絲驚嚇，好似我的臉突然闖進她的世界。

我不是沒嘗試和她接觸過。她脖子有一圈藍色的刺青，一枝首尾一貫的藤蔓枝葉捲鬚，有花有果。她曾讓我仔仔細細的觀察過。但她常恍神，目光飄浮，而且不愛說話。從她那裡實在問不出甚麼來，經常答非所問（譬如我問她，「妳哪一年加入馬共的，出於甚麼動機？」她會回答說：「我有個阿姐好錫我嘅。」如果我問她「妳覺得妳從馬共的團體生活中得到甚麼，有甚麼收穫？」她會回答說，「我以前有隻狗叫烏嘴，好乖嘅，可惜俾佢哋殺咗食咗囉。」問她後不後悔在森林裡耗盡一生，她就會突然羞紅了臉，期期艾艾的談起她曾經有過的大紅鬍子夫君。也許是故意顧左右而言他。問她脖子上的刺青是怎麼來的，她又一副欲語還休的樣子。

雖然頭髮花白，還是梳著辮子。臉上皺紋深刻，淆亂了酒渦，但從害羞的樣子還可以依稀看出她年輕時的風韻。有一雙深邃的大眼，鵝蛋臉，身材高䠷。年輕時就愛梳著兩條辮子，革命不忘美麗。然而從一次幾乎喪命的危險遭遇中倖存後，她就變得很不一樣，愛說一些靈異經驗，黨中央認為她違反了馬克思唯物主義辯證法的基本教義，她因此被迫做了多次的思想檢查，後來就沒敢胡言亂語了，但有的同志提起她還是會粗暴的說她「撞過鬼」。因此她的話在村裡一向沒人信，有的人甚至卑劣的說她「黐咗線」，但她不知從哪裡練得一手飄逸的毛筆字。據說那次意外之後，戰鬥時她總是過度緊張，因此不敢讓她持槍，怕不慎傷了自己人。看她兩眼發出怪光，咬著辮子，在樹林裡移動時其實還快過正常的戰士。動作快狠準，擅於揮刀，即使和英卡兵短兵相接也毫不畏懼。但解甲歸田這些年，她快速的委靡下去了，每天在磨墨寫字，日子過得異常頹廢。

剛開始那幾年，她還會獨自跑到森林裡去，好像在找甚麼。有時像個尋找失落孩子的母親，也不怕遇上老虎狗熊。村子裡幾個當過母親的女人曾經這麼告訴我。

她來到我窗前，囁嚅的問說，聽說妳要回去了？臉上有一抹紅霞，欲言又止的表情，好像有甚麼話要告訴我，卻又有點猶豫。

於是我拎了錄音筆，推開門，牽起她冰冷的手，到樹下去，讓她坐在石頭上。對她說：

「告訴我妳的故事吧，我相信妳說的一切。」我就在等這一刻。

以下是她說的故事，我不過是把重複的部分刪節、剔除繁冗、調整順序，隱去還活著的人的名字，做了點必要的文字修飾（尤其是把方言轉成白話）。

很多年前我講過這故事的一小部分，沒有人相信我的話，他們都認為我傻了，因此我從沒機會把它講完。

那一次，我們十五人的突擊小隊在月光下行軍，在猴子林那裡受到第一次伏擊，阿強、阿健當場就犧牲了，小紅、小劉、小白也中槍被俘；山豬窟那裡又遇埋伏，當場又死傷了幾個，更糟的是小隊被衝散，各自逃命去了。

我和寶叔、阿柴、阿貴三人共同逃向一處隘口，判斷說那裡好防守，不料卻是惡夢的開始。

我們躲在山壁後，位置比敵人高，一旦他們想進攻就立即被擊退。差不多一頓飯的時間後，攻擊停下。外頭好安靜，也沒有風。月光很亮，樹和草的影子每一吋都是活的。阿貴還年輕（經驗不足），以為敵人撤走了，正待往外走，人剛從山壁後現身，就一陣槍聲大作，還好寶叔及時把他拉了回來。原來敵人十分陰險，一直埋伏在草叢裡、樹後，一有風吹草動就掃射。

「這裡易守難攻。」寶叔命我和他守住隘口，其他兩人負責去勘察後方的形勢，看看有沒有可以撤退的路，是否有水源或可以當糧食的植物。為免負擔過重，我們都只帶了三天的口糧。萬一被困超過三天，就麻煩大了。他倆勘察半天回報：山後毫無水源，這是一片爛石頭山。有一些雜木，但看來不像是可以吃的。後頭有一棵很高的大樹，看來是棵野山竹，爬上去摸半天，沒看到有結果。不知道是季節不對，還是它是公的。敵人顯然對這裡的地勢非常了解，也不急著進攻，看來準備來個甕中捉鱉。從第二天開始，敵人只留下一個七八人的小隊馬來兵，還在一棵樹下紮了營，除了三人持AK47戒備外，其他悠哉悠哉的生火、煮水，燒飯、加熱罐頭，像露營那樣喝著啤酒，大聲講笑話呢。但只要我們一有動作，便是一陣掃射。

還一直用馬來話大聲的說要姦暴我。

但我們糧食吃完了，石頭下偶爾抓到一隻蝎子、蜈蚣，寶叔讓給我，我不敢吃，他也不客氣的自己喀拉喀拉的咬了吞下去。阿柴吃了幾隻小青蛙，阿貴吞了幾隻蟑螂蟋蟀，他好意的要請我吃一隻大蚱蜢，我拒絕了。他們罵我革命意志不夠堅定，小資產階級意識作祟，硬逼我吞了條蚯蚓，害我吐了好久。水即使節省著喝，也所剩無幾了；早上還可以勉強舐一舐葉片上的露水，白天就熱得難受，加上餓，快要連拿槍的力氣都沒了。晚上餓到睡不著，肚子一直響。

還好第四天下了場雷陣雨，讓我們仰天張口喝個過癮。寶叔策劃趁雨突圍，不料對方早有防備，而且奸詐的刻意等我們一行人出了隘口才發動攻擊，他們三人當場殉難。我因為腳麻腿軟走得慢，沒跟上他們的腳步，沒有當場被放倒。但也眼睜睜看到慘劇發生，也看到他們獰笑著朝我走來，我知道我即將面臨比死更悲慘的遭遇。我勉強放了幾槍，拖著身體退回隘口，子彈用完了，一直退到那棵大樹下，背貼著樹幹，我聽到那些男人像搶玩具似的大喊「先到先上」，七八個身影撲衝了過來。說來丟臉，我不只嚇到渾身發軟發抖，還很不爭氣的暈了過去。

可是就在那失去意識的瞬間，我的耳殼邊好像聽到一個細小如蚊的女聲：

「救不救？」

「救！」

沙啞粗豪急迫的男聲。一股熊的氣味。

然後是一道白光咻的劃過，雨聲中有七八顆榴槤墜落草地的悶聲。

不知道躺了多久，猛地醒來時，發現是躺在一張木床上，似是在一間昏暗的屋子裡，隱隱有人說話的聲音，而且是我熟悉的語言，介於廣東話與客家話之間。急忙檢查身體，竟沒有任何疼痛不舒服的感覺，沒有被強姦。只是好餓，身上的衣服全換掉了。像小時候看大戲戲台女主角的穿著，雖然是藍色的，摸起來也很滑溜，穿起來很舒服。見我醒來，一個紫衣女孩往外叫喚：她醒來了。即有兩個妙齡少女捧了碗吃的來，我不由分說一仰首喝光。原來是蜂蜜。接連喝了四五碗，方略有飽足感。

環顧四周，感覺像是由黃土夯實了築成的，難怪那麼清涼。

「這是甚麼地方？」

「待會見了主人妳就知道了。」

這些小姑娘身形都比我矮小，容貌端麗，身材纖細。我站起來比她們高一個頭不止。她們動作迅速，表情愉悅，頭髮均盤成髻，露出白皙美麗的脖子。

喝了蜂蜜，有人給我一小碟糕點，吃起來像是木薯糕，非常可口。然後捧了盆熱水侍候我洗了臉，梳理了髮辮。我是馬克思主義者嘛，這樣公主般的被對待感覺很資產階級，心裡真的很過意不去。女孩攙扶我起來，緩步走到一處燈火通明的大廳。只見紅男綠女密密麻麻的排列著，專注的聆聽廳堂盡頭高臺一張大椅上，一身形高大的男子坐著大聲說話。一聽聲音，不就是那一聲「救！」的主人嗎？我的眼眶馬上就熱起來，然後聽到他說，「歡迎我們的客人」。我不由自主的被牽著向他走去，心跳得都快喘不過氣來。他長得比我還高一個頭，塊頭大，紫膛臉，眼耳口鼻都大得有點誇張。鍾馗式的絡腮鬍，卻是火紅；衣襟開處胸毛飛了出來，他介紹說自己姓傅。「沒受傷吧？」他看起來很開心，寬厚的手掌牽著我的手，我登時耳朵和臉都發燙。他問了我的名字，牽著我說要親自引介他的王國。

一個紅衣服的女孩緊緊跟隨著他，動作異常輕盈，他介紹說是他義妹，隱娘。

她微微向我屈一屈膝，輕啟朱唇，一笑，「我們見過的。」她說。是那時耳畔的蚊聲沒錯。

笑容甜美，但鳳眼裡難掩畢露的鋒芒，刀刃般的反光。

他大聲吩咐幾句，群眾就散去了。我們步行到外頭，舉目都是巨大的木牆（後來方知是巨樹的板根），及大到不可思議的樹幹，好像可以直通天界——如果有天界的話——抱歉我又犯了階級錯誤了。樹頭有米黃色落花，餘香猶在，花瓣也是大得嚇人。還有比我頭還大的帶翅的果。

庭院裡有顆巨石，石上插了口巨劍，從劍身的鏡面我看到自己潮紅的臉。

我們站在高處，古樹濃蔭。他遙指四方他王國的版圖，放眼所及皆是。連綿的山丘，鱗次櫛比的房子，灰瓦高低起伏，炊煙裊裊。田隴阡陌，一方方一田田，一直延續到遠山腳下。子民士農工商，各司其職，有兵數萬，駐守四方。山脊上隱約有城牆的脊骨，高高低低的蜿蜒著。

往東，再遠處，就是一片蔚藍的海了。海上有大大小小的礁島，分散在洋面，都蔥綠得可愛。他說有的小島上有羊。有幾座島上有燈塔，白色的柱狀建築，海鷗唳叫著上下其間。

月牙般的岸，木構的碼頭，碼頭旁飄浮著許多木船，幾乎堆滿了海岸線。有的是獨木舟，有的是三桅帆船，有的是白篷船，但也有比那些小舟大上百倍的巨大木艦，停泊在另一處灣口裡。海風涼涼的很舒服，進入森林以來，都不曾這麼放鬆過。

他身上一股強烈的體味燻得我渾身發熱。

他斟了盞酒給我，酸酸甜甜的，喝了發暈。

作客數日，我被餵得飽飽的，感覺胖了不只十磅，晚上也睡得好，常一夜無夢。

沒想到第六天他就向我求婚，而我竟然毫不猶豫的點頭應允了，他高興得仰天長嘯，屋子被震得發抖。

在那裡整個人輕飄飄的，皮膚發燙，像小感冒時做夢那樣，腳踩在地上也不是很踏實，很容易亂答應原本不會答應的事。但我到今天還是不後悔。

他說他沒有子嗣，那對王國來說是不好的。很久很久以前他們移居此地時不知出了甚麼差錯，女眷不止身形縮小，還逐漸失去生育能力。我那時也沒細想，那他們的人口是怎麼補充的？後來才知道他們會去偷盜各族的新生兒回來養，這種習俗延續數百年了。

為什麼選上我？世間沒有別的女人嗎？問得好，我會一一給妳解答。

好似為了避免我反悔落跑，婚禮很快就進行，而且一切好似早就準備好了。

好像舞台搭好了就等我登場。

婚禮簡單而隆重。他長袍馬掛，我鳳冠霞披，還備了轎子，為我在另一區找了個落腳處，再從那兒迎娶，敲鑼打鼓的。張燈結綵，點了數百個燈籠，好不熱鬧。他竟來得及邀請附近多個王國的代表來參與。我就看到幾個腰插吉利斯（Kris）的馬來蘇丹親自出席，送來黃金犀角象牙錫壺珍珠之類貴重的禮品。

我偷聽他們講的馬來話，發現口音很怪，不好懂，好像談到萊佛士，巴答維亞，或類似的發音。然後一個有點像印度人的馬來人穿得比較普通的，眼帶殺氣，講話很大聲，一直偷放屁。我聽到他自稱是鴨都拉，有一位馬來書僮跟著他，備好鵝毛筆墨水瓶筆記本，讓他隨時可以塗塗寫寫。他愛吃肉，烤豬肉一人就吃了一大盤。

還有幾個有錢華人模樣的胖客人，絲綢袍子，瓜皮帽，一面大口吃東西一面用福建話在那裡談生意。甚麼生意？茶葉，陶瓷器，水果，米糧，牲畜，人。

雖然那時也一心想回到部隊去，也搞不清楚究竟為甚麼會跑到這地方來，但那氛圍讓我不好意思說要離開。他真的很開心，而我，有一種不想讓主人失望的心情。

想為他做一點事。任何事。想讓他開心。就像個熱戀中的女人。我不知道是不是那飲料裡頭加了甚麼。他的部屬對他也是百依百順的，像蜜蜂螞蟻那樣。

婚禮延續了好幾個禮拜，像蜜月那麼長。白日都是不同的飯局，有的客人住得遠，就晚到。譬如有個叫福爾摩莎的地方也來了一艘船，一個姓傅的胖子客人他就很重視，立在舢舺首，不可一世的樣子。說是他的遠房堂弟。還有來自麼內群島、摩鹿加群島、婆羅洲，甚至中國的客人。中國來的客人竟然是個瞎子，身著長袍，拿了根竹杖指指點點的，驚險萬分在助手攙扶下下了船，但一縱身竟準確無誤的坐在為他預留的大椅上。這個人和姓傅的胖子竟然抱在一起哭了好久。兩個大男人，真是的。接下來的十幾天也都形影不離，互相磨墨賦詩。有的客人住幾天就走了，那一般是住得較近的客人；但那些遠方的客人有的竟一住個把月。那兩人住了一個多月，道別時也是生離死別般依依不捨。我還沒看過感情那麼好的男人，我們部隊裡同志間感情再好也是有保持一定距離的。

婚禮還沒完全結束我就懷孕了，奶頭發脹生疼，他則一臉得意。我覺得那時我真是傻乎乎的，幾乎完全不記得自己是革命女戰士了，一心想討好他，好像那些封建時代的傻女人。但我才認識他多久呢？初夜的痛是真實的，真是個粗野的男人啊。但其後他變得溫柔，可是他的體力實在是驚人的好，傢伙也燙得很。要不是懷了孕，我每晚都給他弄得死去活來好幾回，第二天別說起不來，能醒過來就不錯了。渾身痠軟，四肢無力，頭暈，走起路來搖搖晃晃的。

客人漸漸散去，我肚子漸漸大起來，有三四個小姑娘小心的侍候著，一個叫小紅的特別精明幹練，兩道劍眉凜凜然。

懷孕後身體常發熱，肚子裡有一團火似的。肚子越大越浮躁，每天都要喝很多冰心、泡冷水浴，吃一些特別的食物。

後來發現晚上他們有時會整批人從村莊各處集結，換上夜行衣出去，到黎明才回來，常常身上還帶有傷痕血跡。我發現回來的他目光也變得不一樣了，有一股殘存的殺氣。他們每每帶回一包一包的東西，有各種珍貴的南北貨，中草藥，有黃金白銀，錢幣、寶石。但有時是一頭豬一頭羊，嬰兒，少女。也有過帶血的包袱，打開來是幾顆人頭的，說那都是些惡徒、山賊、海盜、叛軍、採花賊之類的。他們是在替天行道，甚至還抱養他們的遺孤，扶餘繼絕。養大了好保家衛國，懲奸鋤惡。

大半年左右他們會從大海裡撈起一頭鯨，據說夫君在海面一掌就把牠斃了，讓牠自己浮起來。吃不完的肉醃起來，油煉了儲存點燈；也打獵象、虎、熊，但那不用他親自出馬，交給村中的獵戶即可。

有時扛回幾隻長頸鹿，脖子的肉特別好吃，但銅玲般的大眼很會流淚。鴕鳥、袋鼠還蠻常見的，烤了吃。也吃斑馬。河馬、犀牛、鱷魚，則是皮很有用處。再則是沼澤巨龜，大殼可以做腳桶臉盆，也非常耐用，不怕摔。那院裡就有好幾十個。大廳牆上還釘了張綠色的皮，說是隻老妖的，剝了皮也死不去，給關起來了。

自我懷孕後，他們就不讓我看那些血淋淋的東西了。但異獸他還是會抓來向我炫耀。譬如鳳，就是野雞嘛，我們常吃的。但羽毛實在太漂亮了，拖著長長的華麗尾巴，幾乎是手到擒來的。我常為牠們求情，有時他也看我情面放了。譬如龍，他養了幾隻火龍，平日無事就縮小了附在巨劍柄上睡覺，我還以為是小蜈蚣呢。用著牠們時再把牠喚醒。另一種異獸，他笑瞇瞇的捧來讓我猜，身上都是五彩鱗片，四隻腳，頭像龍又像獅，大鼻圓睛，渾身散發出火光——妳一猜就猜到了。沒錯，是麒麟。原來那麼小隻，他說全身都是骨頭，不能吃的，也沒甚麼用。神州抓來的，還得遣人到原處放生，以免影響人家國運。

那時我就該知道我嫁的是個強盜頭子。那時他們說甚麼我都信的，不知道為甚麼心裡不存一絲懷疑的念頭，就像夜裡無夢那樣。也不會想家，想親人，想戰友，心心念念都是夫君和他的部族，一心想為他多生幾個孩子。

這些年方慢慢了解，多半是她們給我準備的那些食物的關係。別說婢女們，甚至夫君也不與我共食，她們總要另外給我備一份食物，小心侍候我吃完，理由是育母。

抓來的孩子也非常溫馴，非常的聽話，目光柔和而空洞，從來不找麻煩。他（她）們被分進不同的群體裡。這裡有自己的學校、醫院，學校給孩子讀的都是古書，我記得只有《周易》、《老子》、《孫子兵法》和《三國演義》這幾部書，我們臥房裡床頭就有套木刻大字本的。

我小時也讀過幾年書，《周易》、《老子》、《孫子兵法》看不懂，但我家有一部被老鼠吃剩半本的《三國演義》，我記得第一回就是「關雲長單刀赴會」。但我夫君日常愛翻閱的《三國演義》卻沒有這回。好奇心驅使下，我仔仔細細慢慢的把它從頭到尾讀了兩遍。妳猜我發現甚麼？這部《三國演義》是用曹操的觀點寫的，諸葛亮、周瑜、孫權、劉備個個都像笨蛋，關公張飛更不像有大腦的。裡頭還附有大量的曹操的詩、文、畫、墨寶。夫君對曹操的字也是讚不絕口，我們房裡牆上就掛著曹操的〈求賢令〉，夫君說是極珍貴的曹操手跡，他口授筆畫的教我一字一句的把它背下來。到今天我還可以背誦大半：

昔伊摯、傅說出于賤人；管仲，桓公賊也，皆用之以興。蕭何、曹參，縣吏也；韓信、陳平負汙辱之名，有見笑之恥，卒能成就王業，聲著千載。吳起貪將，殺妻自信，散金求官，母死不歸，然在魏，秦人不敢東向，在楚，則三晉不敢南謀。

我有沒有告訴妳，那裡上上下下都用毛筆寫字。那些年閒著，我天天臨曹操的字，染黑了一池又一池的水。那字體像小鳥在飛翔，夫君說，那古老的書體叫章草。

然而他閒的時候並不多。後來回到部隊，我都用那一手工整的曹操體小字幫戰友謄寫名冊、檔案，甚至幫老金謄抄手稿。他們歡迎我幫忙做事，但不喜歡聽我提到甚麼曹操。

他們頻繁的出襲，夫君駕馭巨劍，虎虎生風。有時一去十天半個月，剛開始我真的嚇到晚上睡不著，擔心他們再也回不來了。小紅十分淡定，她安慰我說：「別怕，妳不知道他們的能耐。」

每次回來後他都渾身發熱，在房裡踱來踱去。一雙手更是燙得嚇人，碰到柱子直接就留下深深的焦黑指印，久久仍冒著煙。天井裡挖了個大水池，平日都以竹筒注滿山泉。他回來後都要到水池去泡半天冷水，身上的熱氣才會逐漸散去。散去後，他會邀她們去泡澡，一大池水都變成滾燙的熱水了。

但有一晚，他們出去後不久竟有敵人來襲。那是個明亮的夜晚，月又大又紅。原以為是甚麼大鳥呼的飛過來，看清楚些，原來是幾個披頭散髮的女人頭，一會高一會低的升升降降的飛著（沒錯，是pontianak，我也沒想到會親眼看到）；嘴裡還發出一聲聲哨子似的尖叫聲，好似在呼朋喚友。聽了真的會牙齒發麻，腳軟。她們脖子下方掛著一串彎彎曲曲的腸子，飛行時有時會勾到樹幹，頭會重重一頓，像走路時腳被樹根絆到那樣。就在我抱著大肚子嚇到說不出話時，只見小紅從她髮髻裡拔出幾根針，纖細的手揮動幾下，噗噗數響，那幾個飛頭就被釘在不同的樹幹上，刃柄插在眉心上。頭兀自扭動著，腸子亂甩，嘴裡罵著馬來語髒話，吐出長長的舌頭、呸呸呸亂吐口水。但沒多久，就看到刃口發出火光，飛頭慘叫著熊熊的燒起來，直到燒盡。小紅手再往林子揮幾揮，林子深處不同地方發出慘叫聲，爾後這裡那裡閃起火光，然後歸於寂滅。然後林子瀰漫起大霧，月亮不見了。霧中隱隱有刀械碰撞之聲，有閃電般的火光明滅，但那晚就再也沒有異物飛進來了。

那一夜，小紅立在中庭如一把發光的劍。

後來我才知道，那時好些家戶都有高手勁裝立在屋脊上待命，但完全用不著他們出手。黎明前，部分出去的人接到飛劍通知，提前趕回來了。

他們傳來口訊說，已探出是誰所為。大當家的盛怒之下，已親自趕去廖內群島一把火把那幾個小國給滅了。

第二天小紅收回一百多根金針，大太陽下專注的擦拭了大半天。「三百哩內的 pontianak 大概都毀掉了。」她淡淡的說。

事後檢討，王怒不可遏，怎麼會讓敵人越過他們設下的重重屏障闖入。林中的守衛又為何沒攔下來，理當處死——但他們其實在奮戰中被敵人殲滅了。

研判敵人是衝著我腹中胎兒而來，雖然老巢已被滅，但難保不會再來犯。因此在我胎兒出生前後，王和他的護衛都將親自坐鎮。也在百里內佈下更嚴密的陣式，聽他們竊竊商議，將運用祕術讓來人永遠也無法抵達，永遠處於「將未」的狀態。

不久後我生下他盼望了數百年的孩子。生孩子的那種痛不是言語可以形容的，整個下體都著了火似的。但只要看到他滿足的表情，聽他說一聲「娘子，辛苦了」就一切都值得了。那群女劍仙也對我露出欽慕的神情，我想我做到了她們做不到的事吧。

孩子生下來時紅通通的冒著煙哪。一樣需要泡在冰水裡降溫。

許久以後我方知道，世間沒有幾個女人的卵能承受他火熱的精子，天下沒有幾個子宮能容受燃燒著的受精卵。她們透過複雜的數術推算，已經留意我很久了。因此，為他生一個孩子幾乎就毀掉了我的女性天賦，身體變得非常虛弱，幾乎每天都在昏睡。不知道過了多久，才想到孩子呢。她們說，由專人負責，早就給他備好了奶媽。

他給他取了單名龕，字克之。

經過漫長的坐月子調養，前後吃了數百隻鳳雉。孩子會爬後，宮裡的醫官高醫師給我把了脈，鄭重的宣佈說，我的子宮被燒焦了，不能再生育。因此有好長的一段時間他沒再碰我，全心全意的訓練他的兒子。從小浸泡藥酒，從軟骨功學起；然後是各式各樣的拳腳搏擊之術，五禽戲；飛簷走壁，來去樹樹間。我全然像個旁觀者，插不上手。怕我無聊，她們給我抱養了個馬來女孩，取了個奇怪的名字叫「伊昵」（Ini）。我出事後不知道她怎樣了。

有一天，他們大軍出襲，三個月後用籠子抓回來三個醫生，說都是宮廷裡的御醫，希望可以幫我治好不孕症。從穿著來看，應該都是中國人，一胖、一高、一嘴角有顆大痣。三人穿的都是長袍，頭帶幞帽或方巾，和我們差不多，其中一個戴著頂大圓帽，像是從武俠片裡跑出來的。但一開口說話，卻嘰嘰卡卡完全不能溝通。原來分別從高麗、越南、倭國抓來的。夫君把我叫到一旁，也命高醫師也來觀視。即命人取來紙和筆，磨好墨，各拿起一枝筆，就在那裡筆談起來。他先寫了段文字，交給他們傳觀。嘴角有痣的先在上頭寫了兩行字，高佬看了搖搖頭，在那上頭補幾句，又搖搖頭，夫君就請我上前給他們輪流把脈。我看到夫君寫下這麼一行字：醫不成，留下頭來。醫成，遣送還歸故國。

把脈時，他們的手指都白而濕冷，個別把脈後，就愁容滿面的寫下診斷意見。

耗了大半天，協商出一紙藥方，夫君命人交代下去。

餐餐依著那些稀奇古怪的配方（各種爬蟲類鳥類的蛋，哺乳類的胚胎，魚卵，以草藥熬煮）；他也被要求吃一些相應的配方。

三個月後，我的月經恢復了。

又七天後，他再度爬上我的床。

但不料在王宮裡引起爭議，有的大臣認為一個繼承人就足夠了，以免引起王朝的分裂。但有的認為該有個備位的，以防萬一。夫君自己是希望有個女兒。

歡愉妙不可言，讓我感覺幸福得不得了。但我很快又懷孕了。這一次，竟然產下一個焦黑的死胎。這樣的情況重複了一次、兩次、三次，那讓我憂傷而快速衰老。

我和他都意興闌珊了，我們分房而睡。

而後時間快轉，我們的兒子長大了，一次兩次三次的隨他出擊。每次我都提心吊膽的一直要看到他無恙的回來，一顆心才能放下。我發覺我進不去他們的世界。晚間開始做夢。但夢裡並不快樂，夢裡總是回到部隊裡去，也總是會被辜卡兵追殺。好幾回都是隱娘突然出現，她連手的動作都沒有，飛劍即斷了敵人首級，頭顱啵的飛上樹梢。聽到我做夢，小紅的表情非常吃驚。她說：「這裡的人從不做夢的。」那是變化的機兆吧。

多年以後我偶然看到昔日特種部隊回憶錄的中文譯本，發現記載著多次追擊馬共的宰卡兵頭顱突然飛掉，人還繼續往前跑的事。身體不知道頭不見了，跑到撞到樹才停下來。

我也開始有一些自己的想法，對一些事有懷疑。但時間好像突然加速了。

我有沒有跟妳說我們是怎麼計時的？不是手錶也不是時鐘，而是銅壺滴漏，妳知道銅壺滴漏是甚麼吧？

那裡的時間和外面當然非常不一樣，更何況他們人人通曉縮地之術，千里一日還。

傅龠他一瞬間長成青年了，雖然我們見面的時候並不多，他還是非常孝順的，殷勤的問候起居。隨著時間的流逝，其他人並不見老，夫君他還是從前的樣子，我卻老了，滿頭白髮，齒牙動搖。

他們集體出擊時，小紅也不再留下來保護我。只留下一把泛著寒光的劍，掛在牆上〈求賢令〉旁。

我第一次興起回到部隊的念頭。我想要回到自己的戰場，不想在這做毫無目的的等待。當然，我的伙食也和一般人一樣了，而且有時也要求參與一些家事，生火燒飯甚麼的。有時也臨摹習字。

這時發生了一件事。

多年來，他們出去時他會把一大串鑰匙交給我保管，沉甸甸的裝滿一個小匣子。他有交代我哪個鑰匙是開哪個房間、哪個箱子的，也交代說最裡面有個小房間千萬不能打開，裡頭關了一隻妖怪是他費盡心力抓到的。

當他說這話時，隱娘的目光冷冷的乜了我，我就連續打了好幾個噴嚏。

有一天早上醒來，不知何故王居裡一個人都沒有，空蕩蕩的，所有的婢女下人都不在了，窗開著，可是小鳥飛不進來。那把劍安安靜靜的掛在牆上。好像一夜之間所有的人都撤走了。可是當我拉開大門要往外走，卻跨不出門檻。有一股無形的力量把我擋了下來。感覺風也進不來。我被遺棄了嗎？我陷入極度的恐慌。

我到處呼喊，找人，然後有一個蒼老的聲音呼喚我，說「我會救妳出去的」。他要我抱著那鑰匙匣子，提一盞油燈，沿著長廊走到盡頭，左邊石牆下有一個暗門，同時按下三隻火鳳凰的眼睛。推開厚重的石門，那聲音一路指引，左一道暗門、右一道暗門，有時是烏龜，有時是蛇，或象、或虎、或麟；向左、向右、向下，不斷向下，用了許多鑰匙；像地下蟻窩那樣百折千迴，觸手都是濕答答的。我腦中甚麼都不想，一直跟隨那聲音的指示。到了一處長廊，貼著牆是一列數百個玻璃罐子，持燈靠近一看，嚇得腿軟。都是嬰孩模樣的焦炭。「失敗的孩子。孩屍。」那聲音說，「有三具是妳生的。別停下，」他說「法力無窮呢。」

我疲軟無力的再往下。一層又一層的囚牢。粗礪的花崗石砌了一個又一個的房間，厚重的鐵門深鎖。看起來是關囚犯的場所，但從眼寬的小窗往裡頭望，一個一個都是空蕩蕩的。甚麼人需要被關起來呢？有幾個囚室裡頭，襤褸的衣衫包裹著枯骨縮在一角；有數百十個拖曳著長髮，看來或許是女人（聲音說：「這都是妳夫君過去的妻妾啊」）；從服裝來看，那三個異國醫生也在裡頭，大概是被關在一起活活餓死的。

一直走到最下層最後的房間，那聲音的來處。我看到一個頭很大的老頭。頭很大，個子卻很小，四肢細小，身上胡亂裹著塊布。行動時手足並用，非常迅速。動作和姿態都像蜘蛛；有著一把濃密的藍色的鬍子，長到拖地。他仰頭看著我，兩眼發出碧綠的光，那熟悉的聲音對我說：「我等妳很久了。」

我不由自主的把門上數十道封條撕下，掏出那根魚骨狀的鑰匙，毫不考慮的把它插入鑰匙孔，三兩下就轉開了。他就像一團毛毯那樣飛了出來，腳上還繫著一顆和他一般大小的大鐵球。只見他雙手按在其中一面石牆上，全身泛出一道藍光。好一會，石崩牆解，露出天光，濤聲如輕雷。只見他一縱身直往洞口外飛出去，哈哈哈的狂笑，大喝：「皮來！」一咻的甚麼綠色的東西飛到他身上。轉頭丟下一句：「我會來救妳的」騰空而去：「記得我的名字，」每一個字都拖得很長，「我叫檮杌。」我大著膽子往外張望，海風撲面而來。發現是月光明亮的夜，我站在百丈懸崖上，遠處有漁燈點點。墨藍的海，空中有三道劍光追向那藍色的影子，和他激烈的碰撞著發出火光，但他兀自飛走了。然後不知哪裡來的一團火，圍著他胡亂的燒了一陣，我聽到慘叫聲聞到毛髮的燒焦味——也許是我的幻覺——他帶著火與煙逃走了。

當我回過神時，發現我立在天井中央，漏盡更殘不知甚麼時候所有的人都回來了，我的夫君他怒目圓睜的支頤斜坐在他的寶座上。一顆冒著煙的大鐵球在我面前，燒得熾紅。那把巨劍插在他和鐵球之間，兀自抖動。我一時愕然，搞不清楚究竟發生了甚麼事。只見一個偉岸的紅髮青年單膝跪在他面前似乎是在為我求情，「娘她是凡人，怎能抵抗得了那麼厲害的幻術？」

我想我死定了，不由自主的摸摸脖子。

「氣煞我也！」

突然聽到啵的一聲，我夫君的頭顱往上衝，衝破了屋宇。脖子裡噴湧而出的是火，一柱熊熊烈火，直上夜空。我偷偷看了小紅和隱娘，發現她們可是一臉淡定。好一會，那顆頭回到他脖子上，他還刻意喀答喀答的左右扭一扭，伸指對我下了一道命令：「把這女人關入地牢！」

牢裡的第三天晚上我做了個夢。我夢見自己獨自光著腳奔跑在樹林裡。好不容易看到一條小路，沿著它，跑到一處高腳屋前，一對馬來人老夫婦親切的招呼我。老頭子戴著頂哈芝帽，鬍子好似被大火燒過似的，短而鬈曲，鼻子還被燻黑了，笑時只剩上下各一顆牙。

肥胖的老奶奶膝上躺著隻很肥的花貓。伊說來坐啊，問我餓不餓，起身為我捧來一碟她親手做的木薯糕，斟了大杯冰涼的檸檬水。我覺得好餓，不知不覺就吃完一大盤，盤底剩下的黑糖椰絲我看了覺得好可惜好想舐。屋內有個小女孩身影似曾相識。老爺爺說如果不夠他在蒸包黍（jargon，玉米），一會就好了。我說我好累，借我在廊前躺一下，蒸好了叫我哦。伊遞給我一個藍色印花的小枕頭，我在稻草的香味裡睡著了。不知道多久後，聽到一個聲音說，好了，熟了，起來吧。

但我聞到熟玉蜀黍香醒來時，睜眼只覺日光刺目。稍稍適應了，發現自己躺在那棵像山竹的大樹下，枕在樹根上，肚子餓得咕嚕咕嚕，肩膀痠痛。身上爬了許多螞蟻。紅螞蟻兩吋多長一隻好嚇人的，還好不咬人，有兩隻屁股很大、身體特別紅的，觸鬚動個不停似乎想和我說甚麼。還有另一種體型較小的，有的綠，有的藍，動作非常快速。我逐一把牠們彈飛，拍走，發現大板根旁也都是螞蟻、蟻窩，品系繁多。

那時不知道脖子多了這麼一圈像胎記的東西，也不知那是護身符咒。

前方不遠處躺了幾具屍體，均身首異處，傷口切割得非常平整，而草地上滲著血水。我檢查身上，沒有傷口，衣服也都好好的穿著，也沒有被侵犯，只是衣褲仍是濕的。看看仍是白天，只好大著膽子摸摸那些屍體，肉都還有餘溫，可見我暈了沒多久。走出隘口，發現那守株待兔的敵人的屍體也都被斷首倒臥在草叢中，還有那幾位被射殺的革命同志。槍很重，但對部隊來說非常珍貴。我只勉強捧了幾把，一路跌跌撞撞的回到部隊裡。

脖子響過幾回金鐵碰撞的光，還好都沒事。我知道那些女劍仙非常高傲，一擊不中就認栽了，不屑再擊，他更不屑親自動手。

三天後好不容易回到部隊，報告了我被伏擊的事，同志們對我的倖存都抱著極大的懷疑。從他們的表情我就知道。之後我被隔離。被反覆盤問。被迫寫交代、檢查。在那些被囚禁的日子裡，我開始懷念曾經有過的安穩生活。這沒完沒了的戰爭到底要搞到哪天？不再被信任如何在部隊裡活下去？我還年輕啊。

初夜和生孩子痛楚是真切的。但歡愉、愛和幸福也是真實的。

有一晚夢到英軍派化學兵到林中噴灑，那一帶的樹林蟻穴都完蛋了。突然很想念我的孩子。一早醒來就衝到樹林裡，還是甚麼都沒找到。其實我一有機會就嘗試回到那地方，希望再看看自己的兒子。但怎麼找都找不到了，有相似的隘口，但沒有那樣的樹。有找到過幾棵那樣的樹，但位置不對。有各式各樣的螞蟻窩，森林裡螞蟻多得是呢。

跑一次就被關一次禁閉。寫檢查。

有時會夢到兒子。他長得像他父親一樣高大了，在藍藍的大海裡騎鯨漫遊。

夫君？我沒再夢過他了，但有時會突然聞到他身上大公熊的氣味，感受到他胸前鋼刷一樣的粗毛。其實我怕他，妳結婚了沒有？他的大傢伙其實像根烙鐵，想到都會發抖。

我只想念我的兒子。後悔錯過了親自給他餵我的奶水的機會，也很少抱他。部隊裡的當過母親的都有這樣的共同悔恨。

我經歷過了一切。只可惜一張照片都沒留下。

我立即拿起相機，對著她，以滿地紅葉為背景，按下快門。

聽完她的故事，我終於了解為什麼在村裡她會被目為瘋子。

這種故事鬼才相信。

還好我已被訓練得總是一副很相信的樣子，不管心裡相不相信。

她兀自喃喃自語。六八年受了文革的衝擊，那裡也搞整肅，她是第一個被糾出來的。要她交代，怎麼會像黑幫私會黨去刺青，又怎麼會刺個小資產階級趣味的圖案，她百口莫辯，被痛打一頓關起來。「果個章魚好壞嘅。」她笑著說。差一點被指控是叛徒，還好有老人仗義挺身為她辯護。說她都瘋了你們還想怎樣？

她抬起頭，喃喃。有時夜裡仰望星空，看到流星劃過，「我就會想，她們又去出任務了。森林裡一團團的鬼火，是夫君的咆哮。」

看看一地的紅葉，吋許長的大黑螞蟻爬到大石頭上。沿著蟻跡往下一找，石頭和泥土接壤處果然有個蟻窩，土石都被搬到一旁形成了蟻道。有的螞蟻爬到筆記本上，以後肢站立，觸角搔動，好似要向我訴說甚麼。抬頭看看落葉將盡的樹，一球球的蟻窩，有的是縫葉成巢的紅蟻，有的是啃樹皮成泥窩的黑蟻。樹身上顯然有白蟻留下的嚙跡。我突然想到，她不會是看到這些蟻突然來了靈感，編故事誑我的吧。我盯著她的眼睛，有一股難以言喻的明澈，不像是個愛撒謊的人。

我突然想到一個檢驗的方式，就問她可否把她記得的曹操〈求賢令〉寫幅墨寶給我留念。不料她很爽快的一口答應，而且要我隨她回到她潮濕簡陋的住處，就在不遠處山坡上，門前有兩棵榴槤，橫枝上都結著嬰兒頭那般大的果。或許是單身的緣故，房子就像廉價屋那般，二十多平方米吧頂多，靠牆擺了幾個書櫃。我略略看了一下，不禁「咦」的一聲。她書櫃裡不似其他退役馬共只擺中共出版的革命先烈傳記、毛澤東傳、毛選、周恩來傳之類的，而是有整捆的毛筆、整箱的宣紙、小箱的墨條；字帖（《曹全碑》、《好大王碑》、《張黑女墓誌銘》、《傅山法書選》等）《三國演義補證本》、《聊齋誌異》、《曹操集》、《唐傳奇校注》還有我聽都沒聽過的《霜紅龕集》、《陳寅恪詩文釋證》，她的閱讀品味與眾不同，會不會太專業了？

她有點不好意思的笑笑，「那些書我也看不懂。十多年前一個北大的退休教授寄給我的，他很喜歡我的字，買得最多，包了一大捆。他笑說他把他三分之一的退休金挪做我的養老金了。他說我的字讓他想起他剛過世的老師，問了我的書法師承。我只好跟他講了一小段，但我看他驚訝到假牙快要掉出來了，就沒多說。他回去後不久就給我寄來一箱書，裡頭還有一本《辭源》，信中說我長得像他逃亡到台灣的初戀情人（切，這是甚麼老梗！）。之後偶爾還會給我寄寄字帖寫寫信甚麼的，他太太過世後他還寫信來問我願不願意到北京和他一起過日子，他可以教我四書五經、諸子百家甚麼的。聽說北京風沙大，哪有這裡涼快？我老了，也沒必要學四書五經。上個月才聽到他的死訊，他兒女還給我寄訃聞來，妳有沒有興趣看看？」

我搖搖頭，看看手錶。時間差不多了。離村的車子要開動了，聲聲催。

有一張桌子擺了全套的文房四寶，吊掛著各種尺寸的毛筆，成捆的宣紙。拉開櫥子，一大疊的成品，她仔細挑了張一米多長的，抽了出來，攤開，仔細看看，硯台裡倒了墨水，提筆俐落的給我提了上款。她解釋說，和平以來，稍微重要的人物幾乎個個在寫回憶錄，她這種小人物又是瘋子，講的話沒有人信，更沒有值得錄的回憶，閒來無事，唯有寫毛筆字自愉。她原來的願望是把那異本《三國演義》默寫出來，只可惜記憶力不好，殘殘缺缺的構不成整體。倒是那半篇〈求賢令〉還記得，不料有來自中國和新加坡的觀光客看了很感興趣，願意花錢跟她買，一掏就是幾百塊人民幣新幣呢。我當下心一寒，我的研究費已用到超出預算，身上只剩兩百多塊馬幣，她是不是在暗示——這下哪買得起啊？

「別誤會，」她急忙辯解：「我不是暗示跟妳要錢。我賣了不少給中國人，他們很喜歡曹操，我這輩子夠吃夠用了。」是啊，這些年大部分的和平村都在做觀光了。

她捲了撕了過期的日曆包了，以草繩把前後兩端都綁了，塞給我，「真的是送妳的。喜歡的話，妳自己去請專家裱起來。紀念我們相逢一場。」

她還給了我幾顆紅豆，說是深山裡撿的，很珍貴的。

臨別時她又回到那副欲言又止的模樣，小聲的說，如果妳有到台灣，如果不麻煩，幫我到傅胖子的墳前上個香，雖然我只在我們的婚禮上見過他一次，後來聽說他突然腦溢血死了。孩子小時，夫君一直惦著這聰明絕頂的老弟，差點派百萬大軍去為他出一口氣呢。

傅胖子？……哦，傅胖子。

從泰南返歸後，我感冒病了幾天，夢到紅鬍子大戰藍鬍子，劍仙滿天飛。也做了幾個令人害羞的夢。屢被耳邊的蚊聲吵醒，一拍一攤血，真是的。

我對書法毫無認識。趁著到台北中研院做研究的機會，到「傅斯年紀念圖書館」查資料，到過台大傅園去偷偷上了香。順道到仁愛路那帶的幾家老字號畫廊請教，挑了其中一家裝裱。那些行家一致認為這寫字的人功力不弱，學有傳承，章草而有魏碑筆意，外秀內豪，水平不下於沈從文。一位姓曹的師父補充說，那字還多了幾分劍意殺氣，江湖風雨。曹操的真跡宋以後就不存了，是否學從曹操，則無從認定。

二〇一三年六月三十日初稿

（六月二十六日系上歹戲終於落幕，草此以誌之，兼寓自傷也。）

我家附近有隻狗叫「去呷賽」

我家附近有隻狗叫「去呷賽」。

幾乎有一兩年的時間，每當唸國小高年級的女兒寫作文，不管是甚麼題目，我都建議她用這一句話當開頭。譬如〈我的志願〉：「我家附近有隻狗叫『去呷賽』，牠並不知道我的志願是甚麼，也不必知道。其實我也不知道。但我媽說我小時候曾經對她說，我長大以後要像她那樣，閒閒在家。讓老公去做工，下班回家還要煮晚餐給我們吃，心情不好就罵他。」〈我的父親〉：「我家附近有隻狗叫『去呷賽』，我爸每次經過時牠都會吠他，所以我爸很討厭牠。我爸認為牠主人該多帶牠去散散步，到別人家的門口去大小便，心情就會好很多，不會整天吠。」〈我的老師〉：「我有好多位老師，但他們都不知道我家附近有隻狗叫『去呷賽』。有一次我爸買了兩支長長的烤鴨頭要請牠吃，被牠主人阻止，她說『我們家Lucky不吃那種亂七八糟的東西，牠只吃進口飼料。』」〈寒假一日遊〉：「寒假時我爸帶我們去清境玩。當然我們不可能帶我家附近那隻叫『去呷賽』的狗去。牠又不是我們家養的，而且牠很臭，又愛亂吠。」〈我家的狗〉：「我家最近收養了隻小母狗，我爸把牠取了個名字『拿督』（Datuk），是個馬來爵位。我家附近那隻狗叫『去呷賽』的狗的名字就沒那麼有意思了。」〈不知道的事〉：「我家附近有隻狗叫『去呷賽』，但牠其實不知道自己叫『去呷賽』。就好比那個極度好名的勵志作家不知道自己被改名為『李屁同』；又好比我以前有個鄰居不知道自己叫『希朗叉』[1]，我爸說給他家的挖土機吵了一年，快吵死了。哪有人笨到把整塊地表層全部剷掉的？錢太多也不能這樣子搞。」

但我女兒沒那個膽，即使每一句懸賞到三百元台幣也沒用。

確實有那麼一隻狗。在我們家前面的巷子，那是隻杜賓狗，長期被栓在離主人家十米遠的狗屋裡。狗屋蓋在路邊，我們出入必經過牠，牠也必然撲出來狂吠一番。即便牠看我們經過都看了三年了，還是如陌生人初見。如果我們經過而適逢牠主人在，看到牠的表現，免不了一陣臭罵或痛打一頓。

由於狗屋裡積累了大量的狗屎，所以那一帶長期飄散著惡臭，經過時只好屏息。很無奈，我只好把那巷子命名為狗屎巷。狗屋的上方還關著幾隻不會說話的鸚鵡，可憐牠們那超群的嗅覺，只怕也被臭廢了。

那狗為什麼會叫「去呷賽」呢？

有一回兒子去丟垃圾，牠狂吠如昔。牠的女主人見狀即大步向前，一把拖著牠，到牠新拉的一坨屎前，踩著牠的頭，大喝：「呷賽啦！」遂得其名。

但問題是，這和我的馬共小說有甚麼關係？

好吧，就講一個和狗有關的馬共故事。這可是千真萬確的故事。

那隻叫烏嘴的狗，從小黏著女孩，可說是吃著她的大便長大的，小時大完便連屁股都讓牠舔乾淨。

女孩木蘭十五歲，在家中是長女。家窮，父母不讓她讀書，說弟弟妹妹都沒有人顧了還讀書！如果家裡有錢，也該是將來留給弟弟唸書，幾時輪到妳？癡心妄想！日日做不完的家務，天還沒亮就被叫起來，洗衣煮飯撿柴養雞倒餿水煮豬食，幫弟弟妹妹擦屁股沖涼，有時還得幫父母收膠汁、割膠。父母都是膠工，但自己沒芭，割了膠汁得和頭家四六對分，頭家六，膠屎也得拆分。

偏偏孩子又多，一口氣生了六個，個個從小常餓得臉發青，天天到處找野果吃，但男孩還是送到附近的國民型小學去唸書。成績單滿江紅，沒有一科是及格的，去學校不過是玩鬧

1 叉希朗，閩南語「吵死人」之倒裝，美式表述。

而已。

最小的弟弟有一回偷喝膠汁還好發現得早，灌了一桶清水兌了乳白吐出來，但腸子還是黏壞了，從此吃東西就不太消化。

木蘭有時會想到自己的未來，這樣的日子過了七八年了。大弟二弟小學混畢業唸不上去，被父母遣送去當學徒。一個在咖啡店，一個在嗱哆店，工錢一個月幾十塊，都還不夠他們抽煙供嗱哆。長大了一樣，下了工回家沖過涼衣服丟給她洗，餓了就喊「木蘭木蘭，夭死囉。」連姐姐也不叫一聲，衣服髒到刷不乾淨，不會煮飯也不幫忙洗碗。她抗議就給媽媽罵，「死查某婆，幫妳小弟洗幾件衣會死是不是？」她得洗全家人的衣服。包括三個妹妹的。妹妹竟也去上學。她早就懷疑自己不是他們親生的。她覺得這兩年她爸看她時眼神都賊兮兮的，老往她胸部屁股飄來飄去。還好媽媽忙到沒時間回外婆家。

連小弟都會欺負他。生氣時會拿膠果丟她。

只有烏嘴對她百分之百的忠誠，她做甚麼牠都陪在一旁，搖著尾巴聽她抱怨。她偷偷哭泣時，牠會用吃過大便的嘴幫她舔去淚水。

附近的江嫂有時會來幫她，劈劈柴餵餵豬甚麼的。江嫂沒有孩子，養豬割膠，家裡常有陌生人進出。伊常對她說：「山上缺人手，趕走洋鬼子，階級翻身，可以做自己想做的事。他們會教妳讀書識字。妳爸媽滿腦子封建思想，再讓妳做幾年一定把妳嫁了，賺一筆聘金。

嫁了人，生孩子，一樣做不完的工，一輩子就這樣過了多沒意思。」

木蘭不是沒想過。我一走，弟弟怎麼辦？妹妹怎麼辦？

一直到那一次，舅家有婚禮，母親午後匆匆出門。傍晚她沖涼時爸爸醉醺醺闖進去用力抓了她的奶，她呼救時他差點被烏嘴咬斷腳。晚上光溜溜爬上她的床，說他不是她親爸，要做她的尫，潮濕的手往她身上亂摸。她才下定決心。烏嘴在她窗外狂吠，腳著急的掏著窗板。還好睡在一旁、要抱著她膀臂才睡得著的小弟睡夢中用力把他推開，她適時用膝蓋給他那粒蛋用力頂了一下。

「去呷賽啦！」心裡咒罵一聲。

兩天後，趁他們去割膠時，她簡單的收拾了幾件衣服，親一親熟睡中的小弟，投奔江嫂去。烏嘴緊緊跟著。

江嫂說狗不行，狗一叫，敵人就知道他們藏在哪裡了。

——牠很少叫的。

——沒有狗是不叫的。

——可是我們從來沒有分開過。

——革命總要有所犧牲！

烏嘴翹著尾巴，垂耳側首睜大了眼睛看她們爭辯。

木蘭只好把牠鍊在門前芒果樹下，在牠的吠聲吵醒弟弟前，快步溜走了。

到了數十哩外的山上沒幾天，早上醒來，到林子裡隱蔽處大便，前方山棕旁那隻朝她猛搖尾巴、跛了左前腳，伸長了舌頭猛喘氣的黃狗，不是烏嘴又是誰？

家裡誰把牠放了？

於是部隊只好暫時收留牠。只是顯然不認為該給狗一份食糧，但不反對讓牠吃骨頭和屎。但木蘭是再也不敢讓牠舔了。

牠確實不愛吠。就守在木蘭身旁。

憑牠的嗅覺，好幾回遠遠聞到洋鬼子兵的臭騷味，對著木蘭嗚嗚哀鳴，讓他們能盡早撤離。那時木蘭已學會認三百多個漢字，會寫的也有百多個。包括列寧、偉大的毛主席，毛澤東、共產黨萬義、人民解放軍、烏嘴和木蘭。長相斯文、說話慢條斯理的劉先生很有耐心的教她在沙上劃字，送她油印的小冊子，一支鉛筆、一支原子筆，一把小刀和一本藍色皮面的筆記本。木蘭覺得他的聲音很好聽，像細細的風聲。

有一回烏嘴失蹤了七天。他們都以為牠遇上了老虎或公山豬。木蘭擔心得好幾天睡不著覺。到附近去叫喚，都沒有回應。時不時把手伸到胯下搔癢的老王，涎著臉叼著煙，笑說，「十之八九去找狗母了，狗公都是這樣的」，有意無意的目光在她兩乳間移動。

以為牠沒了，不料卻又瘦得皮包骨出現，肋骨都露出來了，而且左前腳腳踝以下都沒了。牠看起來非常疲憊、沮喪。

還好阿柴裝的陷阱剛好抓到幾隻山雞，煮了一大鍋，木蘭那一份大都分給了烏嘴，含著淚餵著牠一口一口慢慢的咬碎吃了，還有那雞頭雞腳雞骨頭。江嫂帶來的肉罐頭，她也和著自己分配到的少量白飯，分了一半給牠。

其間部隊出去鎮上做了幾次伏擊，好像有殺了人，都是些漢奸。一向說馬共壞話的，一有風吹草動就去通報警察，害得他們好幾次身陷險境，有幾個戰士甚至因此被埋伏犧牲了。

接著情勢突然變得緊張。部隊緊急往山裡撤，糧食取得變得困難。探子回報，鎮郊的村民都被連夜強迫撤走了，很多林子裡的木板房子甚至被軍隊一把火燒了。木蘭家也被撤走了，被圈進鐵絲網圍起來的新村。江嫂和幾位企圖給他們偷帶糧食的婦女如果不是被捕，食物也是被沒收了。斷糧。

餓斃政策。

到附近的木薯芭拔木薯。木薯要不下了農藥，要不就是有士兵在裡頭埋伏著等待他們自投羅網。又損失了幾名戰友。

開始有人耐不住饑餓吃野芋中毒昏倒。拉肚子拉到肛門鬆掉。

他們的屎烏嘴也不吃。木蘭也餓到昏頭，奶都扁了。沒來經，沒屎拉。

斷腳前，烏嘴是能幹的獵手。常撲到「咕嚕咕」（野鴿子）、甚至一隻衰病的鷹、還有田雞、山老鼠、四腳蛇和幾隻 musang（果子狸）、捲起來抵死不從的老穿山甲、來不及起飛的雉、以為沒有人知道牠在哪裡的松鼠、山豬的幼崽。都咬來獻給木蘭。木蘭獻給戰友。

綽號孫二娘的阿嫂很擅長剝皮，再頑固的四腳蛇三兩下也被剝得光溜溜。

她那時學會了開槍、佈陷阱，而今餓著肚子背毛語錄，也學會寫那筆畫超多超難寫的兩個漢字：「饑餓」。

終於想家。這時覺得拌著餿水、切碎的香蕉莖一起煮的豬食，熱騰騰的好香。這幾個月來小弟一定常失眠吧。

母親一定罵她臭××發姣跟男人跑了。

烏嘴勉強挖到一窩老鼠。

戰士分食了，只分給牠一隻未開眼的小鼠。

牠更其皮包骨了。試著撲抓從前手到擒來的獵物，但這回發現獵物總是從牠斷腳處溜走。連木蘭都發現烏嘴的頹喪，眼裡缺乏光采，尾巴也不若以前那麼翹了。「烏嘴老了，」她想，「可憐，屎都沒得吃。」

那晚貓頭鷹一直叫，蚊子又多，她翻來覆去，天快亮才睡著。夢到烏嘴又掉入陷阱，慘厲的哀嚎了幾聲。她掙扎著想起身，但醒不過來，而且隱約有人用重重的身體壓著她。捂住她的嘴。

有一隻大手從她衣襟下伸進去，在她乳房、腰肢與下體之間遊走。還好卡其布的褲子緊緊貼著肉，不易解開。

一股強烈的、男人的騷味。男人的喘氣聲。重壓消失。一陣涼。有風。有霧。醒來時天已大亮，肚子咕嚕咕嚕響，有人在煮肉。繼之聞到血腥味，摸摸身上，還好衣服都穿得好好的，身體也沒異狀。只是長褲大腿內側摸到濕答答黏糊糊的，好似一大坨鼻涕。

大樹下幾個男人嘻嘻哈哈在喝著熱湯，嚼著肉，向她招手，「快來吃吧。」只見大鍋上頭熱氣蒸騰，霧未散，是捕到野豬了嗎她正想問，卻見到另一邊樹下有一灘血，一堆亂毛，大片水漬。

一個狗頭。

她淚立時湧出：「你們怎麼可以殺了烏嘴！」

二〇一三年二月二十八日牛尾

如果你是風

kalau kau angin
kalau kau hujan
kalau kau api[1]

另一個和狗有關的馬共故事。

那天又穿著大花裙子的肥婆阿珠，早上臉大眼小的叉開雙腿蹲在巴剎賣菜。剛放了幾個響屁還沒賣出幾把菜，就聽到賣魚的老張說，他從收音機聽到有一個「大尾」的山老鼠在附近被逃走了，還是到英國留過學的。那年輕人家裡很有錢，有幾千依格的樹膠芭呢。放

1 馬來文殘詩。中譯：如果你是風／如果你是雨／如果你是火。

著金山銀山不管，跑去山芭搞革命，「憨到氣死父母」。老李搭腔，「萬得（Wanted）到處貼，聽講好斯文嘅，自細食好嘢住大間屋，養得細皮嫩肉。個頭好值錢嘅啵，賞金有整十七、八千咁多」，而他們賣菜一天也沒能賣上幾塊錢。

但伊聽到山老鼠就一肚子火。整個巴剎都知道，愛嫁靚仔的肥婆阿珠那好受番婆歡迎嘅爛賭鬼老公幾年前被山老鼠做掉了，打死在臭水溝裡。因為有一回他發現賣豬肉的阿發和他老婆疑似大包米（至少二十公斤）、大珍清香油、大掛臘腸到芭場，疑似飼山老鼠。「芭裡又沒幾個工人！」就多事去報了媽搭仔（警察），領了百多塊賞金，還不夠他賭兩天、吸幾口鴉片、打兩砲。卻害得豬肉佬和他老婆被拖進去打到半死，牙齒整排被打掉，還差點被送返唐山，還好他們有認識拿督。但據說也被迫賣掉一塊二十多依格的芭，餵飽了大狗才沒事。這事讓山老鼠知道還得了，雖然到處是紅毛兵馬來兵，他們還是像一陣風那樣來了。那陣子連警察局都被燒了，警局裡的槍枝子彈全被搶走了，還殺死七八個漏屎小警員。惹來政府派來一大車一大車的紅頭兵，滿街跑，到鎮郊亂搜，可是連真正的老鼠都沒找到一隻。

——聽到山老鼠俺就好撞火。阿珠又放了個響屁說。

她家公也是被山老鼠劏死的。那時日本人剛走。她公公日本手時賣豬和米給日本人，還和日本鬼合作開賭場。日軍一倒他就到處躲，到底躲不過。平時作人沒留後路，活該。她死鬼老公死了其實她輕鬆好多，不必養他，不必到處替他擦屁股。他去搞紅寶石那隻死蚊雞欠了一屁股錢，人家都威脅要割掉他的蛋了也是她賣了五頭豬幫他還的。如果真的被割了蛋，那種老公還有個鳥用！她只遺憾沒生個仔做伴，晒咗一個靚仔。笑起來瞇瞇眼嘴唇有稜有角好迷人的。可惜他並不愛她，嫌她肥，常笑她屁股比臉盆還大，皮膚粗得像樹皮，又愛放屁。結婚後喝醉酒勉強碰過她幾次，外面玩過了才回來大概只剩空包彈。心情不好還會對她拳打腳踢。阿珠三從四德一百分，她是從不還手的，只怕老公不理她，更怕老公死掉。老公死後因為太過傷心她才胖成現在這樣，體積比以前增加了三分之一。

他常自誇外面有的是女人排隊等他睡，從巴生可以排到新加坡，從棉蘭排到荷蘭、從勿洞排到曼谷，從德里排到斯里蘭卡。當初娶她圖的是她陪嫁那塊靠大路邊的幾依格靚地，婚後不久他哄著她把它賣了說他要做生意，失蹤半年跑去新加坡花光光不知道玩大幾個女孩的肚子才回來。靚地賣掉後、死鬼老公死後，她竟被那怪她生雞卵沒放雞屎有的他媽趕了出來，嫂子怕她搬回娘家讓哥哥養（「死肥婆又肥又醜又一定要嫁靚仔晒咗塊地，好不容易嫁咗佢，有沒搞錯咁容易就死咗老公，又要返來食飯屙屎有沒搞錯？」）她只好識趣自己搬出去住。住鎮上哪裡都被鄰居嫌（常被指騷擾別人的老公、兒子），又愛養狗養雞，又不愛收拾，爛瓜菜葉常爛在家門口。七八年過去了，想要老公之心愈發急切。老爸心疼她無依靠，只好又弄了一小片鹹水爛芭給她。

這一片爛芭，終年泡著鹹淡水，只歪歪斜斜長著數百棵椰子。她養些雞鴨、兩隻豬過日子。平日收一些蛋，種兩畦番薯葉、芋頭，雞鴨大了都賣掉捨不得殺。但沒吃甚麼照樣肥！死鬼老公還沒死時家裡就很冷清，他媽在時還整天罵她肥留不住老公嫌她沒生仔；死鬼老公死後搬來這裡更冷清那是不必說了，只有兩隻狗陪她。一黃一黑，都是公狗，黃狗黑嘴黑舌頭，黑狗可能連骨頭都是黑的。除了到鎮上去，她做甚麼事牠們都陪著，甚至蹲茅坑，牠們也乖乖的蹲在外頭警戒。她為黑的取名字叫拿督（*Datuk*），黃的取名*Tuakau*（閩南語：大狗）。有陌生人或蛇甚麼的，都有賴牠們吠叫。

平時抓螃蟹、寄居蟹、追四腳蛇玩。

螃蟹會爬進家裡，爬進廚房，灶裡，甚至掉進鑊裡。

風常常從爛泥河口那兒吹來，鹹腥鹹腥的，是海的味道；悶濁帶酸的，是沼澤的味道。死雞死鴨死貓死狗，常隨水而下，甚至死人，那風中就會有股爛屍味。所以這一帶蒼蠅多、烏鴉多、四腳蛇多、野狗多。

時節轉換，風從北方大森林來，就是另一幅光景了。那風涼濕而舒爽，只可惜持續的時間不長，一年也不過兩三個月。

那天晚上剛吃過晚餐，天暗下來後，就聽到拿督大狗叫得很凶。聽到那叫聲的緊張悽厲，她心想多半是陌生人，不是蛇也不是野狗。她一手拎著油燈、一手巴冷刀，心裡七上八下的靠近雞寮。越靠近狗叫得越凶，幾乎要撲上去撕咬。推開雞寮的門，公雞母雞整整齊齊的蹲在橫木上。最靠近裡頭，暗暗的好似有人躲著。「什麼人？出來！」阿珠大喝。拿督即往裡頭撲去，張口即要咬。阿珠聽到哀求聲，便喝止了狗。「阿姊，」年輕男人的聲音，發著抖，聲音很細，說的是閩南話。她再喝一聲「出來」，只見那人戰戰兢兢的爬了出來，抖顫著再喊了聲「阿姊」，阿珠聽了就有幾分歡喜。男人似乎很怕踩到雞屎，左閃右挪的。她發現他竟然一隻腳有鞋，一隻腳光著。白襯衫、西裝褲，像是辦公室裡的小官員。雖是一臉驚恐，但難掩白皙俊俏，看來是個讀書人，太陽曬得少。左腳扭傷了，一拐一拐的。

早上巴剎裡聽到那個逃走馬共的消息，她記得其中一個細節：他匆忙中掉了一隻鞋子，已經當證物被扣留。如今她一看就心裡有數了。但馬上想到的卻是阿妗幾個月前到天后宮幫她求的簽裡說的：觀音娘娘會再送伊一個靚仔老公。

出來時兩隻腳都踩滿了雞屎，阿珠指示他在雞寮邊椰樹頭上擦掉雞屎。脫掉那隻黑皮鞋，襪子塞了進去，順手往一個廢雞簍裡丟。

阿珠微笑著挽了他冰冷的手，用閩南話對他說，「免驚，隨我來。」

安撫了狗之後，她給他下了碗麵線，裡頭還添了兩顆剛撿的雞蛋。同時給他燒了鍋熱水。拎出一套過世的老公的舊衣服，拉著他到沖涼房，毫不顧忌脫去他身上的衣物，揉了面巾就給他洗臉洗頭搓背，大剌剌的把手伸到他胯下去搓揉，嚇得他羞紅了臉，連連說「阿姊唔好」，但身體卻不受控制的硬挺挺勃起了。阿珠迫不及待的用大毛巾包裹著他，一把抱起就往睡房快步走，撥開花布門簾，後腳順道帶上門。換了大花睡裙，比他大上三倍不止的肥軀壓著他，在他驚恐的臉上吹著氣說：「咱來做𡳞某」。三兩下就把它弄進深處去，喘著氣對他說「等你阿姊我有了身，就放你走。」於是一晚就硬是搓揉擠弄了他好幾回，弄得他筋疲力盡，出的氣多、入的氣少，都說不出話來了。阿珠警告他休想逃走。說她早就聽說他的事，如果抓去給警察至少也可換一棟鎮上的新的磚厝，他可能會被槍斃；或關十幾年再丟去中國。她要的不多，她只向他要一顆好種籽，生男生女都好。她死去的緣投老公來不及給她留個種（她給他看老公瞇瞇眼放電的遺照，「足緣投是唔是？」），但他看起來也不錯，「瘦了點，但看起來好聰明，長得也不難看，做種剛好」。但她一定要確認中了才會放他走，一旦放了他「可能就再也沒有這種機會了」。

終於三局終了，兩人都沒力氣了。阿珠方從神檯下掏出兩片三足標的藥膏，幫他貼了患處（壓他時一直喊痛），檢查腳底有沒有被刺傷，清理了幾處小傷口。再把他的手捆綁起來，就在他身旁躺下，睡著了還一直對他又抱又親又擰的。口中唸唸有詞：「天公有保佑！」「天頂落下來的禮物，嘻。」

天亮了，隨便拉了條褲子給他遮著下體，方才拖著他點了香補拜天地、祖先、觀音嬤、土地公，拿督公，也順手和他交杯灌了兩口拜神用的黃酒。

「以後有機會再給我爸敬茶。」

她說。那天她當自己新婚，放自己一天假，沒去賣菜。弄清男人姓Kwue，大概是郭吧，反正那個字她也不認識。他爸的姓「謝」筆畫之多就讓她非常痛恨了，寫自己的名字不是掉了言就是掉了寸。但Kwue閩南語發音卻像「粿」，於是她就暱稱他為阿粿。算一算，男人屬虎，她屬馬，還大她四歲呢。雖然看起來她至少比他大五歲。因此不能稱她姊，要他叫她阿珠。

開頭的數日，天一亮，等他尿完、吃過幾片蘇打餅、刷過牙，她騎腳踏車出去批菜賣菜前把他反綁在椅子上，嘴巴也塞了兩條她穿鬆了的舊內褲（在巴剎她曾聽說，那會讓男人聽她話，比降頭還有效），警告他最好不要有聲音（有屁也要忍著），尤其有人來時。那些天她賣菜時一顆心直往家裡飛，屢屢算錯錢找錯錢，心情好到客人都看得出來，每樣菜價錢都很好商量，只求早點賣完。

十點前就一陣風收拾停當。巴剎裡的同行自然也看出異狀，問她是不是趕著去相親、拍拖？她都笑而不答。老張說她春風滿面，一定是有男人。可是像她這樣的女人，連街角那個「遊神」（流浪漢）只怕也不會要。

難道是喝醉的印度鬼？那可是個個都有花柳病的。

阿珠照常買了肉（一斤瘦肉，或半斤燒肉、一小片豬肝、幾尾甘蔕魚），風也似的回家。也沒敢多買，過崗哨被懷疑就麻煩了。和平日一樣的量，大不了自己少吃些，她打定主意要分多於一半的食糧給這剛抓到的尪，要把他養胖，每餐給他加蛋。有時也殺雞，也殺鴨。

此後數天，她都把他關在房間裡養著，即使大小便也不嫌髒臭的幫他處理。就讓他拉在房裡她自己專用的尿盂，不敢解開他的手，只好幫他擦屁股、抹身體。每天快速忙她例行的工作，出門也很快就衝回來，就欣快的侍候他，為了方便，把一件死去老公的短褲剪開了襠，也不讓他穿內褲。

喜孜孜的燉了粥餵著他吃了一碗又一碗。

這期間對這阿粿多了解了些。男人書讀得可多了，曾留學英倫，英文和洋鬼子一樣好（他自己說的）。他當做趣事告訴她，留英期間有個馬來球友叫阿都拉曼的，是甚麼州的碗糕王子，跟他還蠻好的。常一起喝啤酒挑逗洋妞（阿珠聽了擰了他一把）、常和他爭辯馬來亞的未來。個性還不錯，愛吃比利時的巧克力和義大利的披薩，喜歡和很「大棵」的洋妞上床（又被擰：「你也——」）。但成績就很糟了，每一科如果不是F就是C，作業都是抄他的。有一次還跟他借了條義大利名牌 *Api* 限量版豹紋內褲去穿，「到現在都沒還我。不過他穿過我也不敢要了。」最近英國人捧著他要他出來當馬來人的頭，將來說不定有機會當國父——「如果咱的革命失敗了。」

阿粿說馬共和英國佬談判都靠他。只可惜他不懂華文，也還沒時間學，只會講福建話。

阿粿苦苦哀求她放了他。他說，他是黨裡的重要人物，特種部隊一定會發動大搜查，到時她一定會有麻煩，還不如趁沒人知道就放了他；阿珠一口回絕，說她還沒感覺有被射中，不行，況且他還跛著腳。

不愧是讀書人、黨裡的談判高手，第三天晚上阿粿就和阿珠談條件，說她要他的種可以，但也不能那樣用強的，強摘的瓜不甜（「勿會不甜啊」）而且一天擠幾回是會死人的；吞生雞蛋也來不及補（「一日四粒還不夠哦？」）。根據他的專業知識，女上男下這種姿勢，杯口朝下怎麼留得住他辛苦射出來的？（阿珠點頭）況且好幾次他差點被她壓死（「還好吧？」），拜託該減肥了（她含淚點頭）。這種事公雞都會，只要別把他綁起來。再說他自五歲後就不曾整天沒穿內褲，「腳撐涼涼」很不習慣，也很沒尊嚴（「可是晾著男人內褲很容易被發現」）。他三歲後就沒讓人給他擦過屁股了（「尫某麥計較嘛！」）。也拜託她不要一直伸手摸他卵蛋看看扁掉了有沒有脹回來。

但他不知道阿珠多年在巴剎賣菜，也是個還價高手，雖然非常三從四德。

阿粿保證不逃走（他以馬克思、列寧和毛澤東之名立誓：「我要走一定會向妳告別」）、答應讓她送他出去；他要穿內褲可以，只可以穿她的，多洗幾件她的內褲也不會被懷疑（「太大件呢會掉下來！」——「可以綁條繩子啊」）；特許他可以去蹲屎哈坑，自己擦屁股，可是要非常小心。播種活動從一天三回殺至兩天三回，後來又被殺到每夜一回，還慣成七天八回，阿珠還要求他必須非常、非常的盡力。

但是剛開始，肥婆阿珠不在家時還是不敢不把他綁起來，生怕哪天一回家人不見了，到哪裡再找一個阿呢款的水尫？放了一陣子，等到他腳傷好後，簽了個正式的約（欺阿珠不識字，還是頑皮？他用馬來文寫了數行殘詩，簽上花體字的 *Abdul Rahman*），她每一日出門就不必時時擔心他逃走了。

那時新村計畫已推行了好幾年，阿珠家是極少數沒有被強迫遷進去的。一則是她家與馬共的血海深仇盡人皆知，沒有人會相信她會給馬共甚麼資源（舉發都來不及了）；再則是那一帶的馬共很快就肅清了，已超過一年沒有山老鼠出沒。三是她老爸和大狗是酒友、嫖友，大狗還會不定期繞過來看看她。那一帶極荒蕪，都是鹹水芭，遠遠的住著幾戶馬來人，都是極貧困的過著日子。

其實阿粿來的當天晚上特種部隊就來過了，在爛泥芭裡留下許多又大又深的腳印。那時肥婆阿珠剛對可憐的落難馬共擠榨過一回，聽到狗狂叫，立時把他推進床底下，吹熄了燈，套上裙子，拿了手電筒和巴冷刀，推門出去。八棵樹下十多個黑影在四下亂照，都扛著長槍，雞寮豬寮也都去照一照。來找她問話的照例是大狗，問她有沒有看到疑犯——遞了一疊「萬得」給她，攤開一張給她看，一看到那張臉，她小腹忍不住一陣收縮，有東西悄悄流出來了。

大狗要她千萬留神，說這可是個殺人不眨眼的凶徒，強姦了很多少女。說到這，大狗意味深長的瞄了她一眼，「我知道，沒有人會強姦我的。」肥婆阿珠忍不住冷冷的應了一句，一隻手叉腰，一隻手舉起巴冷刀，大聲用馬來話說：「給恁祖嬤看到，一定剁給伊死！」

十幾管槍口和頭燈立時對著她，隨即放下。強烈燈光照在她身上時，大花裙登時變得透明，他們都發現她裡面甚麼都沒穿，眼皮不禁一陣麻癢（回去後紛紛得了針眼）。幾個隊員想起這女人瘋狂的在找老公，深怕自己不幸被她看中，於是熄燈收槍急退。

大狗朝兩個不怕死想往她屋裡闖、和狗緊張對峙著的年輕隊員揮揮手，叫他們離開，大聲對阿珠說，這隻山老鼠很值錢的，如果有看到一定要給我通報，別把他打死了，活的比較值錢。晚上一定要小心門戶。再小聲對那兩個士兵說：「perempuan itu gila-gila（果個女人有點黐綫嘅）。千萬不要單獨進她家，聽說她強姦過幾個可憐的小偷。」

回房後她忍不住又把他弄得直挺挺，說，「恁姊剛剛救了你一命，可惜站太久那些好種流掉了，你得賠我。」

大狗來過後次日，肥婆阿珠把他留下的那疊「萬得」到處貼：豬寮、雞寮入口、茅廁門的內外、房子大門兩側，睡房門裡側……。

以防那些人再來，兩人擬定逃亡策略。他本來想挖個地洞，但她說這裡都是爛芭地，一挖水就進來了。只好整頓豬寮裡部，清出可以讓一個男人躲藏的地方，只要聽到狗吠就讓他躲那裡，「拉屎可以直接拉進豬屎池裡」。馬來兵對豬寮會敬而遠之，但華人可不會放過，因此她精心設計了通道，必要的時候可以從豬寮穿過雞寮，逃遁進爛芭，她會把那艘壞朽的獨木舟修好放在那裡待用。

協議談好後的次日，阿粿剛進了茅廁捂著鼻子蹲下，正被夫人陳積的臭屎燻到快沒氣時，沒想到茅廁外有嚤哆車聲靠近。「阿爸」他聽到肥婆阿珠大聲喊，分明是示警。原來是丈人，難怪狗沒吠。

更慘的是，老丈人說他肚子痛，要大便，腳步聲往茅廁快速靠近。「屎坑滿晒啦。」他聽到阿珠大聲抗議，在門邊把他攔下來了。「專程來呢度屙屎！肚痛拉晒再出門嘛。到果度香蕉樹下，屙俾狗食啦。」他忍不住暴出一條長屎帶響屁（廁外阿珠連忙也放了個響屁力圖轉移焦點。真是個細心的妞啊，他屏息讚嘆）。糞缸裡層層疊疊的白蛆蠕竄，九分滿的屎，可見獨居的阿珠日子並不好過，連屎缸都要自己掏。新屎一下去，驚起數十隻綠頭蒼蠅，嗡的到處飛，想往他身上停。臭得實在受不了，他只好劃了根火柴點了根阿珠給他準備的煙。

突然腳趾頭被夾了一下，一支黑色的鉗子，他真的嚇到尿噴出來射中門板。大螃蟹！在牠橫行過來興致勃勃的想夾他疲憊軟垂的屌頭之前，被他一掌掃進屎坑。再劃了根火柴，這才發現屎哈坑旁那些黑黑的事物都是小螃蟹密密麻麻的。

他想，他這輩子再也不敢吃螃蟹了。

阿粿並不確定他放的屁有沒有被老丈人聽見，只聽到丈人大完便「咦」了一聲，「妳也抽煙？」「平時只有屙屎抽。沒老公，心情唔好，就抽根煙囉。」

臨走前叮嚀女兒：小心門戶。有看到逃犯一定要去報，窩藏山老鼠罪很重的，要坐牢的。嚀哆聲遠去後，他才敢出來。一開門，涼風撲面，看到阿珠在波羅蜜樹下抽著煙，表情若有所思。

「阿爸好像知道些甚麼。……算了，不管它。」

但此後多日沒事，他們也過得尋常夫妻似的，他要求阿珠給他買來原子筆和筆記本。她也在家而狗沒吠時，腳傷無礙後，他也幫著打水、劈柴、餵豬、洗衣服、燒飯、幫她洗頭擦背擠老青春痘。甚至幫著掏了幾回糞，由阿珠挑去倒在芒果樹頭。阿珠對這尪的表現非常滿意，即使是彼此都一身大便味，她還是對他又抱又親的。

但內褲還是個麻煩，穿她的就和沒穿差不多。穿她死去的老公的，曬時又膽戰心驚。折衷的辦法是，有時穿有時不穿，降低風險。狗一吠他就藏起來。阿珠一早出門，阿粿就爬起來起草〈人民憲章草案〉，打定主意腳一全好就要設法離開。央求阿珠給他找一雙合腳的塑膠鞋，她死去老公的腳可比他大多了，穿起來一路掉。

為了自己的計畫，他決心教育教育她，吸收她，讓她也為即將到來的革命做一點事。阿粿耐心的聽了她對馬共的怨恨，之後對她曉以大義，仔仔細細的為她講了一通馬來亞殖民地的歷史，抗日，馬共反殖革命的道路。他對建國的擘劃，及漢奸的可惡。阿珠露出崇拜的神情，阿粿握著她的手教她寫英文字母，與及他懂的僅有的二十幾個漢字「天將降大任於斯人也必先苦其心志勞其筋骨餓其體膚空乏其身」，一個中國留學生教他的，教很久她只勉強學會最前面的兩個字，天兵天將看大戲時是聽過的。

那晚她春潮帶雨。阿粿驚訝的發現她其實沒有真正享受過魚水之歡，全身都是未開發的原始林處女地，不禁有幾分憐惜。看來她以前的老公不只是空包彈，多半還是個門外漢。於是阿粿把留學英倫時從洋妞身上學來的諸多奇淫巧技，用了幾招在她身上。沒想到單是如此就讓她一晚翻白眼暈死好幾回，慘叫聲如被生劏活剝大卸八塊剁成肉醬，惹得兩隻狗狂吠終夜，差點沒把整片牆給扯爛。（此後他們知道得把狗鍊起來了。）第二天睡到十點半還起不來，她爸巴剎喝茶沒見到人，匆匆來關心。她只好聲音沙啞、神情疲憊的穿著大花睡裙出來。謊稱感冒，做惡夢，整晚沒睡好，扶著牆壁兩腿還一直發抖。

經此一役，阿珠對他可是心悅誠服。

但阿粿也擔心讓她太過迷戀會不好脫身。

幾十天過去了，阿珠也瘦多了（巴剎裡的人都這麼說）。

吃得少，運動量大。皮膚變得有光澤，性情也變得好多了，比較斯文，蹲下也不敢隨便張開腿露出內褲，改穿寬鬆的長褲，側身坐在矮凳上。

「比較有女仔樣囉」。老張很稱許，考慮要給她介紹男人了。

阿珠變得比較不愛說話，明顯有心事。

而阿粿，他的腳早就好了，以他對女人的經驗，他懷疑她說不定懷孕了。他留在這一個多月快兩個月了，夜夜做好尪，並不見她來經（除非她的週期異於常人）。上回看到她乳頭明顯變黑，而且這幾天要求他用中國古代書生而不是北歐強盜或大野狼、宙斯式的動作，是怕傷著肚裡的胚芽嗎？他試探的摸著她的小腹說，「將來我們的孩子無論如何一定要給他唸書。」阿珠像個乖順的妻子那樣，含著淚猛點頭。「即使當個勞工也不能是文盲。要知道他爸為革命的付出。」

她知道別離的時候到了，他終於像個丈夫那樣對她說話了。但她要求至少再確認一點——至少孩子在肚裡有三個月了，再走吧？但他說不行。有個非他出席不可的重要的會議已經延宕了太久了。

阿粿拍拍胸脯，「相信恁尪的種，又大隻又巧又勇。」

他想起那個愛爾蘭姑娘那時不也懷了孕，還給他寄過孩子的照片呢，多可愛的金髮小女孩。情報部一直讓她給他寫信，想誘騙他離開馬來亞、重返英倫，永遠別再回來。

「如果將來遇到妳處理不了的麻煩，可以帶著囝仔去找我哥或我弟。」他留了個地址，一個謎樣的口訊：畫了兩隻長脖子鳥、一瘦一肥，肥的孵著一粒蛋，蛋殼上寫了個小小、瘦瘦的郭字。其後也在其中一張「萬得」上鄭重其事的簽了他的中英文名——花體字的*William Kwue*，字旁又畫了隻脖子長長的鳥——留給她做紀念。

「鸕鶿我認得。」她說「肉歹吃，有臭青味」。

「那不是鸕鶿，是鶴。」他鄭重的糾正她。「北方的鳥。」

故事後來的發展就有點撲朔迷離，甚至眾說紛紜。

郭為什麼會在三十之齡，在北方森林、特種部隊展開的一次突擊行動中被射殺？

他原本要阿珠用小船載他沿著曲曲彎彎的河道，到附近小鎮的一個馬共的據點去。但他注意到這附近常常有烏鴉被驚起，阿珠說以前並不會這樣，可能有人在附近活動。況且躲藏的這一個多月，未免平靜的太過蹊蹺。阿珠的爸爸來過七、八次，大狗單獨來過四、五次，都有意不進到屋裡。也不靠近豬舍，一副欲言又止的樣子。只怕他們早就掌握了他的行蹤，基於某個他並不了解的原因而沒有展開行動。但他早就知道英殖民政府針對他的處置有過爭辯（據他在裡頭的老同學悄悄透露），一派主張盡早趁亂把他格斃，以他的智力和能力，將來一定是個非常難纏的對手（鷹派）。另一派認為英國有著長遠的民主政治傳統，對於未來可能的領袖，即使是敵人，也應該有一份尊重，甚至予以必要的保護（鴿派）。

因此他做了個大膽的決定：他要求阿珠把他捆綁了帶到警局（就說是在附近荒廢的小屋裡偶然發現而抓到的），領了賞金將來母子倆做個小生意好過日子；既幫她死去的老公家公報了仇，又不會被他牽連。殖民政府一定會心照不宣的接受，也會依照英國在馬來半島制定的法律指控他。他自己學法律出身，了解所有的程序。家裡也不會坐視不理，會替他請女皇大律師，最好把整個案子鬧到英國去，變成國際事件，如此一來馬共的理念也會為世所知。想要他命的人也就更不容易下手。

但阿珠堅持不肯。她說「哪有某出賣厓的道理？」以後怎麼對孩子說是媽媽出賣了爸爸、害他被抓？她如果不被雷公劈，在親戚朋友面前也站不起來。「共產黨又安怎？是阮厓咧！」郭完全拿她沒辦法，能勸止她不跟他一起逃進森林就不錯了。他說：「森林裡不容易養孩子，妳就乖乖留下來吧。」面對她堤崩的淚水，郭只好哄她，「如果活著，我一定會回來看妳和孩子的。妳還年輕，應該想辦法去讀點書，將來至少可以教我們的孩子。」

他溫暖的手輕輕撫摸她還沒有明顯隆起的小腹。

「世事難料。妳最好還是把我當成妳生命裡的一陣風」。

也只好依他們協議好的原始方案，讓她一路含淚以小漁船載他沿著爛泥河裡的隱祕水道北渡，迂迴抵達到十多哩外最近的一個工作站，那裡長期有同志守候。

一種說法是，特種部隊裡的追蹤專家從他在爛泥上留下的腳印、鞋印，早就準確的掌握他躲藏的位置。只是想要放長線約大魚，因此只是就近監控，並沒有採取積極的行動。大狗掌握了這一訊息，迅速通知阿珠她爸。但他們也知道阿珠死厓之後想厓想瘋了，如果她窩藏這男的，十之八九也是拿來當匪使用，那也未始不是「廢物利用」。只是怕她被牽連，被抓去關個十年八年就不值得了。又怕特種部隊攻堅，如果她把他當匪，一定會像母雞保護小雞那樣拼死保護他，不被射殺也必定被打到剩半條命。最好，是讓她去舉發他。因此阿珠她爸甚至趁阿珠早上去賣菜時直闖進她臥房，把操勞一整晚讓阿珠高潮迭起而自己累癱兀自呼呼大睡的郭叫醒，與他做了一番深切的懇談。「你不該連累我女兒。」他開門見山，要求郭自己悄悄離去，「反正她也被你搞大肚了」。但他說甚麼都不肯，「我是讀書人，不能不守信。我答應她絕不不告而別。我不希望女人會因為我的欺騙而傷心。」他本想親自把他扭送去領賞，但他不希望視匪如命的寶貝女兒這輩子都把他當仇人。

還有一種說法是，特種部隊根本就不知道他的行蹤。他留下的腳印早就給漲潮的水覆蓋了。雖然像阿珠那樣的文盲常會去買英文報、紙筆，這事本身就十分可疑，可是根本沒有人想要去監視像她那樣的女人。況且她買的報紙都包了菜和豬肉、豬腸，崗哨根本就懶得多看一眼。

是一隻狗洩露了他的行蹤。

特種部隊在數哩外做例行搜查時，看到一隻黑狗咬著一隻黑鞋，搶過來拿回去比對，發現和遺落那隻是一對，因而展開大規模搜索。

其時阿珠已把他送到附近的聯絡站，特種部隊恰鎖定那附近展開突襲。他還來不及被移到安全的地方就被攔截了，也來不及向隊友講完這一個多月的經歷。兩顆子彈咻的射中他身體，一顆正中心臟，結束了他短暫的一生。

馬來亞各語文的報紙都大篇幅報導。官方報紙都用歡慶的語氣，左傾的報紙則無限惋惜。甚至倫敦的泰晤士報也都有特稿，「馬共學養最好的知識份子被射殺」。後來的歷史將這麼評斷：「英軍及時剷除了能力可能堪與李光耀匹敵的對手。」

那時東北風起了，一直下著小雨。阿珠當然很快就知道了，她在雨中一直哭一直哭沒辦法平復，返家途中竟然迷了路，腳踏車差點就栽進大巴窰。

幾天後，她咬咬牙，「我會養大我們的孩子。就當你到森林裡變成一陣風了。」

大戲上看過衣冠塚，她就在土墩頭拿督公的石碑旁給他挪了個位子，撿了個廢木箱，把他穿過的那幾件開襠褲、塞過他嘴巴的那十幾件她的舊內褲、他穿過的她死鬼老公的上衣內褲，他用過的毛巾、穿過的舊拖鞋，那些貼在廁所雞寮的「萬得」，實實的塞入箱裡，埋土後鼓起小小的墳塚。石頭上模仿他的簽名，用力的刻字、塗上紅漆。

「初一十五我會給你上香的。」

這才想起，其實有好幾年沒有去給死鬼老公掃墓上香了。有時是風，有時是雨，有時是那個來。有時純粹是忘了。

即把他的遺照從玻璃框中取出，收在床底下，那張簽名的「萬得」摺了邊，塞進去，掛在房門內側。只是那粗略的黑白畫真的把他畫得像鬼。她想念他的味道，只可惜那些衣服都埋了。

枕頭上也只有她自己的汗水和口水。

此後多年她腦中都是他臨別時叮囑的話語。她知道生活必須有重大的改變了。縮短了賣菜的時間，後來甚至不賣了。豬也不養了，靠著點積蓄撐著，老爸三不五時還給她買大包燒肉，但她吃得很節制了。死鬼老公歿後她著實存了點錢，想說如果再找到靚仔老公，說不定可以合作做點小生意，養幾個孩子，平平淡淡過日子。

聽說新村的觀音廟有義學，晚間上課，學華文、馬來文和數學，她去報了名。此後一直到臨盆前都未嘗缺席，非常吃力的咬著牙學習，因字記不起來而常寫得手背一片藍。晚上常就借住在廟裡，繼續忍著瞌睡苦讀。耳邊常響起他的聲音：「要多識幾個字。」白天回去餵狗、餵雞鴨、撿雞蛋，但更常是老爸幫她跑腿。老爸買了二十幾隻小雞養著，說要給她坐月子，也慨嘆可惜她媽走得早。她瘦了，動作緩慢，衣著儉樸。認識的人都說體積只有原來的三分之一，沒有人再喊她肥婆了。雖然肚子倒是漸漸大了起來。那段男人描下的文字，她背到「勞其筋骨」了。

奇怪的是老爸和大狗對她大肚子的事甚麼都沒問，好像那是再自然也不過的事。連嘴巴最臭的嫂嫂也噤聲不語。他們多半知道了一些事。而嫂嫂，依往例，鐵定是給阿珠她哥狠狠的揍過了不止一輪。

旁人竊竊私語，她昂然撫腹，毫不在意。

兒子生下來了，阿珠從那二十幾個字中選了兩個字，給他取名「大任」。原要讓他跟父親姓，但報生時官員不止要他父親的報生紙和公民權，還要他本人到場。於是父親欄只得空白，孩子也只好跟著她姓。

忙不過來時，有時託給一家印度人，有時託給開米店的小姑。她回去賣菜，但也繼續夜學，各減一點時間，一三五二四六輪。有一天，她突然發現自己可以看懂中文報紙的標題了。然後是內文。再兩年，政府寄來的馬來文表格也看懂得大概了。

夜校頒給她小學畢業文憑，及寫著「精神可佳」四個紅色大字的獎狀，一本商務書局出版的厚如磚石的《辭海》。她終於背下那整句古漢語。

她搬回爛泥芭去住了，房子好好的整頓了一番。給他留了個小小的書房，放了幾本字典，好像他隨時會回來似的。書一本一本的添購，但多的是兒童讀物、少年讀物。孩子的童年裡也一直盼望著，父親哪天從北方回來。

而孩子，從爬到站，到走，學說話，那似曾相識的眉眼、那笑容，那伶俐，都讓她無限歡喜。

再過幾年，她連初中都讀完了。小學商請她兼職幫忙教低年級，有少量的薪酬，也就不再賣菜。

那個阿都拉曼果然當上了國父。她從微風中又聽到他的聲音：「如果我們的革命失敗的話……」

為了測試自己的馬來文能力，她大著膽子以郭的遺孀名義給東姑寫了封信，順便驗證死去的尪有沒有騙她。還真的收到國父親筆回覆的長信，是由一個臉很臭的馬來官員司機由黑頭車載著親自送來的，一個沉甸甸的小包裹，臭臉人當面還向她要回她小孩的報生紙，說已照她的意思出了份全新的。

信紙厚實，金絲雲紋。用的是炫耀的花體字，蔓藤一樣爬滿紙頁，有的地方還會開朵花、結幾顆瓜、甚至有小動物（限於譯者的馬來文能力，譯文僅供參考）：

「尊敬的嫂子：

很高興收到妳的來信，也很感激妳為老友威廉留下血脈，我想如果他母親知道的話一定會很高興的。但他們也可能不相信，有錢人家總是想得太多。

但我是百分之百相信的。因為妳提供的細節，只有他和我知道。譬如那條豹紋內褲（畫了一朵木槿），我現在還穿著妳相信嗎？喊默迪卡那天我也穿著哪（又一朵木槿），就當是老友給我的祝福吧（一個拳頭）。

妳不知道我有多想念他，我們馬來人都是重情重義的。接到他的死訊時，我哭到幕僚都以為我媽出了車禍。妳很難想像是吧？其實我和妳一樣難過。我對那些洋鬼子特種部隊（畫了幾個豬鼻子！）非常不諒解，我一再交代總警察長（畫了一顆呆瓜），千萬千萬不要殺了他（一隻拔光了毛的小鳥），重傷都不行（一隻垂首的鵝）。把他輕輕抓起來就好，別用爪子傷了他（一隻鷹爪含著隻小雞）。將來還要用他來對付那個天壽難搞的李光耀哪。（畫了一顆石頭，飄著臭味）

把他抓起來，我想念他還可以到牢裡找他敘敘舊，喝咖啡，聊聊天（告訴妳一個小祕密：我心臟不好戒酒了）關幾年，我再特赦他不就好了？我還可以給他做個衛生部長甚麼的。在牢裡他還可以寫書，我幫他出版，不是很好嗎？我是國父咧。而他是最早預言我會當上國父的人。想到這我的心就很痛。（畫了顆滴血的心臟）

我常回味在倫敦的留學時光，苦樂參半。苦的是老師講的我都聽不懂，老師常對著我喊：『阿都拉曼，你怎麼又在睡覺？』歡樂都有他。幸虧有他，耐心的一字一句講解給我聽，教我怎麼做作業、怎麼喝酒，怎麼追洋妞，怎麼避免讓她們懷孕——對不起，有些祕密不該跟妳說。我只能說，他懂得真多。我雖然大他幾歲，卻一直把他當哥哥看待。總之我們的感情好到一起住、一起裸泳、交換內褲和女朋友……踢球時我的射門一向都靠他的妙傳，否則我連球都摸不到。我還羨慕他有一個比我翹的屁股，我喜歡拍拍它，卻常讓他誤會我對它有興趣。其實我的興趣也只是拍拍它而已。我的手還記得那觸感。

來信說妳們母子倆生活都還過得去，那我就放心了。謝謝妳告訴我孩子的名字。妳把他的姓拼錯了，應該是Kwok，像鵝的叫聲。關於孩子要隨父姓的事，小case，妳收到信的同時，吉隆坡註冊總局局長屌屎慢（o’sman，又畫了一條瓜）會親自送一份燙金的報生紙給妳孩子，由我本人親自簽署擔保。同時寄上一套限量版的建國紀念金幣，給孩子留個紀念吧。還有我寫的幾本書，妳有興趣也看看吧。

如果將來有甚麼麻煩，別忘了給我寫信。也給我寄張孩子的照片，讓我放在辦公桌上，想念老友時可以看看。

華文教育的問題，我會嘗試，但那非常棘手。馬來亞畢竟是馬來人的土地，空間不大。但如果所有的華人的馬來文都像妳這麼好，所有的問題不都解決了？

關於爛泥河口的整治，可能沒辦法那麼快。妳也知道我們的國家還很窮，還沒有高速公路，火車走得比蝸牛慢（一隻烏龜），李光耀又整天找麻煩。不說了。妳還是別住那種地方了，對孩子不好。馬來人愛住就讓他們住好了，他們愛吃螃蟹。

妳想不想當公務員呢？

這信讀了後請務必把它燒了。我現在是國父了，其實不該寫這種信，流出去不好看。

但我收到妳的來信實在太激動了，讓我不由自主的寫下給妳和孩子的祝福。而我也相信他相信的人，也相信妳會把它燒了（三道火焰）。

東姑一九五七年十月一日

她讀了笑一笑，真的把它燒了，不過留了份精細的描寫本。灰燼裝進紅包袋裡，連同一張孩子端端正正坐在藤椅上的照片，寄給了東姑。照片後一筆一畫端端正正的寫了「天將……其身」那些字。但因為照片太小張（3×4），她沒控制好字的大小，縱使字越寫越小，最終也只寫到「勞其」。

但她沒有放棄爛泥芭。

而每回涼風從大森林那裡吹來，都讓她不由自主的留下兩行清淚。

二〇一三年二月二十八日—五月三日，於埔里牛尾

的外邊還有

君啊君，你看這像不像是個壯麗的朝代？

四月春暖，玉蘭花開。

這個馬共故事得繞一點彎路。首先遇到的故事的主人公……我們姑且就叫他冷大俠（或鵬）吧。

畢竟大俠是他平生寫下的數億文字中，除了的你我他是這有呢嗎了也之外，最頻繁出現的詞彙之一了。

寫作機器

冷大俠早已達成「有史以來寫最多中文字、出最多中文書」的指標。他自己的估記是超過十億字。雖然狗仔報爆料，其中頂多有二百萬字可以算是他自己寫的，其他要不是那十幾個工作室（每個工作室都有十數個大學文科生甚至博碩士生）幫他量產，就是他的寫作公司「王朝」和祖國的「神州」程式公司近年共同開發出來的昂貴的寫作程式「施耐庵」、「羅貫中」（統稱為「黃帝」）祕密幫他代勞的。「黃帝」跑出來的各種主題的長篇小說（找人頭掛名）已連續多年打敗莫言、王安憶、賈平凹、閻連科等名家，奪下魯迅文學獎、茅盾文學獎、巴金文學獎、澤東文學獎、紅樓夢文學獎、星洲日報世界華文文學獎、曼布克獎等。程式設計者以當年俄國文學批評家普洛普（Vladimir Yakovlevich Propp, 1895-1970）的母題分析為基礎，搭配法國文學理論家羅蘭巴特（Roland Gérard Barthes, 1915-1980）、托多洛夫（Tzvetan Todorov, 1939）等的敘事功能分析而開發出來的。寫作者可以在螢幕上點選該部小說要用到的母題數（這功能系統本來應該叫普洛普，但設計者有嚴重的民族主義情緒，故命名為金聖嘆），當然，必須先點選字數鍵：五千、一萬、三萬、五十萬、一百萬；但這套程式的使用者一般偏好長篇，短篇後來就被淘汰了，功能鍵也被取消了（多可惜是不是，不然我也不必這麼辛苦了）。接著可以選擇風格類型：頌歌、喜劇、悲劇、鬧劇、諧擬模仿；背景選擇——哪一個國家、地域（如果你有本土信仰，千萬別選錯了背景）、語態選擇（山東腔、廣東腔、台語、純正中文……方言雜語的百分比等等）敘事類型：《紅樓夢》式、《儒林外史》式、福克納式、馬奎斯式、卡夫卡式……當然，作者有權命名角色，按取「角色命運」鍵……由於冷大俠經營的主要是武俠小說，相對的單純，他特別在既有的程式裡加進「詩意」（從一〇％到三〇％上限）——系統會自動從中國古代詩詞資料庫裡選取切合的材料，自動嵌入。

由於「黃帝」的成果深受諾貝爾百歲高齡的萬年委員的稱許，而受到國務院高度重視，已醞釀要把它收歸國有，好專門用它來生產諾貝爾獎等級的國家文學（可想而知，它可能會被改名為「莫言」）。因為它還同時包含十數種翻譯軟體（統稱為「傅雷」），可以自動跑出各種外語譯本（包括馬來文。據說馬來西亞華人作家協會訂構了一套具備馬來文轉換功能的，伊斯蘭元素最高可達八〇％，準備大肆生產大馬國家文學），平價電子書「大禹」會即時提供各種語文的譯本。不用說，「倉頡集團」也開發出文學批評軟體「劉勰」和「錢鍾書」等，它的產品，藉由幾個虛擬名字已分別獲選為台灣中研院院士、中國社科院院士，且被北大、新大、港大、台大爭相以高薪競相羅致。

不單如此，相關程式公司還開發了「論文自動被引用程式」，以服務論文需要被引用的廣大學術人口。不過這些都是題外話了。

經過多年的努力，冷大俠如今已在香港最貴的地段太平山上擁有數間最貴的房子；有私人遊艇（大鵬號）、私人飛機（蜀山號），在祖國有不計其數的房產，有美國綠卡、英國護照、新加坡的身分證和非洲的鑽石礦脈。不用說，他在新加坡和檳城都買下古蹟，拆了重建成大豪宅。在怡保，他買下一條長街，用自己的名字重新命名；在金寶，買下多座廢礦湖養食人魚。平日出入，有成隊的保鑣開路，他們有時戴墨鏡穿黑西裝；有時做兵馬俑的裝扮，端看他的心情。但經常是漢代衣冠，背插長劍腰掛九〇手槍，大腿兩側藏著鋒利的小刀，有的還帶著電擊棒或麻醉槍。

這家叫江湖的保全公司的老闆是他自己，公司成立的唯一目的也是保護他本人。

他常坐在大廳的龍椅上（經過故宮專家鑑定的乾隆寶座——鑑定書就貼在椅背上），俯視維多利亞港，大廳上的匾額是孫中山的真跡「天下為公」。可是「天下為公」下方貼的並不是台灣常見的《禮運•大同篇》，而是更為精簡的，他自己的語錄，每個字都有一尺大。當然，燙金：「本大俠絕對不會在庸脂俗粉身上浪費精神、精力和精液。」所以他寬大的長褲內一向是不穿內褲的，以前，是為了方便對慕名而來的傻女孩發動「公雞式的突襲」（當然，公司有公關組專門負責遮羞善後，SOP）。如今，純粹是納涼而已。

幾年前出了場嚴重車禍，司機和同行的女孩都當場斃命。因為女孩未成年，害他賠了女孩父母好幾百萬港幣。自己也身受重傷，骨盆腔碎裂，因而臥床包尿布包了兩年。攝護腺因而也遭到重創，被迫割除了四分之三，以致在骨盆腔用鈦螺絲釘固定重建後，那根傢伙一直軟趴趴勉強能扶起來尿尿而已。冷大俠之所以能活下來，他自己相信那是因為他有數十年的少林氣功護體（不消說，少林寺他也有不少股份），但那其間他口授大綱由助理操作系統連載的每部武俠小說，都有一個大俠剛好丹田遭到重擊，以致武功全廢，看到美女只能流口水而已。一如他的狀況，最愛做的事不能做了——只能以手，以口，被姑娘們的潮濕、潮紅和喘息狠狠的羞辱，一直浮起「太監」這兩個瘦金體鍍金漢字。

但今天早上那女孩，在他去喝早茶的路上攔著他（當然驚動了保鑣——因為老大心情不好，他們全被做《龍門客棧》裡的裝扮，路上一直被問「做戲啊？」都覺得很丟臉），問：「冷大俠嗎？能不能給找個時間給您做個深度採訪？」女孩的聲音像秋天的梨那樣脆。深度採訪，那不是他過去最愛做的事嗎？多少女孩深度採訪後，被他深度的採訪過？不過他已好久沒做那種事了，因為如今老二成了世間最軟的事物。女孩素淨清新，明眸皓齒，頭髮輕輕覆著白皙的脖子，沒有一絲仰慕或膽怯。好膽！他不禁讚嘆一聲。

似曾相識。不會在哪兒見過吧。

幾秒的交會，他飽經沙場的目光快速的從她臉上移到脖子、胸部、腰、腹、大腿，過去可是玩過不知多少這種鮮嫩的身體啊，說不定還是個處女呢。

他嘆息一聲，聽到自己的嘴巴溫柔親切的說聲好，「和我的祕書蔡小姐約個時間吧」。他交代祕書小姐，就安排在「試劍山莊」吧。

那是他的行宮之一，一般是接待涉世未深的女學生的（他最愛的類型之一）。過去多少次以「似曾相識」為由把那些傻女孩騙上床的？

他習慣將獵物分類，如果有俠女和仙女的話，絕對會是他的首選。

這女孩眉眼之間有股英氣。微微上翹的嘴角，看得出有股堅強的意志。

鼻端聞到一股淡淡的檸檬花香。哪個牌子的香水啊？

感受到微微的悸動，有股熱血像小河緩緩流進他的戈壁沙漠，那裡有好幾百年沒下雨了，連仙人掌都想要長出腳逃走了。

這是怎麼一回事？

那感覺，應該是來自久遠的過往，昔日的風。帶著檸檬花香。

老屋前那棵老檸檬樹，還一樣開著滿樹花嗎？那棵油柑，幹生著累累的黃澄澄果子嗎？

他坐在龍椅上，等待女孩的到來，今朝不知怎的主動穿上內褲。頭腦意識到時，內褲自己早已經穿好了。

父母多年前亡故了，老家無人住，在白蟻的啃蝕中崩毀了。那裡頭還擺著百多本年少時視若珍寶的詩集、小說、散文集。有愛書人闖入，把它們偷走了，還是聽任白蟻噬咬？後一個可能性多一些。多少年沒想起那些書了？

哥哥依舊一個小鎮、一個小鎮的流浪算命吧？他算出自己最終的命運了嗎？

這些年他又偷走了多少失意婦人的心呢？

屋前的大白柚，那年回去時發現它無端端枯死了。父母為他的繫獄憂煩，到處央人請託，希望他能返鄉重新開始。但他毅然決然的選擇離去。他清楚知道，在這枯寂的小鎮他不會有未來。與那些曾經情同手足的兄弟也早已分道。他知道他們一個個窮困潦倒，甚至早早的衰老死去，如同那些他們曾經企圖藉由教育擺脫的勞動階級。他不曾給他們一絲一毫協助。他恨他們。因為他知道他們恨他。這是大哥應有的高度。小弟就像鞋子、像抹布、像墊腳石。

但他很少想到他們。玩女人也是很花時間的啊。

那些該唸書的時間卻都花在被迫幫他賣書、為他付出了一切，辜負了家裡的期待（出國留學的錢都是向窮親貧友一百五十的借來的）的弟兄（其實「兄」是個冗字）。連一張大學文憑都沒拿到，返鄉後從頭開始，運氣好的話有報館棲身，否則只得從事勞力工作。

那是他們的命運，才不如人，自己笨，怨誰？

撞車的剎那，他雙手正握著女孩幼嫩的胸乳。女孩坐在他腿上發著抖，膚表都是大顆的雞皮疙瘩。

一瞬間他覺得靈魂被撞離了身體，他做了生平等一次的祈禱：只要不死，他願意失去他手上的一切。家人。情人。懷中的女孩。財富。他還把所有昔日弟兄的名字都列了進去。

結果就是那樣。幾天後父親突然心臟病發。而他，在急救中。母親車禍斷了腳，哥哥雖然已算出日內有血光之災而深居簡出，屁股還是被婦人的前夫砍了幾刀。

在那兩年灰暗的日子裡，他想起年少時寫的詩、編的故事、讀過的書。那些風雨、江南；那飄著雪花的蘆葦叢，荊軻刺秦王失敗後南渡。失意的將軍告老還鄉。無顏見江東父老的項羽提著自己的頭渡河，自〈項羽本紀〉出走後迷失在雲夢大澤裡。那刀光，那劍影，鼓聲，北方吹來的寒風和雪。從邊塞詩裡滾出來的石頭、骷髏。稼軒詞中伸出來的劍。劉禹錫詩裡飛出來的燕子。溫庭筠詞裡探出來的一條美人腿。三少爺的劍。陸小鳳的鬍子。四少爺的屁股。

花只開一次
人生只有一次少年
妳怎麼可以選擇錯過呢？

妳怎麼捨得錯過奉獻給大哥呢？

但那時世界還很新，陽光明媚。

那時的花比較香，雨比較甜。

當時年少。

海東青

他最愛談他當年在鯤島建立一個「文學王朝」的偉大事跡。那時蔣王朝已達日昳時刻，夏末，因為實在太過仰慕島上的幾位發光發熱的文學大師，他們一行人即透過標榜「華僑為革命之母」的僑生留學孔道，從馬來半島風風火火的到鯤京，自命為鵬。雖然分發在不同的學校的人文科系，卻快速的籌組了海東詩社。

在鯤京東隅一座大學附近，他們以非常低廉的價錢租得一座廢棄的三合院，四鄰都是高樓。因後代繼承人過多且多已移民，使得建商費盡心力也難以得手。因此如果從高處往下看，它的存在像是一個洞（或者塌陷），被深嵌於高樓（說高其實也不高）之間。

租金雖然低廉，但房子確實壞朽得厲害，多處的瓦片瀉落了，露出土牆裡的竹片和稻草。除了原木的主樑看來還堅固之外，較小的樑柱和隔板看來有多處被白蟻蝕透了，敲一敲，嘩嘩的瀉出蟻土。還好他們七八個男生年富力強，清的清、燒的燒，清出小山般的垃圾，在曬穀場放了把火燒了。沒幾天的工夫，竟然就清乾淨了。夜裡他們依性別分帳篷睡，經由事前因通信而認識的外省籍的文壇長輩龍先生，從軍中找來一群木工師傅，載來不知從哪裡拆下的回收木料瓦石（那年代鯤島正值經濟起飛，老房子拆得多），聽說是華僑子弟，就為他們義務做了幾天工，拼拼湊湊也是間結實而可以遮風蔽雨的房子了。有位羊師父當年在西南聯大讀過一年書，也認識從南洋北上求學的華僑子弟，就屢屢向他們談起當年的流亡與苦學，也好奇的問及共匪在南洋的狀況。小義士們都把自己知道的加油添醋的敘述了，義憤填膺、手舞足蹈的把自己描述成反共的先鋒；而今投奔祖國而來了，「要為中國做一點事」。

一位對園藝有認識的楊師父帶他們認識老房子周圍留下來的花木，兩株老桂花樹，幾株木蘭、幾株玉蘭濃蔭（需定時修剪），桃、李，柑橘（也許是檸檬）、幾株老山茶（南京白、九曲、白寶塔），兩株青楓，幾叢薔薇，都比人高了。

只可惜一株老梅枯死了。

樹看來都是日本時代種下的，熬過多年的荒廢活下來，「記得旱季要多澆水啊。」

草叢中還找到倖存的虎頭蘭，一片片粉藍帶著白色斑點的葉子如劍直挺挺的數十片好似佈了個劍陣。

還有一株老仙人掌，像稻草人那樣伸展開多刺的掌。

一棵高大的樟樹，在東廂房外伸展開來，若干壞朽的枯枝看來曾經壓垮房子一角。園藝師傅說，這樹要定期修枝。從位置來看，它像是後來野長的，後來居上，倒長得比其他樹高大了。「前人種樹，後人遮蔭吶。」

為了安全，龍先生為他們募集了一小筆錢把老房子的老舊電線都換了，也更換了水管配線、清了化糞池，更換了廚房和廁所的破碎瓷磚，甚至把兩間廁所的馬桶都換了新的。該換隔間的換隔間，該貼壁紙的貼壁紙，全部燈具也換過了。

龍先生且請了軍中的書法高手柳先生為他們寫下五陵年少、天下人、江湖等顏體榜書大字，加上冷大俠——，不，還是先叫他白衣吧，那時他還沒有後來那般冷——他自己用蜘體寫的「十步殺一人，千里不留行」、「引刀成一快、不負少年頭」之類從書上抄下來的字句，不倫不類的貼了一屋子都是。名家題額的四個大字「試劍山莊」高高的掛在大廳。詩社成立，大哥白衣（千萬別跟孝女白琴搞混）是當然的社長。買了塌塌米，佈置了小演講廳。定期邀請文壇名家來演講，到大學裡廣發宣傳單，招募新社員。

名家沒空時，他們自己上陣，慷慨激昂的講述自身在南洋「反共」的經歷；但更多的是他們苦學成長的經歷。大哥白衣的父親和哥哥都是中學老師，父親自中國避難南下，哥哥寫詩（怎麼每個故事都有詩人——歹勢，真的，那裡多的是詩人）寫文學評論，與兩島文人頗有往來，也愛讀、愛買島上名家的書，因此家裡頗有一些藏書，遂成立「狼嗥」詩社以集結文藝青年。因愛讀武俠小說，而模仿會黨，為首者被拱為大哥。

打鐵街有師父自稱會鑄劍，他們一口氣訂了兩打防鏽款的。命名後（龍泉、干將、紫電、青雲……），結義兄弟分贈，其餘的裝點好，留待來日由大哥「贈劍」予特別有價值的新來者。

彼時赤縣神州深陷於文化大革命，慣讀鯤島孤臣孽子之書的這些文藝少年，遂也有幾分「無名目的大志」了。

大哥的大哥成家早，錯過了到蓬萊留學的機會，畢生引以為憾。

那些綴滿江湖、白衣、書生、俠客、雪、霧、劍、蕭、雪、少女、橋、月色……的文句，都是不假思索，像搬家的螞蟻那樣一隻跟著一隻找上他的。把讀過的武俠小說重編過向同學少年講述，而有和三五同學模仿《三國演義》劉關張三結義之舉，就在校園那棵高大的鳳凰木下。當然，他是當然的大哥，縱使他長得比較矮小；雖是同年人，出生得也比小弟們小好幾個月。

「我的『精神』比他們高大得多。」成名後他會毫不猶豫的這麼說。

那時他們不知道，阿斗的爸爸其實不過是個較大號的阿斗。莫說關張，天縱英明如諸葛亮、威武過人如趙子龍，一樣是小弟，注定要當犧牲品的。一如那幾個來自窮鄉僻壤、家裡沒半本書的同學，對矮小的他忠誠得像小狗，對他的才華佩服得五體投地。即使是他隨手寫下的句子，他們也是既背誦又抄寫的，後來更爭著寫解說、賞析、註釋、編輯。

那時他們穿著華校的白色校服，總是沒洗淨似的泛黃，一道道灰色的摺痕，越穿越小件。而發育中的那小陽具，要麼偏左，要麼偏右，都是一目了然的。

女生是白裙，日子正當少女，天氣熱，腋下常有黃色汗漬。

當時年少，心還很單純，容易付出。

容易衝動。

經一番商議，成立了海東出版社，由死忠兼換貼的二弟筍負責——請名家寫序後，一口氣出版了大哥在半島就寫好的三本書，當然要照行情付版稅且出版社需自負盈虧。還好宣傳得宜，弟兄們分頭到各大學校園對行人圍堵曉以大義。那年頭島上的文藝青年還比較多，而且有的較膽小的其實被嚇到了——以為遇上打劫——書賣得還挺好的，幾千本沒幾週就賣光了

於是他們從宿舍裡搬出，開始了數年忙碌的結社、習武生活。

桃花開了。李花開了。木蘭花開。玉蘭花開。仙人掌也開了花。

大樟樹濃蔭。

桂花香。

人數從數人擴增至數十人，再至數百人。早上起來即升國旗，唱社歌，從早到晚喧喧鬧鬧的，半夜還呼呼喝喝的大批人在練武。要不就是大批英雄好漢出遊，到全國有救國團青年活動中心的，從劍潭到日月潭，去辦文學營隊，吸引了不少中學生。

好些可愛的女生就那樣的闖進他們的水滸梁山。

不斷的活動，不斷的寫，出版，販賣；他們把自己想像成一群胸懷大志的劍客，身著古衣冠，準備大喝一聲攻進京城，收復河山，復興民國。於是與軍人對飲，與武警結義。把大學生從沉悶的教室拉出來，到他們的山莊聆聽江湖大義、研讀武俠小說。

山茶花也開了。數一數，每株有百數十朵。

山茶花不香，但久綻。

女孩們笑得燦爛，世界都是光。

日子正當少女。

有一回，偶然在太魯閣青年活動中心遇到微服出巡、滿面紅光的尼古拉總統，那時他們興奮得不得了，也趁機拍了許多張合照，並大肆宣傳。

那之後不久，有一回他們在艾森豪路旁的小巷和一個揹著巨大包袱、一臉絡腮鬍一身酒味的流浪漢對峙。事緣於他們弟兄三人並排前進，巷子被堵滿了；而流浪漢連同他的包袱就佔了兩個人寬，於是成了兩隻羊過橋之勢。

彼此對視，企圖以目光壓制對方。

不知道對峙了多久，流浪漢突然鼻翼動一動，好像仔細的在聞甚麼（他們後方是一排烤肉店）。

然後放下沉重的包袱，朝他們伸出手掌，說：「幾位老鄉，幸會，我來自婆羅洲吉陵鎮。」不知道怎麼認出他們是同鄉的，但也沒有和他們多聊天的意思，互相讓一讓，就擦身而過。那陣酒味過後，他們仨都努力的聞一聞自己，也互相聞一聞。疑惑：難道我們身上有一股馬來味？

回去後都覺得卵蛋有點痛，好似被重重的捏了一把。猴子偷桃？甚麼時候的事？

筍後來在回憶文章中寫道，那時他們狹路相逢，不慎擦撞了一下。即從那婆羅洲人的包袱裡掉出幾本藍色封面、精裝的書，還是他幫忙撿起的，他記得是《資治通鑑》、《康熙字典》和《說文解字》。還有一塊東西，翻了兩個跟斗，掉進臭水溝裡去了，是同行的小弟綠豆不嫌髒幫他從滿是油垢的水溝中撈起來，甩一甩還給那婆羅洲人。那人馬上放下包袱，撩起衣襟使命擦拭。黑色的木頭油亮油亮，看起來型制像神主牌，他們瞄到上頭有兩個紅色行書大字，正是神州。

但這些事冷大俠差不多忘得一乾二淨了。包括當年他出事後，他死忠的兄弟為他收拾打點他留下的爛攤子。那些再也賣不掉的書，積欠的房租，債台高築的出版社，那些暴怒的家長。他們到處奔波求救。但他只記得自己的受難。

但突然有一個月圓之夜，七里香盛開，曬穀場圍了一圈又一圈的年輕人，聽他立在中央的營火旁朗誦〈將軍令〉。吟罷，還在喘著氣，兩個剪了平頭，臉色陰沉、身著中山裝的年輕男子，推開觀眾，問道：「誰是冷不凡？」確認身分之後，對他道明來意：「我們是警備總部的，我們接獲檢舉——」隨著出現另兩位青年，熟門熟路的到他的書房去，搬走一些文件書籍卡帶照片之類的。

於是接下來幾個月，他失去了自由。他腦中只剩下幾個念頭：會不會被槍斃？會不會被關上一輩子——只要被關上十年二十年，這輩子就算完了。

是誰去檢舉的？誰是叛徒？

他在腦中嚴格的審核了身邊每一個人，每一個都有可能，越是親近的兄弟越可能。因為他們都有可能妒嫉他鶴立雞群的成就。他不是沒想過——依照彼時他深信不疑的武俠小說的邏輯：最不可能的往往是最可能的，而最不可能的恰恰是他自己。一想到這裡，他就只剩下苦笑了。

女孩掙扎說，大哥，不要。

不行。他說。這是恩寵。

妳長得太美了。

這樣不好。我還是處……

啊，太好了。

窗外有月光。桂花香。

那時他構思的每一部武俠小說的主題都是背叛、出賣，以致後來工程師設計寫作程式時，要求他列出他的風格特色的五個關鍵詞，三個是背叛，兩個是報復。

那次車禍後，醫生說他的腦和頭殼骨之間有輕微的剝離，記憶也受到一定的損傷。但在受傷前他就不記得這些了，一個太認真的女孩曾罵他那是「選擇性的不存檔」，他最記得的是自己受到的傷害。那是不可替代、無可比較的——勉強比擬，是鑽石和石頭的差別。

相較之下，其他的都顯得多餘了。

獄中行

約定的時間超過一陣子了，冷大俠不禁有點焦躁。如果是過去，他早就拂袖而去了。但這回他非常偏執的希望見到她。他把玩手上的電腦，滑到「黃帝」的介面，一時興起，想知道如果依武俠小說的邏輯，這樣的約最可能是甚麼事因（motivation）。

果不其然，大大的兩個字：報復。

他在腦中搜尋，不記得玩過這樣的女孩。只好再求助電腦，「錯開的花」檔名之下，有數百張美少女的圖檔（有的還有全程做愛影像檔。全裸像。他最喜歡的部位的特寫，花瓣檔。初夜檔。乳房……）

沒有。

不是他玩過的女孩。

來自史前史？史前史一片黃沙。

要叫保鑣把她抓起來嗎？直覺告訴他不要。他的直覺一向準確。

檸檬花香不是惡意的味道，它不過是會讓眼睛想要流淚。於是他又流了兩滴淚。想到母親過世時，一定也在思念著狠心不回家的他吧。

他突然想到件事。難不成這女孩和那件事有關？

幾年前（還沒出事前）冷大俠曾主持一個著名的鹹濕談話節目「深夜好好談」（兩個好字都被拆開來）邀來鯤島最著名的扒糞專家李大師，此君曾有名言：「我三十歲以後就再也不玩二十歲以上的老女人了。」這名言被冷大俠引為知己，識英雄重英雄。但往昔因價碼太高談不攏，接受他的邀請時，是在扒糞大師動過攝護腺手術，醫生宣佈他性功能完全喪失之後。冷大俠那時邀他，確有雪中送炭的意思。李大師雖然只能動口，但細數過去馭女經驗，談起來眉飛色舞，那時剛出版了巨著《戀上我大屌的小處女們》（獲諾貝爾終身委員驢教授的高度評價，翻譯成瑞典文提名諾貝爾文學獎），順便做宣傳。只可惜李大師不懂廣東話，講話又愛引經據典，兼之得全程靠他即席口譯，說者和聽者之間的接受產生了明顯的時差，反應就不如預期了。

節目的前前後後也是冷大俠負責接待，為他組織了個美處女團隊，都小於二十歲，都經婦科醫生鑑定，隨身帶著鑑定書。女孩們侍候他生活的一切，愛摸愛舐，隨他意。只可惜大師攝護腺切除後那自豪的大屌只剩下最原始的功能——尿尿了。但他顯然還是很享受有香噴噴的美少女環侍的滋味。飲茶喝酒不必說了，還招待他去看洋妞的上空舞，人獸交（這老色狼最愛的竟然是人魚交——黑男人和吱吱叫的母海豚），看到口水滴濕了褲襠還以為是尿失禁。

在機場道別時，李大師給了他一個牛皮紙袋，說，「老弟，很高興你的邀請和接待，你真夠意思。我偶然買到一小箱你的資料，是從調查局那裡流出來的。有些東西你應該會不希望被外流，就送給你親手銷毀吧。」

這讓冷大俠的臉一陣紅一陣綠，下半身發冷，得運氣才控制得住幽門括約肌。他深知扒糞大師的功力，一定是坨臭糞。回家後拆看來看，果然，是那幾個月寫下的大量自白書、檢舉信、報告。

這些東西如果流到拍賣市場去，不知道要花多少錢才搶得回來。

如果流到扒糞雜誌上去，就像頭上頂著屎桶了。

那年，坐牢不到一個月，原本是單人囚禁的牢房，突然關進來另一個人。是個年齡與他相彷彿的清瘦青年，看來非常冷靜斯文。主動告訴他說來自柔佛州，名字中有個鶴，「就叫我小鶴吧。」原本唸台大哲學系，莫名其妙的就被抓進來了。親切的問他為什麼被關進來，顯然對他並不陌生——，不出奇，我那麼出名——那時他想。「我知道你是冤枉的。」那人篤定的說。但冷大俠卻對這人滿懷戒心，馬上想到金庸武俠小說《連城訣》，想到陰謀，很沒有聊天的心情。那人似乎對他沒甚麼戒心，看到同鄉讓他心情好得不得了。一起關了一個多月，也許不慣寂寞，那自稱小鶴的人就告訴他很多自己的事。原來此君是個小馬共，在馬時就曾參加過多個左派的讀書會，是誰會做這種安排？意在諷刺他嗎？

除了脆計多端的尼古拉，還會是誰？他如此猜想。

幾天後他就知道了。

他被叫到一個有冷氣的辦公室，一個教官模樣的中年男人（自稱是某中學的教官，姓馬），經常到詩社參加活動，對園藝頗內行，週末常幫他們修剪花木。那時就在監視他們嗎？如今他竟像老朋友那樣非常親切的拉了椅子讓他坐下，還請他吃了碗熱騰騰的監獄牛肉麵，閒話家常。開門見山的告訴他，「蔣總統記得你，知道你的罪名是莫須有的」。他說他被派去觀察他們很久了，也知道他們在聽那些大陸民歌，「那是無傷大雅的，但是——」

「但你們的組織搞得太大，很多家長（有的還是黨內高層）都在向內政部抗議，警備總部那裡也收到不少檢舉函，檢舉你們是私會黨、邪教。鄰居也一直向地方派出所抗議你們晚上都在吵鬧，讓人沒辦法睡覺。還有幾個女孩的家長指控說……。玩一兩個也就算了，但是你……。你們的解散是必然的事。但你不會關太久，頂多三個月。」他笑嘻嘻的說，「但你必須為中國做一點事。用『為匪宣傳』逮捕你的目的，就是為了佈這個局。」他說，他們偶然逮捕了一個小馬共，是抓潛伏在大學裡讀匪書、批評政府領袖、宣揚反攻無望論的那些不把國家領袖放在眼裡的叛徒一起撈進來的。後來接到美新處從大馬那裡轉來的訊息，通報給他們一個名字，要求特別注意，不料早就抓起來了。在當地發動逮捕行動時，才發現那人混在僑生裡跑到台灣去了，真是意想不到的事。但這人可能受過很好的訓練，口風很密，甚麼都不說。學生嘛，又是僑生，會影響華僑觀感的，不得不謹慎處理，不好動刑，也不好說槍斃就槍斃。

「你幫我們監視他，收集情報，向我報告。你還有兩個月的時間——如果你不想關得更久的話。有了令人滿意的成果就放你出去。而且，說不定可以給你看看你的檢舉函。」說到最後一句，馬教官眨了眨左眼。

「您說他口風很密，」白衣說：「但他一看到我就滔滔不絕，第一天我就知道他媽的名字，他妹是小兒麻痺，他爸曾經是國民黨員，他哥是個激進小馬共，在逮捕中失了蹤，可能被射殺了。他老家種了好多楊桃樹，為了供他留學，他家賣掉唯一的一塊橡膠園。」

「很好，可見他對你沒戒心，很多人見到同鄉就會露餡。他也可能沒讀過《連城訣》。」

每天有四個小時是他們這些「態度良好」的「二條一」強迫勞動（官方報告寫的是「廢物利用」）的時間，有繪畫才能的就去畫彩蛋，甚至畫領袖肖像；有外語才能的被調去搞翻譯。有寫作才能的去協助編輯《蔣公全集》，由一位身著藍灰色中山裝、仙風道骨的老先生負責。那人他是認識的，是某大學中文系的朱姓教授，教《史記》，見過幾次面，但彼此都假裝不認識。那四個小時其中的一個小時他被帶去冷氣房，在制式的紙上（竟然非常像稿紙，紅色的格子，紙的天的部分是紅色寸許大字：內政部警政署祕密監視報告專用）快速的寫下所見所聞，馬教官提醒他放膽寫，「我知道你大學的作文課一小時可以寫完五篇，而你的同學一篇都還沒寫完。字如果太潦草，我們會再找個很會認字的囚犯幫你謄寫。」

剛開始的幾天，他都用轉述的方式寫他聽來的，而且很快的消耗掉他這三十多天聽來的材料。但很快的，他有點不耐煩了，對那樣的表述方式感到厭倦。他想如果直接向馬教官說想變換寫作方式，這些軍人一板一眼，一定不答應。於是他編說，他這個獄友很奇怪——可能是因為共產黨員常要化名、借用別人的身分活動——說話的方式中充斥著角色的扮演、文體變化，如果要準確的傳達，是不是可以——

「當然可以。」馬教官笑得意味深長。「你可以把它寫得好看一點。只是別太誇張。」於是從第七天，白衣的告密寫作走向小說，馬共小說。

其時鶴其實也變得沉默了。話說得極少。但並不妨礙白衣的發揮。

他說他曾有個要好的女友，因為他的留台而移情別戀了。白衣的敘事寫說，鶴有個要好的女同學，因誤信共產黨的宣傳，走進森林結果被她的領導強姦了。那個鹹濕領導發洩完還嫌她不是處女，讓她很受傷。鶴收到她森林裡的來信心都碎了，憤而參加中華民國的海外聯招，而且挑了個畢業後只能到動物園扮猩猩的哲學系。

鶴說他大學時有個朋友來自婆羅洲，不承認自己是馬來西亞華人。白衣寫道，鶴的大學同學裡可能有隻漏網的小砂共，醞釀顛覆分裂大馬國土。（報告送出去後數日，馬教官說，那隻婆羅洲蜥蜴抓起來了。不過他很愛咱中華民國，所以關了幾天寫了數十頁文字典雅的悔過書，就放出去了。）

鶴說他很喜歡海，好懷念東北季風時的濤聲。白衣寫說，鶴和一群小馬共（他編了二十幾個名字）常常去看海，幻想哪天中共的戰艦從南中國海登岸，赤化馬來半島……（八千字細寫船艦）。

鶴有一回談到吃榴槤。白衣寫道，有一回一群小馬共在森林裡吃榴槤，突然滿山遍野都是淫蕩的小猴子，在樹上捉對交配……（六千多字的猴版《肉蒲團》）。

鶴說他家的楊桃樹有時會有五色鸚鵡來光顧，常一口氣咬碎樹上所有的果子。百衣寫道，鶴的直屬領導養了隻會說馬來話的鸚鵡，因多言洩露黨的機密被槍決了。（他花了一萬多字寫鸚鵡洩露的機密）

鶴說他愛爬山。在大漢山上看到前人留下的腳印。很大，可能是洋鬼子的。白衣寫道，鶴和一群匪黨爬大漢山，遇見一群大腳，那是著名的馬共大腳步隊。雌雄莫辨，個個健步如飛，腳毛長如鬚髮。女的奶有椰子大。大便很大坨。

諸如此類的。

很快的，三個月之期滿了。獲釋前幾天，鶴就被移走了。那時鶴已經十分憂鬱。移監前鶴告訴他，大學時有個女友，被橫刀奪愛，又被始亂終棄，跳海自殺了。白衣暗忖：這頂多不過是第一個故事的變體。於是把它改寫為，鶴有一位又肥又醜又老又愛放屁的女領導，有一回趁他到河裡沖涼來不及穿衣服，把他給硬生生給吞食了，奪走他的童子之身。

馬教官看來很滿意。最後一夜特別請他吃監獄牛排。慈眉善目的說他們把他這些天寫的那三十多萬字給被告鶴看了，他也認了，他的判決前天就下來了，二十年的有期徒刑，目前準備移送綠島。稱讚他立了功之外，還交代他不能這一副喜洋洋的表情出去，而是要一臉悲慽、憤怒的模樣，「你知道你那些愚蠢的兄弟找了多少有頭有臉的人連署嗎？文壇有名氣的作家都簽了名，甚至那位《連城訣》的作者、《三少爺的劍》的作者、《今檮杌傳》的作者……」如果表現得稍微開心或平靜，敏感的人就知道你是告密者了，這就辜負了蔣總統的一番苦心。「為了讓戲逼真，也為了平伏家長們的怒氣，很抱歉不能讓你繼續留在鯤島，必須把你放逐到香江。那裡可能更適合你發展，也要拜託你幫忙留意共匪同路人在那裡的活動，必要時我們的人會和你接頭。」

「無毒不丈夫。人不為己，天誅地滅。」馬教官咬牙切齒的說，「你必須繼續把他們當叛徒，你非得表現得恨他們不可。你要說服自己，那些人是為了補過而在外頭為你奔走的。」真是人生的導師啊，白衣感動得眼淚都快要流下來了。雙膝一軟，跪了下來，給馬教官結結實實的磕了三個頭。「恩同再造啊。」

「你終於開竅了。」接著他從牛皮紙袋掏出一疊東西，展開來原來是一大張紙，紅色大字：檢舉狀　僑生冷不凡為匪宣傳。唱匪歌滿江紅、夜半歌聲、松花江上、楊柳青………藏有《女神》、《子夜》、《吶喊》、《彷徨》、《駱駝祥子》、《邊城》等匪書………違反戒嚴法令結社遊行，擾亂社會治安；煽動無知青年離家曠課，雜居而致男女關係混亂。撰作無病呻吟之文詞，毒害人心甚鉅。………

底下密密麻麻的簽名，就像是他常收到的賀卡，他突然一凜，看到再熟悉不過的自己的簽名：三隻蜘蛛。「怎麼會？」他忍不住發抖。

「你最愛在月光會後對她們發動突襲，不是嗎？你仔細回想，有一個月光會，你酒喝多了，那個豐腴可愛的女孩，白衣掩飾不了胸前的鼓脹……你盯著她的胸乳，糊里糊塗的簽了。」他耳朵邊嗡了一聲，好像被鷹爪功十成功力狠擊中太陽穴。

窗外玉蘭花香。

大哥不要，女孩哀求道。

來，讓大哥好好寵幸妳。

檸檬花開

「大哥，靚女來咗囉。」

當冷大俠在檸檬花香中醒來時，他發現女孩就站在他面前，四個秦代古衣冠保鑣隨侍椅旁。眼前景象朦朧，他才意識到自己兩眼都是淚水，即以袖拭去。女孩乜了眼寶座後的字，不屑的哼了一聲。

素衣白裙，綁了個馬尾，看起來非常清爽。

冷大俠把她請到內裡的會客室，他盤腿坐在打坐椅上，請佣人泡了熱茶，保鑣識趣的退到門外。

女孩叫木蘭。她出生時木蘭花開。

「問吧，妳想知道甚麼？」

「看到我，你還是沒想起來？我看你大腦真的是撞壞了。」這華語的腔調，這回聽清楚了，沒有特別的省腔，不是大陸同胞。沒有粗石礪邊，不是大馬同鄉。沒有洋腔，不是ABC、BBC，或甚麼C，那多半是鯤島來的了。

「你真的甚麼都想不起來？」冷大俠搖搖頭，不知怎的兩眼一直流淚。「車禍的後遺症。」他一邊拭淚一邊為自己緩頰。

「平時都這樣嗎？」女孩關心的問。

他搖搖頭，眼淚又簌簌而下。「也許是聞到檸檬花香。」

「我媽曾說，她記得你喜歡柑橘花的香味，常提起老家的那棵檸檬樹。」

妳媽？冷大俠突然感受到頭頂被兩道閃電擊中，卵蛋一陣激痛，咕嚕一聲整坨縮進腹腔裡去了。

是哪個啊？

窗外柑橘花香。

不要大哥。真・的・不・要。我不能愛您。

妳不愛沒關係。大哥愛。

「別擔心，她早就放下了。她生命最後幾年都在當慈濟義工，全世界跑。她壓根兒不贊同我來找你。他說你幾十年都沒長大，還是當年那個容易受傷、縱欲好色、內心黑暗的少年。但如果還記得檸檬花香，或許還有一點救。」

我媽雖然老了，笑起來還是很美。

「記不記得你的牢友？那隻唸哲學的鶴？」

冷大俠被自發湧出的淚水弄得像個哭包，只會點頭。

「他是我爸。」又一個閃電。但這回前面已經沒有東西可縮，屁眼上的兩顆痔瘡自作主張躲進賁門裡去了。

「我媽原本和他是一對，不料她卻被你的詩社吸引進去，還被你狠狠的強姦了。」女孩咬牙切齒，也流下淚來。「我爸對他不離不棄，知道她不忍心把我拿掉，就火速的和她結婚，還到過我家向我外公、舅舅、舅公磕頭道歉，答應入贅留下來協助家族開的葬儀社，保證不把他們的愛女帶去南洋那種蠻荒，還是結結實實的挨了幾棍。你不知道，那年頭鄉下有多保守。他好不容易說服我媽千萬不能提到是你幹的，他們一衝動起來真的會大批人馬專程北上把你閹掉的。

「我媽是那小鎮百年來第一個考上鯤大的，沒唸畢業被搞大肚回家，整個家族頭都抬不起來。還好他們夠疼她，雖然火大，但選擇遷怒。一切以她的意志為主。

「但我爸就可憐了，一輩子處理屍體、送葬，一輩子不敢用手直接拿東西吃。」

冷大俠淚如秋雨。

「我爸你早就見過的，但你怎麼會記得？你那時大概整天都在打量潛在的交配對象吧。我出生沒多久，你就出事了。那時我爸也許為了報復你，不知道從那裡聽到說調查員從你那裡問不出甚麼，自動到警備總部去，遊說他們用他從《連城訣》讀到的一個計策。那個狗教官很聰明，他為了不讓你識破，就用了雙重《連城訣》，讓我爸偽裝成小馬共。

「我爸說他一看到你那副膽戰心驚的樣子，他幾乎就想原諒你了。但想到你對我媽做的事，他只好狠下心來。如果套出甚麼話，關你一輩子，那才足以讓他洩心頭之恨。

「他沒料到這蠢事讓他坐了比你還久的牢，兩年咧。他出獄時我都兩歲了。那狗教官有病（「我記得他姓馬」冷大俠心裡說）。要不是尼古拉總統剛好看到那份報告書（據說讀政治犯的自白是他主要的消遣之一），說：『這是小說嘛，怎麼可以因此入人以罪。』就從十年減刑為兩年（那時已經關了兩年了），說不定要關到我十歲。但我媽過世後我爸在酒後告訴我，他真的是個小馬共，愛上一個馬共女戰士。但小馬共跑到最反共而且戒嚴中的鯤島也真是笨到沒藥救。但他說那是命運的安排，他實在受不了讀書會整天讀那些反殖的讀物。但如果不做傻事也不會遇見我媽。

「那時他和你一樣，每天都有個時段被叫去把聽到的寫出來。他這才發現麻煩大了：他完全不會講故事。他只會講親歷過的事。因此每天那一小時，是他最痛苦的時刻。他常坐在那裡對著空白的稿子發呆，努力回想你那天或前一天晚上說過甚麼值得記下的話。他受過嚴格的邏輯實證論的訓練，那讓他把你說的大部分的話都判定為廢話。他常只記下單詞。那些詞語從他腦中掠過被撈捕下來，譬如：光，雲，白菜，青蛙，條紋，蛋。常激得狗教官勃然大怒。

「三個月過去，我爸的報告竟然只有兩個短句：他真的是無辜的。他沒那個膽。而你竟然密密麻麻寫了一大本。」

「妳怎麼知道？」冷大俠突然想起甚麼，擦乾淚水，猛然抬頭盯著她。只見木蘭咬著唇，眼裡淚水滿盈。「七八年前，我從扒糞大師那裡——」

「那時妳幾歲？」她留下淚來。「十八歲，他要我陪他一個禮拜。」然後他聽到自己抽抽答答的哭聲，像從故鄉鐵皮屋簷瀉下的雨流。女孩繼續獨白，說老色鬼玩夠了之後方肯給她看資料，而且不肯給她白衣的手稿，只肯給她謄寫本，她爸寫的幾乎每頁只有一兩個單詞，他就大方送了。

白衣的手稿只準她翻一翻，翻閱一遍還要多給他從後頭玩一回。

「都怪你寫太多了。」

「他說手稿將來不管是拍賣還是勒索，都可以從你那兒弄到一棟鯤京的豪宅。」

「他摸遍我身體後，也摸遍了我的身世。」

「老混蛋！！」甚麼東西整坨從腹腔裡掉出來。「我女兒也敢玩！！！玩我女兒還敢來上我的節目，接受我的招待？」

冷大俠頓時覺得背上有七八支寶劍在錚錚作響，只要他一聲令下，就可以直飛鯤京取老色鬼項上人頭、胯下龜頭。

他又想，那時，老色鬼心裡頭是不是在偷偷喊我「岳父」呢？冷大俠氣到渾身發抖，丹田和結腸隱隱作痛。

「妳爸媽知道嗎？他們怎麼不阻止？」他哭到鼻涕也大條大條掛下來。

「我爸媽不知道，他們只知道我去鯤京唸大學，偶爾到外頭打工。他們不知道我知道你的存在。我是在一篇報導戒嚴時代白色恐怖的文章，看到你的名字和我爸的名字放在表格的隔壁，發現是同時，猜想必有關聯。那時我偷偷看了扒糞大師不少文章，老色鬼把自己刻劃得正義凜然、行俠仗義、不畏強權，手上又總是握有官方內部文件，我就天真的猜想說不定他肯幫我。」

冷大俠的頭搖到都快掉了，頭暈、癱坐、很想大便。

「沒想到一見面沒聊上幾句他就問我幾歲、還是不是處女。他說他手上確實有資料，可是那非常珍貴，只能讓我試閱五分鐘。他真的調了鬧鐘放在一旁。然後他開門見山的問我，要不要用我的初夜跟他換。然後開始宣傳他那一方面有多行，讓多少女人迷戀，但他不玩二十歲以上的老女人。他說我只剩兩年的機會，保存期限一過，求他他也不肯了。『這一點我和妳香江的親爹所見略同。』」

冷大俠像一隻死章魚那樣整坨起不來了。他感覺有些尿自己跑出來了。

「那妳為什麼到現在才來找我？」

「我媽去年突然過世了。在非洲出了車禍。」（他想，連續劇五寶：車禍、癌症、跳樓、跳海、醫不好。）

「到坦桑尼亞去捧回她的骨灰後，我爸也垮了，一下子好像老了三十歲，今年初登山從大雪山上摔下，粉身碎骨。我懷疑他故意掉下去的。他怎麼可以丟下我。而今而後，你是我唯一的至親了。」

然而冷大俠聽不見別人的話了，只聽到自己哭泣的滂沱雨聲。

他腦中不斷閃過一個念頭：會不會是老千來騙錢的？

但哭的機制就像哭的機器那樣自主運作。父親死時沒哭，母親死時沒哭，祖母死時沒哭，祖父死時沒哭。這回哭到停不下來，好像西南季風時節無窮無盡的雨水。保鑣破門而入他也不知道，女孩被嚇呆逃走了他也不知道。

女孩只留下一顆黃澄澄的四季檸檬，和一個牛皮紙袋的檔案，一陣煙消失了。

但她的話被他耳裡那兩隻蝸牛捕捉了，不斷重播。

「我媽過世後有一回我爸酒後不小心說溜嘴，我弟轉告我舅，我那混黑道的大舅就透過他在香港的黑道朋友，策劃了那場意圖置你於死地的車禍。

「我爸種了幾叢玫瑰，我從小看到，花開時節每天都剪了初綻的送給我媽，『妳看，香不香？』我媽當慈濟義工那些年，他落寞多了，常獨自到防風林外聽濤。我媽死後他一整天抱著骨灰罈傻笑，沒辦法處理死人，我舅就讓他提前退休了。我們都以為他會去跳海，但竟然不是。

他墜崖時揹著我媽的骨灰罈。疑似他掉下去的地方沒有人敢下去。

那是處絕崖。

我走了。別哭了。拜託，我又不是你媽。」—

這些話他不確定是他聽到女孩說的，還是他過於老練的話語系統自然產生的。反正雨太大了。他只聽到有一個哭不出的男人在苦笑。

在那人的笑聲裡，他號啕大哭。

那話兒卻突然直挺挺的硬起來，而且如他想像的背上的寶劍那般錚錚作響，激烈抖動。

他大喝一聲，歡快的射精了，而且停不下來。

只好緊急招來醫生。俐落的剪開褲襠，只見一根傢伙紅通通抖動，但那紅燭般的龜頭吱吱響。但開口只勉強吐出少許帶血的沫子。

「迴光返照，」老爸據說是溥儀御醫、港島排名第一的老中醫耆龜老態龍鍾、慢條斯理的說，隨即運氣，一個綿掌按在他丹田上，二三十幾根針落在鼠蹊上，沒一會青春小鳥就消至嬰兒時大小。

「差地精盡人亡。我阿爸講，歷朝都有皇帝咁樣死咗嘅。邊個妃子咁犀利？」

而冷大俠淚流癥狀嚴重到醫生建議他直接摘除淚腺。但摘除後，他甚至連笑也不會了。他那裡自然也徹底的冷掉了，不再有任何火花。他更喪失了味覺，連自己放的屁都聞不到了。

如他所願，女孩再也沒有出現。冷大俠心裡嘀咕，誰知道有多少那樣的野種在外頭。如果都找上來，要驗ＤＮＡ，要分財產，那還得了。

（如果嫌裡頭的主人公太過扁平，可恰本公司www: writingmachine.com.hk到相關網頁註冊付費後，依指示到相關介面，點選「圓形人物模式」中的選項即可達成要求。另外還有「抒情模式」、「感傷模式」、「勵志模式」、「電玩模式」等選項。喜讀長篇的讀者可另付費點選所欲的字數（且別忘了開啟「角色增加介面」）。因寫論文等需求而對小說中的「互文」感到好奇的讀者，可再至「學術介面」付費點選「互文顯示」【視付費狀況，點選「全部顯示」、七〇%選示、三〇%顯示、一〇%顯示。長期客戶有二%的免費顯示優惠】。如需進一步的服務請電洽本公司客服。二十四小時客服電話：0800800800。本公司同時提供法律咨詢。）

二〇一三年三月十日埔里牛尾

那年我回到馬來西亞

當我再度回到那地方，已不見他的蹤影，我想他應該是回到馬來西亞去了。

——雪眸，《惡淵荒渡》

壹

鏜！海東起大霧。

依稀劃過船的影子。枯木似的桅幹，捲起的帆，一道門。

雲間有一道光，薄薄的斜照在門上。

眼睛。那門上，可見的部分，是大大小小不同的眼睛。

男人的，女人的，孩子，老人，中年人，黑眼珠，藍眼珠，綠眼珠。光照處，微微的瞇上了。但在光之外有的卻睜大了發出警覺的目光。有的茫然，有的怒瞪。

只一瞬，一切又消失在大霧裡。

霧消失在夜裡。

這是他敘述的第一個版本。

第二個版本是飛禽走獸的眼睛。

金魚，秀媚的小鳥，凶狠的鷹，鱷魚、狗，貓，河馬，老虎，大象，翻車魚。長頸鹿，蛇，螳螂，螞蟻……少說千百個，令人目不暇給。都像鏡頭一樣在攝取這世界的影像。

第三個版本……。

穿過一條窄小的混凝土路。兩旁的高草往路上倒伏，路中央僅能容一個人通過。你謹慎的沿著路的中間，避開草葉的鋒銳。掏出一把鐮刀。砍去攔路的障礙。好一會，到了路的盡頭。那是處荒棄的墳場，一叢叢的牧草，血桐等雜樹，把所有的路都掩沒了。

看來已多年沒人打理，連那些殘破崩裂的老墳都被遮蔽了，裂縫間且長出許多雜草。含羞草開著粉紅色球狀的小花。到處都是小花蔓澤蘭，鬼針，牧草，五節芒，血桐。

你戴上手套。

砍除、勾斷障礙，勉強清出一條可以通行的道路，讓身體可以向前挺進，然而十分緩慢且費力。但終於可以看到那龐大的樹冠，也隱約可以看到昔日的小徑。雨水沖刷的流潦，裸露的石頭和樹根，土壤裡滲出血跡般的鐵鏽。

麻雀和白頭翁屢被驚起，粉蝶翩翩。

你加快速度，更費力的挺進數十米後，終於來到那棵大樟樹下。樹幹比以前大多了，你攤開雙臂抱著它。樹皮硬得扎人，但你還是感動莫名。樹冠更大了，覆蓋了大概半分地，那範圍內草木稀疏。樹蔭裡落葉很厚，層層疊疊的，踩上去感覺很扎實。撥開葉子，你在大石頭上卸下行囊，一屁股坐了下來。堆了堆枯葉，四周清出一道防火線，折了把樹枝，點起火來。

濃濃的煙是懷念的味道。

你氣喘吁吁的為自己點了根煙，擦擦汗。

目的地就在樹的後頭。劈開芒草，彷彿嵌在土窯裡的那兩扇門就出現在眼前。

骨白，沒有一絲裝飾。門上粗大的銅環銅鎖還在，你掏出一根長長的鑰匙，伸進孔去，一轉，卡的一聲好像開了。一推，門卻文風不動。縮起肩，一撞，卻仍是失敗，倒是肩背隱隱生疼。你仔細一看，門的下方部分埋進土裡了，被地面緊緊的吃著。折了段枯枝，把那些積土鬆開，以手挖除。再試，門還是巍然不動。

心裡有一股強烈的不對勁的感覺。

有幾分酸楚。有點心痛。又來了。大顆的淚淌了下來自你眼角。

多少回了。相似的夢，反覆的來到緊閉的門邊。總是打不開。

尤其在新加坡那幾年，更是做得頻繁。

細節有點出入，有時毫無阻礙的就來到那門邊，一條清理得乾乾淨淨的石板路。

但幾乎總是在清除雜草灌木。

有一回在夢裡你把那整座墳塚上雜亂的草木都清掉了，清出他當年手植的樹，只要還活著都毫無例外的長高長大，香蕉和綠竹甚至已蔓延開去了，唐竹更獨自成林。桃、李瘦弱，芭樂彎曲成老樹，樹身光滑，和九芎相互輝映。還有那棵清瘦的馬六甲樹，已拐越過土墩頭去了。還有一棵橡膠樹，被颱風或雷電劈掉一半，傷口積了很多泛黑的膠汁，吐出許多新芽。

有時在夢中你會去尋找，甚至不知道自己在找甚麼。

殘缺的石虎，斷殘的華表，石馬，石羊，石人。你聞到一股爛熟的果香味，舌頭微微刺痛。鳳梨叢裡，一隻白鼻心警戒的凝望你。瞬間不見蹤影。

或者那頭黑貓身長如豹，揮動尾巴，在土丘頂草叢裡蹲低了身子凝望著你。牠嘴裡咬著一隻五色鳥。

甚至如掃墓人那樣，你清出了那古老的墓碑，年深日久，字跡漫漶，只有三個字依稀清楚：「故陳公」。據說是個清初的秀才，幾代遷流之後，子孫流散五湖四海，甚至已不知道有個親人的墓在這偏遠的地方。墓龜已然塌陷皺縮，如馬六甲三寶山那些數百年的古墓，有的幾近沉降進土裡去了。

（那年你來到馬六甲。）

碑石被還原成花崗岩原來無字的狀態，只有風和雨的刻痕。

最後你總是被一股力量帶到那門前。在夢裡它被超現實的放大了，像門禁森嚴的異教的廟門，挺立，彷彿禁地，封鎖著祕密。

壯嚴肅穆，像一道古牆。夢也撞牆了，像仙草凍那樣搖晃扭動著驀然碎裂。

貳

As I rode across the waters, I heard the voices of the children, screaming and laughing on the bank. They must have been born with lusty lungs. ——Lee kok Liang, ***Return To Melaya***.

那年我回到馬六甲
輕風穿過暴雨

在你們生活的村莊，他早已是風景的一部分。

村莊臨山，因此早晨的陽光總比其他地方來得晚一些，月昇時亦然。山的影子帶來細微的氣候變化，你很小就領略到了。常常有一片雲盤據在村莊上頭，讓村莊晨昏都泡在雲霧裡，讓眼前的一切，有種親切而不真實的感覺。

有時小鎮附近都下雨了，但只有山腳下這一片還是乾的。有時相反，只有它獨自下著雨。小雨憂傷，大雨淒涼。

山上遠古時代留下的巨木都被砍伐盡了，現有的綠都是幾十年內長起來的次生林。村莊裡甚至不留一棵大樹，怕影響果樹蔬菜的成長，因此一整片是光裸的房子，景觀類似清明掃墓後的墳場。而房子幾乎都不講究，簡單的水泥搭配鐵皮或石棉瓦。而這裡那裡加蓋白鐵皮，使得整體上頗有紛亂、匆促之感，沒有甚麼美感可言。路上多的是狗屎，狗慣於隨地大小便，在大馬路上交配。而大路小路，橫的縱的斜的拐彎的，以不同方式連接到住家。因而門牌的編列也是跳躍似的，不依據任何數學規律，大概依循著的是歷史時間的順序。

在那山上，日據時代時還經常有生番出沒獵人頭。這樣的村莊，男女都愛喝酒，酒和茶水一樣普遍。據說身體裡流著生番熟番血液的村人，世代以來相當放浪。在孩子的血緣上，婚姻只有參考的價值。親屬關係非常複雜（或者說是緊密），鄰里之間幾乎都是表親——長輩之間很多都有過同居的關係，有過貨真價實的肉體關係。

你隨時都可能遇到與自己有血緣關係的人。

有時你不免懷疑：那據說死於酗酒的父親，是不是你的親生父親？和父執輩互動時，母親臉上常出現奇怪的表情，彷彿有一點撒嬌的意味。而且經常換男友。

而他，那個矮小的男人，總是一頭亂髮。濃眉，嘴巴上下都給濃密的鬍子包覆，髮與鬚的線條都特別粗的感覺，兼之一身似乎不常更換的衣物，髒兮兮的，身上總有股濃烈的獸騷味。

流浪漢的氣味。

他們都稱他「馬來」（ma.la.iさん）桑。退休的鄉村教師林桑給他取的，他確實姓馬，他常自稱來自馬來亞，也自稱常回到馬來亞。「去看我娘」他總是如此認真的說。後來有酒友翻到他的護照，揭發他十多年來都沒有出國的紀錄。

退休的鄉村教師林桑是村裡唯一可以和他講上幾句馬來話的酒友，參與過南洋戰場，自稱開過飛機、殺過洋鬼子，喝醉了酒常大聲哼唱日本歌。

多年後你才了解「馬來」的經歷是不可思議的複雜。好似許多人的經歷集中於一生，但卻又比許多人加起來還複雜。

但他確是個老榮民，出生於馬來半島的馬六甲，少年時在新加坡唸書，二戰後到廣州，一九四九年竟然隨國民黨敗北之軍撤退來台。五〇年代被安排到山上種植溫帶蔬果，十多年後「為了那個女人」而搬到山下來。

西拉雅末裔潘銀花。

從阿嬤那裡你聽說，「馬來」那喜歡著深藍紫色洋裝的妻子，及她與前夫生的女兒，那年竟然在一場外遇事件中雙雙被殺害，屍體且均被大卸八塊，丟入潭裡。在媒體上沸沸揚揚的鬧了好一陣子。留下太多線索的凶手很快被逮捕、判刑且迅速槍決了。

「我的紫羅蘭！」據說他如此哀嚎數十日。

「花一般的女孩哪。」你在村莊裡常聽到那些大人談起那段往事時發出那樣的嘆息聲。

「十五歲的女孩了，和她母親幾乎長得一模一樣呢。」

女孩的母親，是村裡有名的大美女。發育得非常好，曲線玲瓏，濃眉大眼，常常一個眼神就惹出許多風波。一把濃黑的長髮，更增添許多風情。伊十幾歲就有許多追求者，許多中年男人信誓旦旦的願意為伊離掉家裡發胖的黃臉婆。十五歲那年就生下孩子了。在伊成年後，男人爭風吃醋、為伊打架鬧事，更像連續劇那樣日日上演。結婚，離婚，再婚，再離婚。再再婚。

伊上山採果時讓他一見為之傾心，立即剃除蓄積多年的鬍子，染黑了頭髮。為了博得伊的芳心，把伊從伊公鹿般的丈夫那裡搶奪過來，據說他幾乎耗盡了積蓄，為伊盡償伊父親喝酒賭博欠下的龐大債務。

為著伊不喜山上單調的生活，他只好搬下山來，開一間小小的雜貨店，守護著他心愛的紫羅蘭。

然而伊或許還有些難纏的情人來不及分手。一旦堅持分手，殺機就來了。莽漢還割下她和女兒的整套生殖器，泡福馬林，裝在玻璃瓶收藏。

那之後，他孑然一身，生活再也離不開酒，經常喝得醉醺醺的。

沒多久雜貨店就頂讓出去了。再過不久「馬拉倚」就被迫搬到墳場邊，撿了些廢木板自己搭間寮子，過著半野人的生活。

幾年後，「馬來」已非常習慣和村莊裡那一群愛喝酒的工人，或因殘或因近親交配而智能障礙，日日在村莊裡浪蕩的人，一道在小吃店門口或榕樹下喝酒吃肉，漲紅著臉大聲笑鬧。那些人靠鎮公所或附近寺廟的的協助，有一天沒一天的打著零工，在酒精裡過日子。

「馬拉倚」被那群人接受了，但只要有人膽敢提起他心愛女人的悲慘遭遇，他一定撲上去要和對方拚命。有幾個男子因此被他一路打進水溝裡，甚至打破了頭打斷了腿。有一回有一個男的酒後得意洋洋的說他十多年前就上過伊，饞著說「有夠嬈吔」，嘴巴即挨了一拳剩兩顆牙齒。

還有一次和村裡和那位愛講日本話的老頭吵了起來，也是扭打成一團。

一如村裡的那些單身漢或鰥夫，獨身後的他常有一段時間不見人影，村人都謠傳說他嫖妓尋歡去了。

有時馬來酒後會哭著說一些沒人懂的話語，被謔稱為是馬來話，也許盡是些傷心的話語。

後來村裡墳墓管理者聘用了他，協助清理雜草、打殺草劑，修剪花木，甚至協助撿骨師挖墓，就近看守墓園。大概是時間太多，他逐漸擴大他的版圖。以撿來的木方木板，廢鐵皮，挨著樹身，在小寮子旁又搭起間小高腳屋。他把漂流木沿著樹身釘成一個螺旋狀的牢固梯子，以芒草和竹子在枝幹間另搭了間有許多風洞的樹屋。

那是為了你們搭建的。他且在裡頭置放好一些回收場撿回來的書。《魯賓遜漂流記》、《苦兒流浪記》、《西遊記》。

那一度是你們的祕密基地。

那地方毗鄰於村裡的小遊樂場，有溜滑梯、鞦韆、迷宮和疏於修剪的草坪。你們四、五人經常在那裡投球、抓迷藏。

馬來靜靜的在一旁拔草、鋤地、種植。當墓園廢棄後，他恢復打零工。閒賦的時間就多了，逐漸擴大他的版圖，往山那邊開墾，沒日沒夜的不知道忙些甚麼。

他會請你們吃他種的當季的水果，芭樂，桃、李、釋迦，一有機會就苦口婆心的勸導你們要努力讀書方有機會出頭。甚至邀請你們到他家做功課。

母親跟一個男人同居，常常到那人的家裡去住。

他蹲在樹幹上，像一頭黑熊，認真的說：村人的學歷普遍不高，一般不過就是國中畢業甚至肄業，能就近唸個高職就不錯了，到城裡去唸大學的是極少數。那些人都不會再回來，在城市裡實現自己的夢想。留下來的幾乎就只能重複著上一代的生活，甚至過得更糟。

離開才有希望。他的目光望向遠方，若有所思。「……」

除了你之外沒人當真，甚至罵他神經病。

雖然村莊裡的孩子（尤其是女生）常受父母或其他長輩嚴厲告誡要遠離那些愛喝酒的男人，確實常有女孩受害，村人似乎有點習以為常。

況且，那群人中且不乏吸毒者。

但他的情況好像很不一樣，你發現他那陣子酒明顯的喝得少了，也許手頭拮据了。

他甚至洗了澡，刮了鬍子、剪去一頭亂髮，換了身乾淨衣服，像老師家庭訪問那樣登上你的家門，懇求你的阿嬤好好的栽培你，說你或許是塊讀書的料，他願意為國家民族盡一份心力。

你清楚記得他那認真的荒謬神情。

他說他在做回收時偶然讀到你揉成團丟棄的一篇作文〈我的父親〉：

我沒見過我的父親，我甚至不知道他的名字。從小我媽就告訴我，在我還很小的時候他就喝醉酒騎機車摔死在水溝裡了，還說村裡很多爸爸都是這樣摔死的。但我懷疑我根本沒有爸爸，因為和我們同住的阿嬤是我媽的親媽。我跟我媽姓。每年掃墓也不曾去掃我爸的墓。甚至沒有叔伯姑姑。可是沒有我爸應該就不會有我。所以我的存在可能也不是真的。

你記得老師用紅筆寫了很多勉勵的話，但都有點不著邊際。你知道，附近村莊裡這樣的孩子很多，有的是母親逃走或被殺了，有的爸爸其實在坐牢，吃很久的牢飯。很多人心裡都有一個沒法填補的大洞。

或許因為這樣，你比任何人都更常到他昏暗的家去，有時是做功課，有時純粹因為沒事，恰好沒玩伴。幫他除草，抓蟲，剪枝，挖溝，墾荒。

他們說，你老母給人搞大了肚子呢。

你發現他能給你協助的不止是國語、數學、甚至英文，興致來時還教了你幾句馬來語。背了幾首班頓。你記得其中一首，兒歌似的腔調：

Pagi petang siang malam,
Hati terang senang faham.

還有一個殘片：

Indah tampan kerana budi.
Tinggi bangsa kerana bahasa

翻譯成中文，意思雖仍在，少了押韻的支撐，不免索然了。

那些年相處的日子，你聽他斷斷續續的說著自己的故事。

他出生於古城馬六甲，從小被送去新加坡唸讀小學、中學，唸中學時日本侵略中國，民眾自發的募款支援祖國抗戰、抵制日貨，他和一些激進的同學組成糾察隊到處去搜尋偷賣日貨的不肖商家，「半夜在那些商家店門上大大的寫著漢奸兩個字」，有時還搶走他們陳列的日本肥皂。他講起來依舊眉飛色舞。他說，那些沒有民族情操的敗類常去報警，英殖民政府就介入了。常有同學因此被英殖民政府遣送到中國——「管你是不是出生在中國，對英國佬來說都一樣」，但那個年代他們真的熱愛著祖國，整個南洋都是歐洲帝國的殖民地。

常有有錢的老頭死了，棺木大費周章的用船運回故鄉安葬的。

青年們並不在乎被送到中國，倒想真正的見識一下祖國的大好河山。

他就記得有他的好友，一位小資本家的兒子、非常左的優秀的同學叫做方浩瑞的，一大群同學都穿著校服到碼頭去送他，白衣藍裙，煞是壯觀。大夥都淚流滿面的揮著火焰的旗子呼喊他的名字，既感傷又羨慕，羨慕他得以參與祖國偉大的革命。還有位女同學叫沈郁蘭的，思想早熟敏銳得令他畢生難忘。

「但很多事都沒想到。」他在濃煙裡說。「祖國辜負了他們。」

長長的沉默。

「我們那一代人，」他擠著臉上的皺紋說「很多人的人生高峰都在二十幾歲。二十幾歲就獨當一面，甚至當上領導。但那其實是學習的年齡，沒有機會多讀書。」「那些朋友，」他說，「如果不是日本人殺了、被李光耀抓去關了一輩子、就是逃亡到印尼、或躲進北馬大森林，或被遣送到中國——。」

「命運！」

「餘生開始得太早。」你發現他紅了眼眶。大概也是自傷身世。

日軍登陸馬來半島前，還好母親想念他叫他回馬六甲，否則多半逃不過新加坡的大檢證大屠殺。很多優秀的同學就那樣被屠殺了。包括他年方十七歲、如花似玉的女友，也被日軍蹂躪致死，開膛剖腹。

「媽的屄日本鬼子！」他握拳、切齒、吼叫。

你猜測，或許因為這樣，血氣方剛的他跑去參與了抗日軍，當他們的跑腿，送送信，傳傳口訊，「那黑暗的三年八個月！」每次談起他都咬牙切齒，說連他娘都差點遭殃，還好躲到芭裡親戚家。

「俺就係思念俺娘啊！」他竟然痛哭流涕。「他又寫信來問我要不要回去。」他淚眼裡散發出迷濛的光，「我娘知書識禮，寫著一手俊秀的蠅頭小楷，人又端莊美麗。」他掏出一個生鏽的長方型鐵盒子，費力的掰開，是一疊航空信箋，秀給你看，字跡整齊如印刷，口吻是半文言的腔調。看起來相當陳舊了，泛黃，有許多鏽斑，收件地址還是梨山上的。

還有一張褪色的照片，像舊月曆上的明星，湖綠的旗袍，笑靨如花。你心裡問，那真的是你娘嗎？怎麼似曾相識？

不料英帝重返馬來半島不到兩年，他倒被遞解到不曾踏足的祖國。「你不知道我娘有多傷心。伊一定哭白了頭。」他說，他父親雖動用了他在商界、殖民政府機構裡的所有關係，還是無濟於事。因為他們那夥人涉嫌縱火的那個指標性的豪華別墅的主人，那富商，其實他父親也認識。雖戰時與日本人合作，卻和英殖民高層的關係更深更好。

他說，那陣子他們到處找漢奸的麻煩，非常快意。有的漢奸還被組織派人射殺了。母親倒是多次勸他要給人留餘地，也不認同他們的做法。伊說「在那種狀況下，很多人其實都是不得已的，都是為了保護自己的家人及財產。」

「只可惜我那時太年輕，我娘的苦口婆心聽不進去。」

講到娘，他又流眼淚。你那時覺得，這男人怎麼那麼娘？

你的母親被男友酒後痛毆，打到吐血送進醫院，而後帶著黑眼圈返家。你不解為何她的每任男友都以毆打來結束關係。

而且，你發現你體內的某種事物甦醒了，讓你非常焦慮。

有一天，他閒逛到那座土丘前，發現那竟是座古墓，令他狂喜。

他決心把他的地盤移向廢墓園的深處。雖然他仍有到村裡撿拾回收物。

他在土丘旁找到一條活水，水雖然不大，但好歹是活的，他喜孜孜的說。不必再去偷接水了。你們一道把雜草清除，略略挖深，挖出一個水窪。天氣熱時可以泡澡，「沖涼」。他不介意在你面前脫光衣服露出胯下那一坨，但你卻害羞了。無論如何你都穿著短褲。

廁所也是用最古老的方式，挖個洞，圍四片鐵皮，滿了舀去做肥料。剛開始沒屋頂，大雨時常滿溢只好加了兩片鐵皮當屋頂。

在那土丘一側開了個窯洞，你也幫著用畚箕移土，看他一身汗一身泥的挖，一直稱讚那泥土好，是細緻的黃土，堆了一畦畦可以種菜。

此後數年，隨著他到建築工地去打零工，廢棄的磚瓦水泥一點一滴的帶回來，砌他的土窯。等到你國中畢業，他已把他的隧道搭建得頗舒適了，像個防空洞。兩邊各做排水淺溝，正上方、左右側各開了幾個小天窗，用疑似從荒廢的古宅那裡偷來的厚玻璃把它嵌起來。而窯洞口，剛開始只是用廢木板勉強釘了個門，防狗。

不知道他甚麼時候、到哪裡、哪間廢棄的古宅第偷回那巨大的門。門上淺淺的刻著一幅地圖，有島嶼，椰樹，海洋，星星，獨木舟。

洞裡當然沒電，一直都點煤油燈。怕傷眼睛，家裡不讓你到那兒做功課。

在那昏暗的空間裡，常燻著煙聽他講故事。

馬來說，那年在廣州街頭路邊攤吃瓦煲飯，不意還遇到一個大人物。是個穿著破舊灰色襯衫的三十多歲的矮瘦男子，大概看他長相和口音都有點奇怪，輕輕拍拍他肩膀，用腔調怪異的馬來話問他來自馬來亞還是印度尼西亞，他非常吃驚。那人解釋說，他在廣州這陣子，見過很多類似馬來這樣的年輕人，被殖民地政府遣送回來。「你知道他是誰嗎？他可是印尼歷史上赫赫有名的大人物，陳馬六甲（Tan Melaka）。他的回憶錄*Dari Pendjara Ke Pendjara*裡還有提到我。」他說，「像我這樣的年輕人是那塊被帝國主義踐踏的土地未來的希望。」但那之後沒多久，馬來就被國民黨軍隊拉伕到台灣來了。

母親原希望你國中畢業後就去找份工作，但他堅持讓你繼續唸下去，「我還有一點積蓄，」他說「況且我無兒無女，煙酒都有節制，自己一個人過日子根本不必花錢。」

有一天他不知哪弄來一盞大光燈，洞裡登時大放光明。他看來心情很好，戴上老花眼鏡，準備了一疊稿紙，說他這一生際遇這麼離奇，不寫下來可惜。

高中以後，你功課忙，與同儕打球玩樂之餘，往他那兒跑的時間相對少了。有時看他明顯的落寞。他收養了隻黑貓，是隻小公貓，他為牠取名「希旦」（hitam）。

母親又有了新男友。

見面時，好幾回他都說他回到馬來亞去了。

有一回說帶回了幾顆馬六甲樹的種子，很高興的播了，有兩顆發了芽。

有一回他帶回橡膠種子，播了，只有一棵發芽。他興奮的呵護它長大。

有一回甚至神情有點恍惚，有點神經兮兮，神情黯然。身上也老是沾了泥巴，好似剛從墓穴裡爬出來似的。

「我娘她死了。這些年伊一直問我要不要回到馬來西亞，跟伊一起過。可是我的身分證早就被注銷了。」他老淚縱橫，哭得非常傷心，且抽抽答答的哭了好一陣子。

收淚後，他從皮箱裡掏出一大疊泛黃的照片，比上回拿出來的多得多。

你腦中閃過一個非常不敬的想法：是做回收得到的他人的家庭舊照嗎？

應該是他的家族記憶吧。褪色的照片。有他自己二十幾歲離家時的照片，他顫抖著指著。他的父親，尋常不過的男子，兩眼無神，鼻子的部分有黑色污漬。他的母親，白淨的婦人，目光斜斜的飄向框外。還有兩張彩色的，一對容貌非常出色的母女，藍紫色底白花的洋裝，目光懾人。眉眼有幾分神似他的母親。

他凝視良久，沉默不語。

高中畢業，你彷徨得不知何去何從。

他勸你無論如何要去考聯考。他說他答應你過世的阿嬤會盡力為你設法，「我還有一些老朋友。」但似乎從不見有人來找過他。

當你即將北上唸大學，他從暗處拉出一口舊皮箱，像一盒豎起的香煙盒。長方形的口並不大，但深度及臀，有許多口袋，許多環扣。他曾從裡頭掏出一本書送你。

為了拿出那本書，裡頭的東西得一層層小心翼翼的拿出來，整個上半身，連頭都深埋進箱子裡。

一本泡過水的《野草》，一九三五年北新書局，署名魯迅著，夾著一張百元美鈔。

「當年在廣州買的。原本還有本郭沫若的《女神》，逃難中拿去擦屁股了。」

還有一個舊報紙包成的小包，仔細的包了兩三層，揭開後是一大疊新台幣。看來都是新鈔，硬塞在你手上。他目光炯炯的說，「用我娘給我的一包金飾換來的，好幾回差點過不去，賣掉又捨不得。幾年前金價好時換的，這些年貶值了不少。」

你咬著牙說，我一定會還你的。

後來你發現那包鈔票的報紙，竟然是七〇年代的《南洋商報》頭版，猩紅的正體字。

當你將離家向他告別，你發現他昏昏醉醉的。大概獨居無聊，你發現他私釀酒喝。黑貓希旦已經長得很大，到處打獵獵豔，並不常在家，即使回來也不理人。頂多只是白天回來睡一個長長的午覺。

「那時蘇丹滿速沙逃亡到馬六甲，要不是睡在一棵馬六甲樹下，馬六甲就不叫馬六甲（Melaka）了。」他語無倫次的說。「也許就叫紅毛丹（Rambutan），或榴槤（Durian）。」

大學時代你更少見到他了。你更少返鄉，因寒暑假都忙著到處打工掙錢。怎樣的苦差事都難不倒你。清下水道，抬屍體，陪伴寂寞的老女人。而且，你有了情人。一個來自婆羅洲的男人，深邃的五官，皮膚黝黑健壯如泰雅人，疑似有達雅克人的血統。暱稱犀鳥。是個堅定的婆獨份子，主張婆羅洲要獨立建國，脫離印尼、菲律賓與馬來西亞。說這些國家概念都是殖民主義者搞出來的。你看他和一個砂獨份子同鄉激烈的爭辯，後者主張砂勝越獨立，他們均不承認馬來西亞。幾個台獨份子常加入他們的討論。

那個婆獨份子，手背有著大片豬籠草刺青。你給他迷得神魂顛倒。他好似有三顆睪丸，每回做起愛來狂野得要掉好幾層皮。

除了過年，你難得返鄉。

但偶爾還是會收到馬來從島上不同地方寄來的錢，寄到你的宿舍來。信封上你的住址和姓名，字都寫得很大很用力，好像很費勁又似在抗議。都是寄現金袋。信封和錢都有股刺鼻的腐臭味。回郵地址看來是從當地郵局附近隨手抄下的。

偶爾給母親打個電話。偶爾問起他。你沒提到他寄錢的事。

從母親口中，你聽到的是不同的故事。說他時而傳出和某個寡婦有曖昧關係。「不會吧……」你說。「敢有可能？」他改變那麼多？還是母親在編故事？

有時喝醉了酒倒在大路邊。

母親說，很少聽到他的消息，更不曾在路上碰見他。

但據說他偶爾還是會到村莊找老朋友喝酒。

有一天，再也沒人看到他。里長去他住處看過，說大門深鎖。母親說，伊有時到那兒看他過怎樣，他都不在。許多天都不在。那年過年難得返鄉，為的是再去看看他。

因你注意到幾則可能相關的新聞：

島上不同的墳場都有墳墓被盜。都是些殷實之家，墓園蓋得非常招搖，有的還請了專職的守墓人。但一樣被盜。盜洞都很小，挖得非常準確，且只取金飾等值錢的陪葬品，不移動屍體，取手環、金戒指，而不取金牙。

不同地方的當舖都有收到一些來歷不明的金飾，部分被喪家指認出來。業者宣稱是一個「說話有外國口音」的流浪漢拿來典當的。

另一則新聞，一個盜墓者被追捕過程中墜入深谷，但屍體一直沒有找到。

有一家偏遠地區的郵局員工說，一位全身發臭、好像從墳墓裡爬出來的老伯到那兒寄錢給唸大學的兒子，那臭味讓郵局大半天沒半個客人上門，令人印象深刻。

問村裡人也沒人見到他去哪，甚至冷酷的說：

——我們以為他早就死了。他很久沒來雜貨店拿信了。

其實不過是疊廣告單，從壯陽到介紹第二春的都有。

——他就算死了變成白骨也不奇怪。

——他都很多年沒跟村裡人喝酒了。

但你發現你的鑰匙已開不了那鎖，似乎從裡頭加了橫栓。野草且已長到門縫裡去了。在陰涼處，幾朵紫色小花悄悄開放。

而土墩旁多了個稍微小一點的土墩，且已長滿了草。

難道他那一陣子像田鼠那樣在挖洞？又是為了甚麼呢？

他的園地雜草叢生，顯然許久沒整理了。

感覺已人去窯空。馬六甲樹已過人頭了，或許因為葉子細碎而顯得單薄的關係，枝葉張開如一把破傘。而橡膠樹猶及膝，頂芽看來屢次受挫重生了無數次。

你為兩棵樹拔一拔草，堆了圈石頭，便離去，且多年來再也沒有回去。

參

那門上均是各種花器的顯示，貧乏的植物學知識讓他只來得及認出百合、牽牛、曇花、蝶形花、唇形花、大王花……轟鳴的蜂，翩翩的蝶，悶哼的蒼蠅。芳香與惡臭。

肆

那年你來到馬六甲
像一尾迷航的鯨魚

那年知名的衛浴公司派你到新加坡（如果沒有大學文憑你也去不了新加坡），協助管理公司在新加坡和馬來西亞的業務。你取得材料工程的大學文憑後幸運的找到那份工作，恰好公司有意配合政策南進，你自學多年的馬來文派上用場。

你順道多次走訪他反覆訴說過的故鄉，古城馬六甲。和觀光客一樣，頭一趟即看過三寶山、三寶井、三寶廟，舊城區的堡壘、紅樓、昔日華人富豪的家居，走過荷蘭街、見過歷史最悠久的葡萄牙教堂，華人最古老的公共祠堂青雲亭……鄭和的遺跡規模都比想像中小，也不夠精緻，摻雜其間的現代建築也過於雜亂粗俗，磨蝕了歷史的厚度。

你嘗試尋找他多次提到的故居，一遍又一遍穿越大街小巷。燠熱，汗水泛濫了表皮，你感覺從頭皮到腳底都濡濕了。像一尾衰敗的魚。

在當地的報紙副刊上，你讀到一首題為〈那年我回到馬來西亞〉的詩，有那麼幾句：

那年我回到馬來西亞，經濟不景、種族極化
朋友失業，結婚，外遇，離婚
灰色的天空，鼠色的雨
河馬溺死在浴缸裡

你納悶：這半島哪來的河馬？難不成是動物園或馬戲團跑出來的？還是掉進河裡的馬？這裡也不產馬，難道是賽馬場跑出來的馬？河是形容詞還是名詞？是個隱喻嗎？

那時安華的肛交案日日在電視上播出，他略顯憔悴的臉，溫婉的妻堅毅的神情，印度人馬哈迪洶洶逼殺的嘴臉，都令你印象深刻。阿拉保佑。

在那數百年歷史的老街你跟隨一個披著襯衫大踏步，漫不經心的背影轉進一處牆上長著芒草、雀榕和芭樂的後巷，撥開藍染的門簾走進一處有水井的廚房，來到一間昏暗的房間。在那或許見證了不知多少代的歡愛淫慾的明式紅眠床上，古龍水味混著體味，珠簾晃動如驚濤，湧流的汗水、幾乎換不過氣來的急喘、吼叫。你感覺整個世界往下沉，直沉到那鬆垮垮的地獄的邊緣，宛如路基被掏空後的堤岸。

那是個長相酷似安華的男子，留著八字鬍，圍著華麗的紗籠，身體滑溜如鱔，但體溫冷冷的，像爬蟲類。

此後你在電視上看到安華會忍不住興奮，一如黎明高音喇叭的誦經聲總讓你不由自主的勃起。

但你看不出他的種族，你們也沒有任何一句交談。你只覺他的嘴巴意外的大，喉嚨也驚人的深，有不可思議的伸縮力，好似可以毫不費力的把你整個人吞下，輕鬆的消化掉。這都是蟒蛇的特徵。

但你覺得他的味道不像華人，有股沙薑味。雖然比你後來遇到的那個體毛如鋼刷的孟加里淡些。你最終見識了古印度的情色瑜伽，如果他說他可以把頭摘下來拎著走，你也會深信不疑。而那股重重的刺鼻騷味，亘古蠻荒的頹廢，總是把你帶到侏羅紀、三疊紀、泥炭紀，各種薑科和辣椒都如桫欏般巨大，那羊的祖先角比頭還粗。嗯，那人的眼睛，是濕婆之舞中舞者那雙自為自在之眼，你險險被那樣的瞳力化成幾克沙塵。

是的，後來你有多次類似的危險際遇，在新山、怡保、吉隆坡……熱得令人汗流不止、昏昏欲睡的熱帶，真是個不可思議的馬來半島。

你習慣帶著相機，觀光客的典型配備。然後有一天，樹蔭裡屋頂上一隻腰身很長的黑貓，乳頭腫脹，但那檸檬綠的眼睛你非常熟悉。當你拿起相機，牠不疾不徐的走進一道窄巷裡（台灣習稱的摸乳巷），你幾乎要被牆夾著了，突然出現一處開闊的場所。一座廢園，幾棟木造房子樑柱清楚的有焦黑的痕跡，交叉的棄置著，大叢小花蔓澤蘭纏在高處，開著大簇如雪的白色小花，遮住了兩扇窗，清風裡飄來淡淡的花香，那香氣有點苦澀。較低處是十數朵紫紅牽牛花，午後的陽光令它微微捲收起花苞。

是這裡嗎？你想。

你聽到小貓的叫聲。是兩隻小白貓，一面走一面吸吮著牠脹紅的乳頭。牠們一家就住在廢墟裡，一個沒有燒盡的櫥櫃。你靠近一看，那櫃雖經火焚仍很厚實，櫃角還長出幾朵貓耳狀橘紅色的菇，也許竟是件紅木傢俱。因著你的靠近，貓一口啣著兩隻崽，在草叢中一躍，從一處木板下方燒黑的洞鑽了進去某戶人家。原來那洞的所在是一道門，部分燒毀了。門上刻畫著甚麼。待仔細看，這時你聽到有人發出一聲重重的咳嗽，門咿呀的打開一道口子。

廢墟的左邊有棵看起來年歲頗大的馬六甲樹，兩層樓高，樹身一抱左右，傘狀分枝，稀疏樹影裡有一個老人，拄著拐杖。你大吃一驚，那不就是馬來嗎？他甚麼時候回到這裡來了？

那一瞬間時間好像靜止了。

如果是科幻或童話，應是從那裡，挖個地道穿過南中國海，從半島東海岸下方挖過中央山脈，直達這裡？

還是再寫實不過的，搭個飛機就回來了？再仔細看，雖然容貌肖似，也剪了短髮，但其實那人穿著白底碎花洋裝，再清楚不過的是另一人，眼神非常銳利。

是他的姐姐或妹妹嗎？

你想像她會向你娓娓道來，這些年甚麼時候他回到馬來西亞，又做了些甚麼事；又或者，他其實離家之後從未返鄉，只知道他人一度到了蘇門答臘、經上海、香港，最終到了台灣，母親對他有多思念，還常用伊那娟秀的小楷寫信到總統府給蔣中正父子，要求多照顧伊這個四海漂泊的孩子。

你耳邊聽到一陣嘰哩咕嚕的雜語，語氣略帶憤懣，語法未明，語彙似乎是混雜了葡萄牙語荷蘭語馬來語英語閩南語而成為一種夢語。咿咿呀呀乾澀的磨擦聲之後，重重的一聲**砰**，門竟然關上了。你如夢初醒。好像被蟲蟻叮了一下，脖子微微的刺痛。頭一暈、腿一軟，你癱坐下來，眼前一片朦朧。

伍

不知道怎麼被救護車送去醫院，打了點滴，聽到 heat exhaustion 熱衰竭的診斷。此後你有幾天的恍惚，做了許多夢，都是有框的，一個框嵌著另一個，令你頭痛不已，筋疲力盡。接著是骨頭痛，發熱發到譫妄，不斷的說一些胡話，甚至大聲叫出幾個禁忌的名字。其中一個此生被禁止再登上此島，另一個坐了一輩子的牢之後被放生在絕後島多年，如同那些僅存的海龜。你和老外男友去那兒遊玩時甚至和他有過短暫的照會，當然你並不知道那個賣冰淇淋的枯瘦老頭是個大有來頭的傢伙，當然更不會知道看來如此平凡的人會有如此非凡的意志。你的發病一度引起新加坡內政部的注意，偽裝成醫師的調查員在幫你打止痛針時順便加了自白劑。你當然不會知道，在他們的祕密報告裡有這樣的字句：「此人有一些可疑的訊息。」

你試圖重返那地方，但巷弄過於繁複，許多以為是入口的地方都只讓你抵達另一處陌生地。

街貓隨處，但都自在慵懶的過日子，不再給你引路。

只有夢，夢在混淆現實。

諸多殘破不堪的夢之中，有幾個令你介意。一是你夢到了他一再提及的那道大霧中、古船上的那道古舊的門，上頭是大大小小形狀不一的女陰。大的如臉盆小的如米粒，色深者如重墨虯髯，淺者如鉛筆畫擦拭剩下的痕跡，似有若無。像蛆米從縫沿掉下來的，是裸身的小人兒，在浩淼靛藍色海裡游著游著越來越大，像游泳選手那樣奮力朝你游了過來。你飽受驚嚇以致夢迅速切換頻道。

於是，你在夢裡重回那天的現場，那道被火燒過的門（門神的腳踝被燒掉了，膝蓋也是黑的）打開了，你被邀請進入。昏天暗地裡鴉片床上側臥著一無比碩大的女人，黑髮蠢動如蛇，口裡啣著一管手臂粗的竹筒，徐徐的吐著煙，空氣中一股甜膩慵懶的味道。薄紗裡兩座小山，一節一節連綿如蛔蟥的肚皮，伸出一條臥佛似的腿。你知道只要她腿一張開鐵定會有人潮湧出。你腦中浮現的是蟻后與蜂后，萬物之母。你聽到似有若無的聲音，「我等你很久了。我在這裡已經四百年了。」好像她曾經弄沉了鄭和的船似的。當你稍稍靠近，她忽然俐落的坐了起來，火速張開腿。那一瞬間你只聞到一股沼澤爛泥的氣味重重的甩過來，她胯間的黑暗如蝙蝠飛撲而出，風動，你被割傷。你發現你身體迅速變輕變薄，且不由自主的被吸過去，你快速縮小，你的靈魂在哀鳴如瀕死的果子狸，你好似被封在罐頭裡，你的膚表可以清楚感受到金屬的冰冷。同時你好像聽到有人用英語在你耳邊不遠處說：「藥效開始發揮作用了。」報告裡記下那時你不知為何說出的一些語音組合，紀錄者擅自做了分節：「hipo aku gua musang」

你夢到你從墳墓裡爬出來，頭髮裡都是土。你看到墓碑上有大大的紅色楷書「馬來之墓」。

那讓你想起你們最後一次見面（雖然不確定是不是在夢裡），空間裡處處點著蠟燭，櫃子上、桌、椅，甚至他當床用的廢棺木的緣上，都是努力發出光芒的燭與溶動的燭淚。他的神情與穿著都異於往常：身披綠蟒袍，挽了高髻，神情肅穆，挽著袖子以毛筆在小几上飛快的寫著甚麼。看來那是在秀才墓的深處。他喃喃的說，他剛回了趟馬來亞，年輕時的朋友不料都當了大官了。

但有的很快就被鬥了下來，「送到外島去勞改。」

很快的，你被調回台灣。

於是你重返故里，向公司請了長假。

回到夢中那被廢棄的家居，也做了夢中做過的事，在高草亂木中勉強劈出一條小徑，臉上手上多處被割傷了。老樹仍在，但大部分他當年種的樹木都不在了。秀才碑沉降得更深，而那道深鎖的門仍在。但清楚的是，白蟻把它內部都蛀空了，只有表面最堅硬的部分勉強維持它的形狀。門上圖依稀可見，那是幅半島的地圖，你看到如下的文字：金鄰大灣、狼牙修、赤土、丹丹、都崑、皮宗、漲海……。輕輕一推，大量木屑瀉下，銅鎖重重的摔下，木門殘餘的部分化成大小不一的碎片。

但你仍然進不去。你發現窯洞其實崩塌了。

你只能爬到土丘上，順著土丘走，沿著崩落的土石邊，一樣需沿途砍除草木。你發現已橫向穿過了秀才墓。直走了數十公尺，就到山邊了。這時你發現一個洞，一個入口，潮濕而長滿苔蘚蕨類，但似乎相當堅實。你沒怎麼考慮即低身爬了進去，縱使目不見物、雙手一直壓到蝸牛蛞蝓蚯蚓之類的軟體動物。因悶濕不通風，你所有毛孔都在冒汗。你在濡濕滑溜的孔道裡不知道爬行了多久，一度擔心遇著猛獸，但只有不斷壓爛的滑黏的軟體動物。

終於看到光。撥開遮蔽的羊齒葉，你聽到淙淙的水聲，你看到一片不同的天地。是一處山坳，四周有小山，一片濕地，一叢叢的島，一道清澈的山泉流過。

景觀有點似曾相識。空中有數隻鷹嗷叫著盤旋。很快你就辨識出似乎是殘剩的門上的那幅圖，在水窪中央有十來坪大的一座島。你涉水登上。蔓澤蘭捲上所有灌木的樹冠，一棵馬六甲樹勉強伸出它羽狀的細葉，曼陀羅探出一朵大白喇叭。雜草雜樹間你看到兩隻熊貓眼的小兔謹慎的伸出頭來，又消失在綠草間。你來到兔子曾經出現的地方，果然有一處凹洞，那土壤彷彿還殘留著牠們的體溫。清開落葉，你發現洞旁用有白色石子排出的Malacca，差不多就在那島的左側腎臟的部位。澤蘭叢結下原來有間用幾片木板搭就的簡陋小屋，你看到他的老皮箱，也是爬滿了藤蔓。你看到古老地圖上的幾處地名都擺放了大小不一的石頭，柔佛南端新加坡的位置種了一叢瘦弱的香蕉。沿著水邊，是一叢一叢的芋頭。

你知道你會發現甚麼。皮箱裡擺放著一尊破敗的土地公，鬍子被火燒得蜷曲，木雕頭骨部分燒焦了。箱裡所有的紙類幾乎都化做了白蟻糞。更多的是蜷曲成堆的蝸牛糞，還有大大小小的非洲大蝸牛，除了幾乎佔滿了皮箱，也吸附在塑像衣物內。你深深吸一口氣。

峭壁上，鷹仍在唳叫。這時你看出來了，右前方有一座較大較寬的島看來是婆羅洲。右邊瘦長的島是蘇門答臘、爪哇，小溪從山上流下即一分為二，既是馬六甲海峽也是南中國海。

他呢？那頭骨年深日久，比較像是他的收藏。那他到底哪裡去了？

有一口破甕，裡頭蜷縮著一副骸骨，纖細如幼兒，表面長滿了青苔。

皮箱旁擺了片薄薄的石頭，台灣的形狀，兩頭窄中間寬。是當桌子還是當床使用的？幾片吋許厚重的木板勉強撐構架了起來，也許是臨時的睡鋪。紅漆已剝落，表面腐蝕，也許是回收的老舊棺木吧。

你躺了上去，背上刻骨的沁涼。藍而高的天，厚厚的雲，一捲一捲的飄了過去。島浮浮沉沉，你感覺它好似在漂流。迷迷糊糊的瞇著眼，你陷入極深的倦意。在那夢的邊緣，你好像在期待甚麼突然從天而降。

二〇一二年九月初稿，二〇一三年八月十六小補

另一個結局（〈婆羅洲來的人〉）

您說的那個害了您表姐的那個婆羅洲人我認識，其實還蠻熟的，應該說，他是我遠房表叔，是遺棄了我媽和我們的那個漢人爸爸那邊的親戚，也是鼓勵我來台灣唸書並贊助我旅費、幫我向你二舅的基金會申請到一筆獎助金的人。

那個暑假發生的事，他也曾仔細的和我講過。

當然，那是另一個版本的故事了。

他和你二舅確實是莫逆之交，在他的故事裡，你二舅不是像你說的那樣，他真的想為你們解決你家裡發生的不幸的事情。他知道我表叔窮，確實邀他在那個暑假到那家去借住寫作，附帶條件是，幫忙安慰一個可憐的姑娘，給她講講故事，陪她說說話。

那是他一直很疼愛的乖巧的外甥女，幾個月前，那可憐的十六歲的姑娘被強暴了。是你家裡面的人幹的，不知道接連多少個夜晚，他從窗口摸進她的房間。那時你們家的房間的窗都沒有加裝鐵柵的。

等到長輩發現時，她都已經有點精神恍惚，而且早已經懷孕了。那時最有可能幹出這種事的，是你那遊手好閒，賴在老婆娘家，很會哄女人的爸爸吧。姑娘的房裡滿地都是煙蒂，他大概每次完事後，都悠哉悠哉的坐在牀尾，蹺著二郎腿抽著「事後煙」吧。而你和他同睡一房，應該很清楚他的行動的。

你外婆他們原想息事寧人，認為家醜不可外揚。兩造都是家人，一個是女婿，一個是孫女，以為把他趕走，把姑娘肚子裡的孩子處理掉，事情就了了。

是你二舅堅持報警提告，要讓他被抓去關，最好關久一點。可憐的姑娘被毀了，也不該把那孩子生下，被糾纏一輩子。他希望她的人生可以重新開始，而她爸只會咆哮想打人。

於是你二舅只好自己當壞人，哄著她去診所把孩子給拿掉了。表叔說，這事給你二舅的打擊很大，好長一段時間都悶悶不樂，好像拿掉的是他自己的孩子似的。他也沒想到那姑娘受的打擊會那麼大，以致失了神，一直沒法恢復過來。

表叔說都怪他自己多事，聽了你二舅的故事後，即向他提起婆羅洲原住民有一種神祕的招魂術，說不定可以把她的魂喚回來。因此才有那暑假的借住。表叔後來很後悔，他也不知道自己為什麼會編那樣的故事騙自己的好友！

也許他只不過是想幫好友分憂，對那可憐的姑娘也有幾分好奇。你二舅向他描述過，說他這外甥女從小就像個精靈，笑起來瞇瞇眼非常可愛。她的皮膚沒有血色，但一緊張就變得通紅。從小就喜歡在樹林裡飛快的跳躍、奔跑，像隻小鹿或鶺鴒。

表叔說他也沒想到他自己會被那姑娘吸引，他說她身上有一種本能的、來自清純的邪惡魅力，此後竟像幽靈那樣跟隨著他漂泊的一生，不斷的在他筆下顯影，佔據了他對所有女性角色的想像。

那時他沒想到（但早該想到）姑娘會移情到他身上，否則怎麼可能走出創傷？他向她訴說的那些荒野奇談，像一曲賽蓮之歌，雨林裡的百獸彷彿被召喚到那小小的樹林。

每當冷水從頭淋下（山上只有冷水）他會因為受不了突然的冷而引吭高歌，但他會唱的只有兩首上個世紀的老歌，〈教我如何不想她〉和〈夜半歌聲〉，沙啞的嗓音唱盡了一整個時代流浪的蒼涼。

或許她深深的被他身上的流浪漢氣質和一身煙味吸引，「她有超乎年齡的狂野」這是表叔的原話。

但他堅持他沒和她發生性關係，因為她未成年。他縱使喝了酒也還保有三分清醒，不會讓自己身陷險境，也不會因一時貪歡而對不起自己的摯友。如果那樣，可是一輩子都無顏面對啊。

因此他在事情失控前，匆匆逃走了。但他隨即向你二舅做了仔細的報告，說他用移情喚醒了她，但她還太小，他不敢也不能承接她的激情。他也沒有休學逃回婆羅洲，而是到美國留學去了。

所以我想，妳故事裡女孩的第一次懷孕，跟婆羅洲人沒關係吧，是你從你爸造的孽那裡移植過來的吧？

至於每天到火車站等待情人的那個故事，小蘭給我看過一張剪報，是真有其事，可那是小蘭收集的剪報啊。雖然您習慣把公所過期的報紙帶回家，但小蘭也是國中一年級以後才開始收集報上的奇聞軼事的呀。

知道我要來拜訪您，她笑著提醒我，她說：「我舅很愛講故事，我是聽他的故事長大的，他真的是個一百分的舅舅。但你聽的時候要很小心。」她說她長到很大才有辦法大致分辨，哪些是真、哪些是假的——其實也不能說是假的，有時是為了讓故事更有趣，有時是為了掩蓋太難堪的部分，有時是加入希望它發生但實際上沒發生的事、或掩蓋掉實際發生的事。

她強調說，「唯一能確定的是，他深愛我們母女，願意為我們付出一切。」

第二個婆羅洲人的故事，從頭到尾都是你編的吧。不過是為你的故事做一番浪漫著色，讓故事更好聽而已。

女孩的第二次懷孕，其實是你造成的。只有你願意承受她的激情，而你也沒法抗拒她持續的引誘。她的情欲過早的被成年男人喚醒了，為她安排婚嫁是最好的作法。但她的事盡人皆知，又不願遠嫁。但你又年紀太小，她醒來後對你心裡有愧。她清楚你不過是個孩子，而她一直把你當弟弟，不可能嫁給你。雖然在你們漢人社會，表姐表弟通婚並不稀奇。而你，心裡也非常不安，你發現你無形中重複你父親對她做過的事。但你們一直是情人應該沒錯吧？

她肚裡那第一個孩子如果沒拿掉，將是你的弟弟或妹妹。

我猜我表叔的氣質有幾分像你的廢人父親。

你們之間的隱祕激情，讓你變成她對那些回憶的具體化。不知不覺的，你把那種感覺叫做「婆羅洲」。

你也許沒注意到，你現在抽煙的樣子，簡直和你口中的第一個婆羅洲人一模一樣。

甚至，他有兩根腳趾頭小時候因為被蛇咬了，為保命而緊急做了截肢。

我知道你確實有個室友是婆羅洲人。如果是你描述的那個人，也許你會覺得我說的話不可思議。

那人我也認識。他是我爸的媽媽的娘家那邊的親戚，我也是後來才知道的。我們不久前合作成立了個網路版的「加里曼丹人民共和國」（People's Republic of **Kalimantan**）。我們沒有領土，也不需要軍隊。只是努力監督那些破壞雨林的人。已經號召、動員有志之仕燒毀了多家板廠、鋸木廠，搞壞了許多挖土機、囉哩、直昇機，也陸續公佈了多位從事伐木的富豪的身家資料，還有那些貪官污吏，準備給他們好看。

小蘭很早就加入成為我們的虛擬國民。您和伯母要不要也加入呢？您二舅也匿名贊助了不少錢。目前全世界已有超過一百萬人加入我們，我們也設了帳戶接受小額捐款。

抱歉，扯遠了。你的那位室友嘛，他其實也和我談過他到過你家的事，那是他大學時代第一次到中南部鄉下。

幾年後他又拗不過你的熱情，受邀到你家過年。你不是讓四歲的小蘭親自給他畫張邀請卡？那張卡片他一直珍藏著，我也看過，畫了個綁著辮子、眼睛睜得大大的小女孩，殷切的盼望著。那些字是用注音符號寫的，我看不懂，他唸給我聽：「親愛的婆羅洲叔叔，你一定要來看我。」

小蘭也記得他穿得非常正式、像聖誕老公公那樣給她帶了好幾箱禮物，幾乎花光了他第一本小說集的版稅。

那樣子真的很帥。她說，也許那時她就愛上了婆羅洲人，非婆羅洲來的人不嫁了。我不知道她是不是花言巧語的在騙我。我不在乎。

和孩子合拍的照片是那時候的事吧。

但他說那第一次造訪，他只住了一個晚上，而且終夜失眠。因為他給你表姐嚇到了。那是個月光明亮的晚上，他突然醒來，從敞開的窗口看到曬穀場上，一個裸身女子，不知道在月光下已經站立了多久。

爾後她突然伸展雙手，像天使展開翅膀那樣，往前緩緩走了幾步，腳尖踮起，旋轉，甩動長髮，兩手先後各往左右斜抄一百八十度，輕輕一躍。

那身體白皙而美麗，幽幽的反射著月光。

可是他覺得非常恐怖。

那是女鬼嗎？

接著他發現這女孩身材纖細但小腹微凸，只怕已有了幾個月的身孕。

他聞到煙味。

牆邊樹影裡有一點紅光，有人在那裡抽煙。那不就是你嗎？

……

……

——其實關於婆羅洲人的故事，還有另一個不同的版本。我外公他年輕時到過南洋戰場，在山打根住了幾年。他從那裡回來後，一輩子也忘不了那地方。我是聽著他的婆羅洲故事長大的。

二〇一四年四月十三日《星洲日報．文藝春秋》（〈婆羅洲來的人〉）

最後的家土

（整理者按：原件的各種字形變化，文字的增補插入、刪除，印刷排版後就再也看不出來了。紙頁上留下的水漬污漬疑似蚊屍血跡，及寫信人在每處中斷處留下的精確的日期註記（年月日時分），因與內容無關，也逕予刪除。必要時逕予補註）

1

收到我的信一定很令你吃驚，我只希望它不會被你連同信封揉了丟進垃圾桶。但如果是那樣，對我來說也只能說是天意了。

想給你寫這封信想了很久了。但我要求自己要心情平復才能動筆。實際動筆也斷斷續續的寫了許多年，不知不覺紙變黃了，孩子也一天天長大了。

由於塗改得太多，只好一面寫一面重頭謄寫。

孩子識字以後，他主動要幫我謄寫。你看，這信上有的字短短的筆劃全擠在一塊，字與字沒拉開距離，一簇簇的像灌木叢，裡頭好似藏著貓或兔。有時字與字間隔得相當遠，看不出其實是同屬一行的（所以我們用了許多頁紙）。他把抄寫當遊戲，一面畫一面喃喃自語。有的字多一劃或少一劃，扁平的寫成長方，都是他一筆一劃非常認真的寫下的。其實我也想讓你看看孩子的筆跡，沒能聽到孩子稚嫩的嗓音總是件遺憾的事。但從筆跡的變化你也依稀可以感受到他的成長。到後頭，你將發現他的筆跡如同我們在一起時年少的你的筆跡。

但他其實沒看過你給我寫的信，那幾十封燃燒著熱情的信，那年在盛怒與屈辱之下都被我燒了。如今不免深覺悔憾。

他一直以為我在寫小說，而不是關於他的來處的真實故事。

但你也別誤會我寫信給你是想跟你要甚麼，我們甚麼都不缺。我只是要告訴你這些年我們其實過得很好。或許只是為了驅除你因拋棄我們內心留下的傷疤一樣的愧疚。

多年以前偶然從報章一角看到你的訊息，那竟然令我非常激動。看到你功成名就，取得名校的博士學位，也有了很好的職業，豐裕的收入。我也替你感到高興，一切都依你預想的達成了，也慶幸還好我沒有成為你的絆腳石。如果和我在一起會妨礙你理想的實現，那拋棄我也算是個明智而務實的選擇了。否則你難免會一輩子都在抱怨我和孩子。雖然想到這我還是忍不住會一陣傷心。

報章上的照片雖然有點模糊，但依然可以看出站在你身旁的太太是個端莊賢淑的女人。報導說，她是某大藥廠老闆的千金，是個很能幹的女人，對你事業幫助之大是不難想像的。照片上的你雖然笑得開心，但頭髮是稀疏得頭頂發光了。我想你可能也熬了好一段的苦日子罷。

因為這裡幾乎看不到報紙也沒有電視，我不確定那是不是你離鄉多年後第一次返鄉，對我來說卻是多年來第一次看到你的訊息。真是百感交集。

由於你留給我的照片分手時都燒掉了，我就把那份報導剪了下來。我想總有一天要告訴孩子我們的事，雖然在我夢裡的你還是那會寫情詩送花，多情復無情的黑髮少年。但你放心，我絕對不會讓他去叨擾你。

過去的事，就讓它過去吧。

雖然分手以來我心底或許對你還無法完全釋懷，卻仍然忍不住想要告訴你我們這幾年來的生活。尤其每當孩子說了甚麼有趣的話或做了甚麼傻事，我都會想立即呼喚你：你看你看，我們的孩子——我從沒想到孩子會是這麼可愛，從前看別人的孩子不曾有這樣的感覺。真慶幸當初堅持把他留下來。那是命運給我的神聖的禮物。那瞬間，我感受不到對你的恨，反而是一股強烈的思念讓我對自己也感到說不出的羞愧。

那時你不告而別，我隻身搭火車到過你老家，但你的家人坦承你早就依原來的計畫出國留學去了。你母親還勸我別等你了，你這一去不知道要多少年，女人的青春可是耽擱不得的。我猜想她也許憑直覺就知道我已有了麻煩，畢竟這樣的故事太尋常了。不知道是不是幻覺，在流著淚回程的火車上，我一直感受到肚裡孩子強烈的心跳。就像你聽到我懷孕立即一臉愁容的哀求我拿掉時我感受到的，另一個生命的意志。「我們還年輕，」你說，「隨時可以再有嘛。」我厭憎你那時的表情，那讓我腦中立即浮現你貪求歡愉時苦苦哀求的可恥的饞相，偶而在我腦中閃現還會不自禁的咬牙切齒。（孩童的筆跡：混蛋）

母親看到我一臉愁容，常暗暗躲起來哭泣，就已猜到了幾分。等到出現害喜的症狀，她更怒不可遏，一直要逼我到診所去把他拿掉。天天破口大罵，說我丟她的臉，害她在那一群三姑六婆面前抬不起頭來，人人都知道她女兒被搞大肚甩了。不得已之下我只好北上，去投靠長期在森林工作、你也只不過和他見過一次面的父親。我父母長期沒住在一起，母親難以忍受森林裡半原始的生活，很早就搬回她娘家附近，因此兩人之間感情不睦。父親每個月都會回來探望我和弟弟，母親也幾乎不會給他好臉色，我也不知道那麼多年了他們為什麼不乾脆離婚算了。這些事我應該都曾經詳細的告訴過你了。

那年我帶你轉了好幾趟車去看我父親（那曾經是我非常懷念的一趟旅程），我不知道你還記不記得那地方（說不定就是在那邊界的小旅館，那個彷彿置身異境的甜蜜夜晚，你讓我有了孩子）。那森林邊緣的簡陋居所不過是他們森林巡防隊的工作站之一，你也見識到那幾乎純粹是男人的世界，他們都持著長長的獵槍。我很擔心可是卻沒法去設想，那會給我父親帶來多大的麻煩。我只憑著一個信念：我已無處可去。一向疼愛我的父親無論如何會為我找到一條活路，讓我和未來的孩子可以相依為命。果然，父親甚麼也沒問。他只稍微想一想，就點點頭，說，這個地方說不定適合妳和我的孫子。我也沒想到，過去透過母親，我對父親的瞭解是這麼的片面。母親灌輸給我們的，不過是她對他的怨恨。我也沒想到，我會就這樣走進父親的祕密裡去。

由於抵達時已是黃昏，事先又沒有通知，父親的朋友們不免一陣忙亂，還好他們還記得我，便慌忙的設法幫我連絡上在森林裡的父親。那是個下著小雨的泥濘天，又提著大袋小袋的行李，我的樣子一定很狼狽，我聽到他們七嘴八舌的議論，最年輕的小李還忍不住罵我：怎麼自己一個年輕女孩跑到這麼偏僻的地方，一路上多危險很容易出意外妳知不知道？還問我你怎麼沒陪著我？那讓我一時熱淚滾滾。我聽到一個蒼老的聲音說：你怎麼把她罵哭了？然後有人輕輕的拍拍我的肩膀，但我的淚說甚麼也止不住了。

多少個小鎮轉換時的等待，屢屢瞥視張望發出狼一般氣味的陌生中年男人們；一個又一個骯髒惡臭的公廁，一踩就滲出黑水的地板，彷彿永遠遲到的公車，馬來語，印度話，沒完沒了的毛毛雨，冷颼颼的風。我想像自己子宮裡有著小小的橘色的火苗，微弱卻堅定的發著光。因此多少淚水被我強自忍了下來，咬咬牙吞回去。但這回再也忍不住了。

「聯絡上你父親了，我們上車吧。」似乎是上回負責接送我們往返車站的老蔡的聲音。上車前，有人要我拭去淚水，笑一下，朦朧中閃光燈強烈的閃了一下，有一個人從立可拍上取下相片，問了我的名字及出生年月日，要求看我的身分證。「做個簡單的證件」他說。我看到他在一張米黃色的厚紙片上貼上我的照片，填上基本資料，還要求我在下方的欄位簽上名。

「讓昔拉末（Selamat）載妳去找妳爸。他是個非常可靠的戰士。」是個高大而神情略帶憂鬱、腳有點跛的三十來歲的男士。

坐上吉普車，往森林裡開去。曲曲彎彎的黃泥路，一會上坡、一會下坡，斜坡都異常高，逆著黃滾滾的山水衝上去。一下撞到樹根，一下輪子陷進爛泥裡，顛顛簸簸的，讓我胸口非常難受，強烈的反胃。大概是感受到我的不適，有時車子遇到明顯凸起的樹根時會減速，繞過坑洞及石頭。

森林裡早早就入夜了，還飄起大霧，車燈顯得十分強悍，但細雨和濃霧讓前方的景致難以看清，很多大樹都有碩大的板根、巨大的腰身，車燈只照到短短的一截。到處都是粗大的掛藤，有的甚至快要垂降到擋風玻璃。途中經過三處崗哨，木頭搭成的二層樓高的瞭望臺，高處和低處都有一名草綠色軍裝的年輕男子荷槍戍守。三處崗哨，有印度人馬來人華人和我們俗稱的「山番」。雖然昔拉末在抵達前已經用對講機聯繫過，神情肅穆的男子還是要求看看我的證件（身分證件及新作的那張卡），還持手電筒照我的臉、身體及行李，鄭重其事的在那張卡上蓋了章。

車子轟隆的引擎聲中，還可以聽到林中尖利的叫聲，「是kaki besar」他說。他一路上就只說了這麼一句話。但有可能我聽錯了。

穿過森林，車速更放緩，眼前一亮，一片天光水色，車子停下。竟然有一處木棧道似的碼頭，一位頭戴藍色巾帕（後來才知道它叫幞頭）的布衣老人啣著煙斗等我，看到我來了即起身。司機協助我把行李提上獨木舟，船首懸了盞小燈。戰戰兢兢踩上去，老人毫不費勁的三兩下把船划到水中，這才注意到水中處處都是死樹留下的樹幹，歪斜縱橫，枝枒開叉，船似乎浮蕩在樹冠處，彷彿處處是陷阱。大霧迷濛，我們好似在雲裡划動。老人胸有成竹，左邊撥一下，右邊撥一下，俐落的沿著看不見的水道穿越。

肚子餓且昏昏欲睡的時候，船竟然靠岸了。矇矓中，河邊大樹蔽天，樹後是處厚重的城門，牆後頭是座高高的塔樓，黑幢幢的上頭彷彿有人影，老人掏出竹管吹了兩下尖利的哨聲。

黑暗中人影一閃，原來父親就在那兒等我，他的穿著是我未曾見過的，繫著頭巾，一身藍，只有寬大衣襟是白的，好像從戲台上走下來似的。

2

在陰影裡抽著煙的他，看到我似乎很高興，笑瞇瞇的，拎過我的行李穿過城門，眼前出現一座巨大的牌坊，穿過去，是一處寬敞的天井，數十根大木柱如桅，柱間是木牆、敞開的大門，一間間一戶戶炊煙繚繞，男男女女衣飾一如我父親，頭上裹著青布帕，上身短衣，有點像武吉斯人，神情堅毅，都朝著我們點點頭。天井裡有兩棵樹，樹身不大（一抱左右），但鐵般的硬實，且都高到穿過屋頂去了。我抬頭一看，類似的房舍一層層的有四五層之多，最高處是敞開的，可以看見漸漸入夜的星光。隔牆聽到他們的話語，不像我們的華語那麼急促尖利，比較舒緩柔和，好像是一種古代的語言，或者夢中偷聽到的話。奇怪的是，我聽得懂他們在說甚麼。

我聞到飯菜的香味，梅乾菜和乾扁長豆，煎魚，滷肉，菜脯蛋，都讓我有回到家的感覺。父親幫我安排的住處在房子的最深處。他把我交給一位挽著髻、一身深藍色衣服的老太太，她親切的和我說著一種介於客家話和閩南話之間的方言，態度親切如我的外婆。那一晚我吃了兩大碗白米飯，好久沒吃過那麼好吃的飯了。我告訴肚裡的孩子說，這是個前所未見的地方，我們要展開全新的生活了。

父親陪我吃了晚餐，接到我抵達的訊息後他就快速的安排了一切。一起吃飯的還有位嫻淑美麗的白皙婦人，帶著兩個四五歲的孩子，父親要我叫她藍阿姨，說她是個寡婦，這是她的家。我直覺她和我父親的關係只怕非同一般。那一晚她給我燒了一大鍋熱水，讓我泡了個舒服的澡。我和她孩子睡一個房間，而父親毫不避諱的和她同寢。

藍阿姨給了我一床曬得暖暖的厚厚的百衲被。雖然忐忑不安，夜涼，夜氣襲人，還是結結實實的睡了個好覺。那是我幾個月來唯一不必流著淚輾轉反側的，感覺非常放鬆。雞鳴時醒來，發現所有的人也都起來了，燒水的燒水，煮粥的煮粥，老少都精神翼翼。父親特地請了一天假，陪我四處逛逛，把我介紹給土樓裡的居民。

天亮了方看得清楚，我置身在一座名為「鯤鯓」的橢圓形的磚樓裡，有三十幾戶人家，他們從山上引來活泉，飲用梳洗悉靠它。父親說這是最小、也是位於最外圍的一座，山裡頭還有個龐大的聚落。很快的我就安頓下來了。父親換上草綠色軍裝，和一群戰士開著吉普車去忙正經事了。臨走前他把我交給藍阿姨，說她會照顧我。他們道別時像洋人一樣互相擁抱呢。換上藍阿姨給我準備的衣服，我看起來大概也和她們沒甚麼不一樣。

你一定想知道，我爸為什麼會和這麼一個神祕的部落有關，而且有辦法把我安排進去。如我母親猜想的，他在這裡有個家，他喜歡森林而我母親喜歡南方的都市，有這樣的結果我並不覺奇怪。父親說，他會認真的和我母親離婚，必要時把我弟也接過來。他沒料到的是，我離家後我母親也離開了，據說帶著我弟去了星加坡；在最後一次返鄉之後，我父親的身分隨之暴露，還好有人緊急接應。但再也不能自由離開州界了，否則只怕會有生命危險。

常年在森林邊緣工作，不知不覺的他就被捲進那場革命裡去了。他當過伐木工人，油棕園包商，也曾經熱中狩獵，和一些洋經理有來往。由於臨近革命的基地，在那革命的年代，山裡頭的人以各種職業身分和他短暫的接觸過，或者說，他身邊一起工作、甚至衣食住行碰觸到的，可能都是山裡人。但父親說吸引他的可能並不是甚麼革命理念，而是它和這奇怪的部族的結合。我猜想，他只怕是受美麗的藍阿姨的吸引吧。

這棟樓不知怎的給我一種異常的肅穆之感。可能是因為裡頭那間香煙繚繞的廟供奉的是關公，而廟旁的祠堂裡一層層、密密麻麻的擺放著千百個木刻的神主牌。藍阿姨悄悄的嘆氣說，「鯤鮹」的歷史離不開戰爭和死亡。和其他樓不一樣，「鯤鮹」的子弟積極的介入歷史，因此每代都有人死於每一個鄰近的歷史事件（國民革命、國共內戰、抗英、抗日、建國）。她年輕的丈夫幾年前在半島的南端的一場激戰中，死於特種部隊的射殺。

如今大勢已去，整個部隊北撤，他們也只能退守回自己既有的領地，慢慢收縮起來，回歸原來的生活。

「感謝端（Tuan），」提到皇室她總是以這樣的短語開啟敘事，因為皇室的庇護，內政部就算懷疑部落裡有人涉入，處理起來也非常謹慎，尤其不敢貿然闖入部落的傳統領域。

「更何況這支馬共主要是馬來人，」她說「都是穆斯林。這州原本就有抗英的傳統，那時鯤鯓也派人參與，也有人因此犧牲。這回鯤鯓有三十多位男女參與了，有一半是中年人。」它也吸收了附近的年輕人，包括我父親。這一場戰役結束後也許就解甲歸田了。而今馬來亞建國了，沒必要擴大成內戰。

她解釋何以我來時一路戒備森嚴，「妳的旅程越過了州界，」她說。而且最近和國民黨殘存部隊的戰爭已進入最後階段。中華民國亡國後沒跟上往台灣的船的部隊，由中國往南，潛入緬甸、泰北、泰南，甚至流散進馬來半島，沒得吃就持械搶奪，甚至強暴各族婦女。應皇室的要求，人民軍必須把淪為土匪的國民黨殘軍趕出州界，甚至趕離甫建立的國家的邊界。「這些雖是敗軍，但身經百戰，個個爛命一條，並不好對付，雙方互有死傷。」像我父親這樣被接納的外人並不多。多年前的一場戰役，我父親偶然救了落入陷阱、彈盡糧絕的一整個小支隊，藍阿姨那時是小隊裡的一名戰士。她是懷孕後才退了出來，專心當個媽媽。

於是我們的孩子就在戰爭的陰影裡，在我肚子裡一天天長大。我能做的，也只是燒飯洗衣、撿柴、種菜、拔草之類的日常家務。藍阿姨教我藍染，教我怎麼種植、收割山藍與木藍、怎麼加工。她還教我織布，刺繡。除了水稻之外，這裡也植麻、種棉花、高粱，有大片的果園種植各種熱帶水果，當然也種菜、養豬雞鴨。因此樓堡外是疏疏落落的房子構成的村莊。樓堡雖有住人，主要還是作為危急時的避難之地，也是有重大會議時協商之地。

我也挽了髻，頭披藍布帕，繫著藍色短裾，腳踩花布鞋，藍阿姨還給了我一整套的銀器，頭飾、耳環、項圈、手環、腳環，說是個已故的阿姨的遺贈。全戴上了走起路來錚錚鏗鏘的，但實在太笨重了，除了這裡重大的節慶之外不會配戴它。我平日也只戴耳環和手環。況且我肚子越來越大，清楚可以感受到孩子的翻動、甚至拍打。我的行動也愈來愈困難，連山坡地都不敢去爬了，也不敢做需要費力氣的活，譬如劈柴、拿鋤頭。不知道為什麼，孩子在肚裡動得愈厲害，我愈覺得悲傷，很憂慮是不是要給孩子找個爸爸，當然更擔心孩子會不會有先天的缺陷。我們都那麼年輕，應該會是個很健康的孩子。還好真的是如此。

藍阿姨甚至為我們的孩子找到爸爸，是她一個遠房表弟，也是個憨厚堅毅的年輕人。因為他住在本堡，孩子生下後，我就隨他到本堡去。孩子滿週歲後，我們以古禮補辦了婚禮。我被細心的裝扮了，鳳冠霞披，而且還是坐著轎子到本堡去的，他騎著馬來迎親，洞房裡是紅木大床，房裡都是明代的傢俱呢。

3

本堡這座主樓規模宏大，像艘城堡。裡頭住了七十多戶、三百多口，她告訴我這座樓叫「赤炭」，這附近總共有超過二十五座這種土樓，嚴格的依風水學建構，外牆都是他們自己用附近生產的土燒製的鐵磚築就，以防止熱帶雨水的侵蝕。每一棟樓都有不同的名字，常常是一個獨立的家族繁衍而來，它幾乎就是個獨立的村子，甚至是同姓。我最初借居的那座土樓，就是鄭姓家族所擁有，也是最大最壯觀的一棟，它的外觀如一艘巨大船艦。大部分土樓裡除了土地公廟、媽祖廟、關公廟之外，還有各自的特色廟宇。一般是家廟，如這座赤崁樓裡就有座相當有規模的延平郡王祠，有一尊英偉的青年男子的青銅立像，比正常的人的比例略大些，面朝東方。名為「安平」的裡頭有陳氏祠堂，一持劍男子的石像。最特別的也許是間叫清真的土樓，狀如磨菇，裡頭住的是群纏白頭巾的穆斯林，內有數間清真寺，有的方頂，有的圓頂，都是數百年的古蹟了。因為穆斯林村民之外，也感念蘇丹的庇護。清真寺旁一樣有土地公廟，有媽祖廟。在這裡回教和道教顯然能和平共處。另一棟土樓「五鳳樓」裡設有文昌書院、規模不大的孔子廟，由聚落裡的能文之仕為孩童開蒙，授讀四書五經、算學、書法（以顏柳二家為主），及初階的馬來語和英語。我們的孩子後來也在這裡唸書，受完初等教育。如果要出外繼續升學，則需立毒誓，不得洩露任何有關部族的祕密。我很快就知道我一旦進來，就不會離開了。此後我協助相關的教學工作，邊教邊學，一直到現在。

有一棟沒住人的樓蓋在河邊，只有半邊，故稱為半邊樓，守護著七艘古船。雖然船身處處在時間中腐朽，歷代都有船匠依古法用當地山上雨林裡的硬木修補，船帆亦然，以小牛皮補綴，讓它們維持隨時可以重新啟航的狀態。每年九月，這裡會舉辦為期十天的王船節，敲鑼打鼓、舞獅舞龍，放鞭炮，讓古船重新啟航，緩緩航向河口而後復返，隆重的重演祖輩當年的漂流。

只有那時才會重掛明鄭舊旗。

另一處無人住的樓是座練武場（是為武聖樓），低矮，但蓋得特別堅實，節慶時也常在那兒演大戲，劇碼多取自《三國演義》、《女仙外史》、《鏡花緣》。所有子弟不論男女，五歲起均需習武，南拳、北腿、刀棍劍、長槍、飛刀。我們的孩子後來也在那兒習得一身武藝。

後來慢慢從我先生和藍阿姨口中知道，這整個聚落被當成一個少數民族，叫做「大員」（居處稱「大員堡」）。因為蘇丹的擔保，多年前即獲得土著的認證，居處和耕地被劃規為他們的保留地，享有土著應有的福利。他們其實都是漢人，三百多年前祖先在台灣為清軍所敗，有的被殺有的被俘，少數軍人攜眷匆匆乘船南渡。有的不幸沉了船，少數中的少數幸運兒渡過寬廣的南中國海，隨風飄散往越南、南洋群島——婆羅乃、呂宋、爪哇、馬六甲、摩鹿加群島等地，但預料倖存的並不多。而他們這七艘船是鄭軍中少數的客家軍，被風吹到馬來半島北端的河口，誤打誤撞的沿著吉蘭丹河北上，到了山腳的平緩地帶的馬來甘榜。那時皇室內部因繼位問題爆發戰爭，戰事陷入膠著，纏鬥中的雙方都希望藉重他們的武力，因而分別登船談判。尤其是叛軍，他們原本舉著長刀守著爛泥河口，沒料到被殘明軍從背後放了一砲，舢舨船隊就被沖破幾至潰散，被長驅直入，因而敬畏莫名。還以為那高高掛著明・鄭的旗子的三桅船是他們想要取而代之的王兄的援軍呢。

雖然和馬來人之間語言不通，彼此只能比手劃腳、或靠著畫圖來溝通，但船上的有智之仕很快就掌握情勢。研議如果要想留下來，立功是最好的開端，而叛亂毋寧是天賜。那個年代，雖然葡萄牙人、荷蘭人、鄭成功、施琅等的船隊都已經有紅夷大炮和步槍（雖然數量並不多），但他們這裡的武器還相當原始，不外乎竹竿、砍刀，與及火焰狀的吉利斯。至於赤足翻滾，徒手搏擊，更不足為懼。審度形勢後，決定派出數十名武林高手，深夜攜寶劍入敵營，三步殺一人。漏未盡，就殺盡所有武裝侍衛。生擒為首的十數人，交由擁有正統繼承權的王子伊斯邁發落，快速的敉平了叛亂。當時島上的處置方式一般都是流徙，但陳永華公以他自己的方式向王子提議：流徙的王子是洋鬼子的最愛，眼下好幾支洋鬼在廣大的南洋尋找這種落難王子，哪天捲土重來就不是我們現在的武器能對付的了。

蘇丹從善如流。遂依照天朝傳統作風，賜叛亂首腦及男性子嗣毒酒，妻女流徙蘇門答臘。一干從者悉斬首示眾，還勞動隨同流亡的劊子手親授砍頭之技。

如此而幸運的得到當時的蘇丹的接納，畫了塊廣達千畝的原始林讓他們棲身，在自然地貌斷界（如河流、高山、斷崖、山谷）之外，必須在原始林巨木身上以銅片標界，銅片浮雕有「明」或「鄭」及蘇丹的皇室徽章。單是這工事就耗去數年。數十年後當第一代老人過世，繼起的一代不再以復明北返為念時，就很少用「明」；再數代，連「鄭」都少用了。但每一代都有共識：莫忘來處。於是連旗幟都書以「大員」，更別說墳墓了。墓碑上只有第一代是寫「故明□□廣東梅縣人氏」，此後都直書大員鯤鯓之類的，衣冠悉如舊。三百年過去了，丘墓佔據了好幾片連綿的山坡。還好先輩睿智的在墓地造林，皆植以櫟、栲，而今萬木森森，鳥獸棲止。最近我們剛通過了喪禮改革草案，為免佔用土地，往後一律火葬，骨灰收納於祠堂。因此也建了座小型火葬場。

以開基祖們在鄭軍裡和洋人接觸的經驗，堅持要和蘇丹在牛皮紙上簽訂合約，雖然彼此文字不通，還是以阿拉伯文及中文寫下蘇丹的允諾，各自劃押蓋章。隨即遣聰明子弟入宮習馬來語，並授與王家子弟中文。數月後，即可攜所學之馬來語歸而傳授與流亡漢軍並編纂《華巫譯語》之類的詞典，此後語言遂通。如此而安家落戶，耕讀漁獵，種稻、果樹、植棉麻、養雞鴨牛羊豬（穆斯林除外）、養蠶，織布、曬藍、造紙，自給自足。遺民中有博學鴻儒，柳條箱裡有十幾部古書，四書五經四史都在裡頭了。於是開始時幾棟土樓裡均設有私塾，誦書之聲不絕，就學者且不限於男丁。

亡命之人痛定思痛，不讓女兒纏足，以利勞動。兩百多年後新一代唐人南下，與纏足女相遇於街市，發現語言相通，而腳有大小之異，竟被彼譏之以「大腳女」。

雖與土王立約，流亡之人居安思危，仍依軍寨方式建城。燒磚築牆，厚達數米；牆外復有護城河，亦深達數米、寬數米。城牆上有垛，可持槍藏身；碉樓可居，可遠眺數哩之外有無異狀，長期由不同樓的男丁輪流值夜，歷數百年而不休。河畔植樹，百年後均成森森巨木。樹高於碉樓後，守望台就改架在樹冠，如巨鳥之巢穴。

與土王之約還包含了：王國若有難，得派員拔刀相助。職是之故，王室容許這大員堡有小型的武裝力量。百年的相互信賴，雖經英殖民者試圖挑撥，還是維繫下來。王室每有婚禮或壽宴、並葬禮都會發帖相邀；或部落有大事，都會互訪致意。據說甚至有多次通婚的案例。

數十年前，孫中山等四大寇南下鼓動革命，村莊裡有若干青年人在檳城、馬六甲、新加坡的市鎮廟會恰好聽到「驅逐韃虜，還我河山」的激昂之言，古老的記憶被喚起，私自和一干華僑青年北上，死在黃花崗之役的就有十幾個。族長知悉後諭令禁止：明亡已二百餘年，先祖南遷、安家落戶亦已十數代，已非天朝子民。時勢遷移，縱使推翻大清，亦不可能復明。中國將成新國，馬來亞亦將成新國。與其北圖，不如就地安居……。訓令：莫牽連部族，當念太平日子得來不易。

但還是有子弟陸續北上，不論是辛亥革命、抗日，還是後來的國共內戰，都有人死難，除非時局太亂，堡裡都會遣能人迎靈歸葬。

日本人來時，還好此地位處深山，隔著水，又有古樹庇護，他們的祕密沒有被發現。

他們都恪守長老訓示，故而隱匿出身，都只說是出自華人村（kampung cina）。英殖民者多次派了傳教士和人類學家來探查，也曾經企圖透過皇室來了解大員堡的一切，都被謹慎的用故事帶開了。為了保護本堡，百多年來有識之仕也在數哩外之地另建村落以作為副村，建築樣式悉用當地干欄式，或仿米南加保舡狀屋宇，沿河而居。這就是支那村（kampung cina）的由來。隨著人口增加，支那村也隨之擴增，毗鄰著幾個馬來甘榜、印度人的聚落，相處得非常融洽。那是人類學家抵達的侷限，村裡的聰明人早就為那些人準備了故事。據說村裡也有人到英國去唸人類學，並以一個想像的山中漢人王國的小說《蘭芳共和國》獲得了博士學位。

沒錯，蘭花是堡的主要收入之一。百多年前就有特別聰明機伶的人，發現山裡有百種稀有野生蘭，芳香馥郁，花色千嬌百豔，遂培育了外銷。有部分居民在臨近港口城市處另置洋樓房產，從英國人學得技術，蓋溫室，是為外外堡。我最先接觸那座鯤鯓還屬於內外堡呢。那兒的「適之樓」圖書館收藏有大量的現代書籍（從《胡適文存》到《台北人》），各門各類各種語文的，聘有專人管理，收藏之富可能不下於一間大學圖書館，那是部落給這國家的回饋，免費對外開放。你可能有聽過它。我就是在那兒偶然看到你的訊息的。

堡裡長期以來都有趨新與維舊的世代辯論，尤其每當重大歷史事件發生時。老一代都主張要審慎以對，以免危及整個部族；而新一代往往主張積極的參與歷史的變革。對現代文明的態度也是如此，要不要接電？要不要用現代的電器？要不要用瓦斯、抽水馬桶、電視、冰箱？堡裡也早已形成特定的處理方式：本堡不動，維持它最古老的生活方式；而外堡，則不妨趨新，只是仍必須嚴守本堡制定的禮儀法規、倫理道德，不得忘本。有趣的是，代代都有年輕人回返本堡，我也被視為那慕古的回返者之一。

4

多少年過去了。與國民黨殘軍的戰爭結束後，堡裡的戰士真的退出了失敗的馬來亞解放運動，他們並沒有隨著馬共部隊北撤，因此也免於被困在國土邊界另一邊的窘境。但遺憾的是，我父親竟然死於那場戰役的末端。藍阿姨非常傷心，但她堅毅的撐持下去，沒有再嫁，全心撫育兩個孩子。她的手很巧，在堡裡設了工坊傳承手藝。我們像姐妹那樣親，是很好的合作夥伴，我也如願生了兩個可愛的女兒，都有一雙巧手。

我們的兒子太會唸書了，一路領取獎學金，唸書唸到北京去，現在留在那裡教書做研究。但我想，有一天他一定會回來的，那裡的風沙與瘴氣誰受得了？千年古都又如何，舊貌不存矣。一個研究沈從文的人，怎麼可能不懷念這裡《邊城》般寧靜的生活呢？女兒也到外頭唸完書，一個回到外堡，一個到新加坡的跨國公司去體驗體驗，而今被派到德國去。她和我說，「媽，再給我十年的自由吧。」但我想她也許會遠嫁日耳曼，也許會給我帶個德國女婿回來。

我和藍阿姨都選擇住在赤崁樓，過著三百年前、甚至五百年前的生活方式，純粹的明，純粹的漢唐。讀四書五經諸子，朱子陽明，也讀《明儒學案》、《清儒學案》，有時我也到「適之樓」去借些現代的書。

流散四方的子弟終究會回來的，那是我們的信念。三百年來均如此，年輕不妨遠行，老來回歸故土。每代都有人到台南、福建、廣東去探訪祖先的遺跡，但沒有人選擇留在那裡的。比較之下，他們都會認為，還是我們這裡保存得更純粹。

我們的工作之一是協助編纂部落的史記。關於文體，有一些爭議。老人家堅持用《史記》《漢書》《台灣通史》的文體，我則認為無妨兼用白話。因此預料會有不同的版本。我的主張，其實也是前有所承。中國新文化運動時期，堡裡有優秀子弟北上求學，深受胡適之、陳獨秀影響，回來也大鬧過一回（反封建、反禮教），其中有兩位優秀子弟因而被逐出堡，遂落腳香港及台灣的大學。最近也來函一再表示悔意，希望退休後可以回本堡，為故鄉盡最後一份心力。

我們持續著對資本主義的抗拒，生活理念其實和本州的穆斯林相當接近。淡泊寡欲，過著簡樸的日子，與自然為友。

而今你我皆老邁，我想你也許會對這種生活有興趣——如果你還保有年少時那股純真，也許來日可以到我這裡來，過著最簡樸的餘生。

二〇一三年三月二十四日。埔里

跋

這本書在二〇一三年六月差不多寫完了（寫於六月的〈猶見扶餘〉原本是最晚的一篇），作為《南洋人民共和國備忘錄》的另一本，寫著寫著，計畫也有些改變了。首先當然是書名變了。寫《南洋人民共和國備忘錄》的序時，並沒有〈如果父親寫作〉、〈猶見扶餘〉的構思。前者大概因四月清明的雨而有所感，而後者是被六月的偶然事件所激發。我也不喜歡死板的對稱，因此《馬來亞人民共和國備忘錄》的書名就自然的丟掉了。

另外一個改變是原先說的「分鍋」計畫，也有了變動。

「分鍋」講難聽點，是用部分的重複來充篇幅。但後來不需要了，新寫的夠出一本小書有餘。因此包含在〈馬來亞人民共和國備忘錄〉裡的〈南洋人民共和國備忘錄〉就沒必要收進來了，只需「存目」；寫了兩個不同結局的〈婆羅洲來的人〉發表時原要求雜誌分成兩回，但被一口氣刊完，等於只刊出一個版本（另一個版本被吞沒了）。原本兩本書各收一個版本，後來想到一個更有意思的做法，這一本只收錄那不同的結局（〈另一個結局〉）。也就是只收它的尾巴，頭留在另一本，讓二書之間有點實質的聯結，也可降低重複率。

〈南洋人民共和國備忘錄〉原本想做幅度大一點的改寫，不料一改就變成〈螃蟹〉；因此〈螃蟹〉可視為〈南洋人民共和國備忘錄〉的另一個版本。有人問到〈螃蟹〉裡頭那隻怪手，那不只曾出現在川端康成的〈一隻手臂〉，也曾出現在電影〈阿達一族〉、卡通〈第十四道門〉（coraline），在文學史裡有著長遠的傳統，幾乎可以看成是則引文。

〈如果父親寫作〉，是獻給亡父的。原擬補進那本獻給我父親的小說集《刻背》的再版本（預訂二〇一四年夏天出版），後來也改變主意了。

父親只讀了幾年小學，不曾寫作，也沒有活得很老。近年常在大馬華文報章上看到他的同代人的散文，這些父輩的同代人受的教育也不多，很多生命經歷應該是相似的。我心想，如果父親寫作，寫出來的文章多半也會是那個樣子吧。

然而在馬華文壇，我曾經是父輩最尖刻的批評者。在文學比較的視野裡，那樣的寫作是不夠的。因此〈如果父親寫作〉其實只能是我們的寫作，一種根本的重寫。只有這樣方能讓淤積的河道重新流通。

這篇小說從詩過渡到散文，經歷一番小說的旅程後，又回到散文（跋尾）。

時間不可逆，過去的事不可能重來，所有已發生的遺憾都無法更動。

然而在寫〈如果父親寫作〉時，我誠心的想，如果父親當年堅持把書唸下去，他一定會有不一樣的人生。會有自己的夢想，有自己的朋友，不會那麼孤獨，不會一輩子受困膠園，不會生那麼多小孩——那世間多半不會有我——即使那樣也沒關係。那樣的話，那些被迫失學的兄姐就不致失學，他們都有天賦，只是沒機會。他們的遺憾一直是我們沉重的心理負擔。

但如果父親唸書、寫作，那不一樣的人生也可能充滿變數。

《南洋人民共和國備忘錄》出版後的那個聖誕節後，有一天，一位我中學時的學弟攜眷來訪，他買了我的新小說也讀了。閒聊時，他提及他的父輩都是那個年代的激進左翼，兩個伯父和姑姑後來都響應祖國的號召到中國唸書，畢業後就留在中國。只有他父親選擇留在馬來亞，但也是南洋大學的激進學生，在一次學潮中被退學了。

這位資質聰穎的學弟的老家（他父輩的住處）就在我舊家的延長線上，他家族在那裡有一片十來甲的土地。那兒再過去有一處規模龐大的油棕園，有個比居鑾（kluang）更小的小鎮。鐵路經過那裡，因此他父親可以從那兒坐火車到新加坡，到彼時口碑極佳但也非常左傾的華僑中學就讀。在當時，華僑中學和南洋大學都是錄取率極低、高門檻的學校。

仔細一問，我父親和他其中一個伯父同年。在修辭學上，他們間是轉喻的關係。如果當年父親用功讀書，很可能就會走上相似的路。如果不是「回祖國」，也可能在地搞革命去。

我因此也能理解，何以祖父母會用那種異常傳統方式把他們的獨子拴在身邊——不鼓勵他多受教育，讓他當個負擔沉重的父親，困守膠園。我彷彿可以理解他父母那深切的恐懼，那是個革命的年代，也是個當炮灰的年代。

誰願意自己的孩子當炮灰？誰會記得歷史的炮灰？以歷史的後見之明來看，倘使馬共的革命成功，建立了蘇維埃政權，那會讓人民更幸福嗎？

馬共陣營裡少數的讀書人之一的余柱業就曾推斷說，革命如成功，馬來亞多半會被迫走上柬埔寨式的道路。單是民族矛盾就足以血流成河了。世界各地共產黨的歷史其實互為隱喻與轉喻，過去未來可以異地互見，這正是歷史的微妙處。而失敗，反而讓它們變得可感可親，憂鬱憂傷，那正是文學的沃土。成功的革命卻往往容不下文學，因為唱反調也是文學的天性。

兩本書的目次和順序略有對應，但也只能說是參差的對應。

五月間，大馬有人出版社主編曾翎龍將為我出本「馬共小說選」（《火，與危險事物》），收錄了這本「未來書」的三篇。為了降低重複率，有三篇「馬共小說」就沒收進來（會收進再下一本小說集）。

整個馬共小說，我曾經五度寫下收尾的篇章。〈最後的家土〉（二〇一三年三月）是第一度，再後來寫了〈在港墘〉（二〇一三年七月）、〈山路〉（二〇一三年八月）（兩篇均收入《火，與危險事物》後者特為該選集而寫），最近一度即〈泥沼上的足跡〉。修補這〈跋〉時又寫了〈祝福〉（準備收進再下一本小說集《魚》），箇中緣由一言難盡，也就不多說了。

這些「馬共小說」有多篇和馬共的關聯已經是一種切線關係。反而是在處理文學史、甚至我自己和同代人及前輩之間的文學關係——不論是台灣文學史、馬華文學史、旅台文學社群——甚至馬共小說的寫作問題、散文—小說間的文類問題等……易言之，小說這「話語機器」好像可以做很多事。

而〈陽光如此明媚〉部分用了鍾怡雯散文《陽光如此明媚》的材料，調侃一下我中學學妹，及她的詩人夫婿，也是我大學學弟，行內人可是一目瞭然的吧。基本的意圖不過是嘗試用小說來「處理」一下散文——吞噬它、擴張它，帶它到它去不了的地方。陳大為不也曾用他的詩逐個的點評我們這些同代留台寫作人（見其〈垂天之羽翼〉）。其他枝枝節節的，不過是小說之技藝裝置，就不勞辭費了。

〈最後的家土〉這題目出現在我腦中遠在大學時代，只是那時還不知道要寫甚麼。大概試寫過幾頁，航行在內陸湖水上，煙水茫茫。約莫是一九八九那年返馬，搭車沿著中西橫貫公路越過半島（近年方知這路的開通有阻遏馬共之效），昏睡之間穿過規模龐大的原始林，經過大水壩，走訪大馬青年社友人黃君於吉蘭丹的家，吃了他頗受泰國文化濡染的祖母煮的神奇的五色飯。這篇小說應該獻給他的家人。雖然我們也超過二十年沒聯絡了。

〈最後的家土〉刊出時，副刊嫌字多，就砍掉了開頭的三千字，現在也做了還原。

〈猶見扶餘〉（我的：馬共唐傳奇）、〈如果你是風〉是獻給年輕一代的馬共研究者的，我的小說從她們的研究受惠不少。雖然，小說化之後，歷史必然面目全非。

〈猶見扶餘〉引陳寅恪詩的末句不知為何老是記成「霜紅一葉已滄桑」也感謝校對者的細心。

附錄三篇，我自己的小論文〈在或不在南方：反思「南洋左翼文學」〉反省馬共、左翼文學的一些特定問題。以及同行老友駱以軍的勉勵之詞。〈沒有查禁〉反省《南洋人民共和國備忘錄》出版後，遇到的一些疑似政治境遇。

感謝老友陶玉璞兄為本書封面題字。

為自己的作品寫篇序跋，在我而言是編輯工作的應有之務。包括目次的順序，封面設計，對一本書都是很重要的。

大學時讀了許多楊牧的詩和散文，幾乎每本都有序或跋。詩人對這文類有個不錯的講法：藉它來反省檢討這些年走過的路徑。那最主要是寫給自己看的。

而如果甚麼都沒寫又想「反省」的話，就寫散文吧。

二〇一三年十一月一日初稿、十二月八日補

二〇一四年二月六日、四月十七日、二十四日又補

附錄一 沒有查禁（我那既被禁又沒被禁的新小說集）

二〇一三年十月，我在台灣聯經出版公司出版了小說集《南洋人民共和國備忘錄》，旋即聽說在馬被軟性查禁——早在十月十六日即從大馬友人處接獲訊息：

□□□□（某大書局）原本想做這書的促銷（即多進、賣便宜），但又怕敏感，就循例去問內政部負責官員。該官員第一天說沒問題，只是不鼓勵促銷。於是（某大書局）就跟聯經下了普通的量。（大概一兩百本吧），打算低調賣就好。怎知第二天該官員打電話勸說不要進這書。有可能是□□（某大報）登了兩天的書訊，其中內容讓內政部改變了初衷。

兩個多月後，聽說書店普遍看不到我的書。我很好奇後來到底怎樣，有沒有相關報導、輿論界的反應之類的，於是再度問大馬的朋友。朋友告知：

內政部又沒正式頒佈禁書令，只是海關明言在先不讓書進來，書局也就不進書，既沒進書，自然就沒有退書。換句話說，沒有白紙黑字，也沒有事實發生過，更不會有人承認，怎麼報導？

如此看來，有關方面運用高明的行政技巧，讓這本書進不了國門。既造成事實，卻又不必揹查禁小說的惡名，以免引起過度關注。

對我來說，被查禁其實可說是與有榮焉，可讓它立即蛻化成某種意義上的經典。公開被禁其實更有意思。禁令本身還可以拿來做廣告（在境外做成書的腰封，印成紅色的馬來文咒語體）。

在法的面前。門衛說，沒有文字禁令，但你不能進去。

抵達之謎。

查禁會讓它變成流亡文學。「沒有查禁」的查禁亦然。單就這一點，它就比馬華現實主義更為現實主義，也更為「本土」——被負面認可；這也可說是我的「文學性的奇幻之旅」

重要的一站。

當年《刻背》出版，我就以為會被禁（開馬哈迪的玩笑），也以為過境新加坡會被找麻煩——小說把那頭老獅子損成那樣——然而十多年過去了，甚麼事也沒發生。我正慶幸這些人都不讀中文書。

這回當然和陳平恰好在九月過世、他屍體返鄉問題被大馬政府反應過度的處理成政治問題有某種關聯。《南洋人民共和國備忘錄》在那樣的背景裡，成了代罪羔羊。

否則，這二十多年來，爭辯「我方的歷史」的馬共回憶錄不知道出版了多少種，哪有聽過被禁的？

還是說，容許「紀實」，但虛構是被禁止的？境內出版是可以的。如果在境外，就不得返鄉，一如陳平的遺體？不管前者還是後者，就馬華文學與國家的關聯來看，都是有象徵意義的。

在馬共的視域裡，虛構是不容許的（即使寫小說），敘事不容超出經驗的平面（分析見我的〈在或不在南方〉）——因此對官方來說，那就無傷了。再怎麼記敘也只不過是失敗的歷史。虛構則可以開展「一種從來沒有發生過的歷史」，甚至是圖騰與禁忌；它甚至可以直逼文學的起源，法的起源（德里達，〈在法的面前〉）——馬來西亞民族國家的法，馬共內部的法、「不容許虛構」的法。

生前被禁止返鄉掃墓、死後也不容歸葬的陳平，這位馬共永遠的總書記，無疑被大馬政府判決了流刑。那和平協約實質上是不對等的。有的禁令並不會公開形諸文字，但它在官僚系統裡被快速傳遞，並被嚴格的執行。他依法提出的返鄉申請因此一再被技術性的阻撓、拖延、駁回，門衛們當然知道老人最經不起等待的，死亡的黑暗將快速掩沒他。泰國將是他永遠的流放地，他不知道自己的追訴期是沒有時效限制的。那永遠有效的追訴，讓他在大馬國家的法的門前，被禁止進入，即使成了一具遺體。這已是個殘酷的歷史判決：沒有赦免。

依遁「紀實」的法則的寫作是對抗不了它的。「紀實」只能讓遺體如其所是，不能讓它開出花來，更別說結果。

依我原定的計畫，這書今年初夏就該出來了。書稿（含序的初稿）二月中旬就給了出版社。雖其時還有數篇未刊，也都投出去了。小說從三月至七月間密集的刊登，至初夏也發表得差不多了（其時另一本的也「超前」刊了幾篇）。

依我原來的計畫，它的出版應該還要比陳平的逝世早上大半個月。不管早還是晚，這書注定會和實存的馬共發生纏結，但沒料到是以這樣的方式。

陳平逝後不久，大馬有朋友原擬募一個「如何讓陳平屍體返鄉」的小說集，但我其實對陳平的興趣不大（最近還是寫了篇「讓（流亡他鄉的老左）屍體返鄉」的〈祝福〉）。對我而言他也沒那麼重要，不過是那歷史悲劇之一員。小說原本就該超出歷史，比歷史更弔詭也更雄辯。但這書被阻止返鄉，就無奈的讓它變成陳平屍體的一種隱喻了。

在我看來，馬共與大馬民族國家做歷史解釋上的爭辯，勝算並不大（歷史解釋權一向掌握在當權者手上，經由意識型態國家機器不斷的灌輸、再生產），而新一代對這歷史包袱的興趣不大，覺得它百害而無一利。它唯一的出路是經由文學的想像辯證，而寄生在文學史裡。

而「南洋人民共和國」是我送給馬共老鄉們的，一個不存在的「花火」想像國度，一個異托邦。

最近讀到香港作家陳雲（他爸和我一樣是第二代大馬華人）短文〈南洋〉，有言：「這年頭的人，已不知中文有南洋之名」，「人文地理的南洋，已焉消逝。」（《新不如舊》，頁七）這當然只能說是「香港觀點」（對中原讀者而言，只怕更其如此）。陳氏以一九五六年的「南洋大學」為「南洋之名」的頂峰，而我這本小書，也算偶然的再度命名了「人文地理的南洋」。

我年輕時也不喜歡「南洋」這辭兒（那時國家認同還很強），覺得它太中國中心，也太過異國情調。但最近發現它或許有意想不到的功能——它似乎可以命名一種流亡的狀態。這指稱，或許恰恰超出了民族國家視域，指涉了我們憂鬱的南方。

二〇一三年十二月十四日。埔里牛尾

附錄二 在或不在南方*

——反思「南洋左翼文學」

本文以兩個不同世代的南洋左翼[1]作家的個案（王嘯平與賀巾）做比較討論。兩人年輕

* 本文引用的王嘯平著作都來自王安憶，非常感謝她慷慨贈與王嘯平著作——原著一套及三套副本（包括劇作等），副本由我張錦忠高嘉謙持有，原著轉贈台大圖書館。我們私底下都諧稱王安憶為「表姐」，她父親是「表叔」。若以年歲論，他應該是我父親的叔叔輩，也就是「表叔公」。我們留台人或許比較能理解他在中國的不合時宜和格格不入。
本文初稿曾宣讀於「全球化下的南方書寫：文化場域與書寫實踐」國際學術研討會，二〇一三年十月十二—十三日，國立成功大學中文系。

1 這裡用「南洋左翼」的最主要原因是，這些是離境個案，他們或者並不認同後來成立的民族國家，或者不被它認同。王嘯平的兩部長篇都把自己的來處標記為「南洋」；他認同的是中華人民共和國。而身屬馬共的賀巾更其曖昧，馬共一直不承認馬來西亞，他們的地域想像單位一直是包含新加坡島的「馬來亞」（和平協約後另當別論），而其中若干重要成員即使和平條約簽署後馬來西亞及新加坡政府都不讓他們入境（前者最著者如陳平，後者最著者如方壯璧）。即使和平協約後他們的認同有所改變，民族國家對他們的看法也不會改變。

時因政治問題都被迫離境，此後成了異鄉之人。晚年各自以小說來清理自己一生的求索，反思了有類似經歷的那代人的命運。經由這兩個離境的個案，本文嘗試反省包括「南洋左翼文學」、馬共文學的視野侷限、在地與離境、文學的國籍等問題。

北歸與南來

王嘯平（一九一九—二〇〇三）一九一九年出生於新加坡，一九四〇年返中國，此後一直到過世都留在中國，是所謂的歸僑作家中比較有代表性的。在離開新加坡前，他已是個相當活躍的左傾文藝青年，但可能因離境早，並沒有受到多大的關注。近年他之所以受到注意，多半還是因為他有個傑出的小說家女兒王安憶的緣故。

在留中其間，他最主要的工作是當劇作家、話劇團編導與導演，一九八二年離休後方重新執筆寫小說，九〇年代出版的三部曲《南洋悲歌》《客自南洋來》《和平歲月》（以同一個主人公方浩瑞的經歷貫串）是他的小說代表作，細緻的回顧了一位南洋左翼青年從新加坡「回歸祖國」的心路歷程，也比較完整的再現了二〇年代殖民地新加坡的狀況。

王嘯平在新加坡的青年時代，恰恰是大批「南來文人」從中國南下的時代。一九二七年國民黨在上海的清黨，一九三七年日本侵略中國，這些大動亂都促使文人避禍南下。其中如郁達夫（一八九六—一九四五。一九三八南下）、胡愈之（一九四〇南下）、巴人（王任叔，一九〇二—一九七一）等，是最其最著名的中國知識菁英[2]。因此王嘯平的旅程恰好和他們互換——他們南下，他北返。

其中特別有意味的對照個案有兩個，一個是近年頗受馬華學界重視的金枝芒（本名陳樹英，一九一二—一九八八），比王嘯平年長七歲，一九三六年南下，旋即成為馬共一員，投身馬來亞文化界的抗日援華活動，也是戰前馬華文壇最有份量的寫作人之一，在小說和評論都有所建樹。尤其是一九四八年他以周容的筆名與沙平（胡愈之）等展開的僑民文藝—馬華文藝獨特性論戰，涉及的正是兩種認同——祖國認同與在地認同。從這場遲到的論爭回看，王嘯平作為土生的南洋華人，走的是胡愈之他們主張的那條路（「回歸祖國」），那可能也一直是那年代南洋華人最常選擇的道路。從這裡也可以看出周容的獨特性。雖然他選擇的也是革命（及革命文學——藉文學介入現實）的道路，但他選擇的是在地的戰鬥，也因此命運與馬共相始終。他以馬共為主題的代表作《饑餓》，深刻的寫出了馬共的受困[3]。

另一個有趣的對照是與王嘯平年齒相若的杜運燮（吳進，一九一八—二〇〇三），二者

2 詳參林萬菁，《中國作家在新加坡及其影響（一九二七—一九四八）》

3 討論見黃錦樹，〈最後的戰役：論金枝芒的《饑餓》〉

經歷相似又有不同。杜氏出生於馬來亞實兆遠，青年時代北上唸書而成為名詩人，但他曾經南返教書寫作（一九四七—一九五〇），一度被誤認為南來文人[4]。但杜運燮不是到中國搞革命的，他是去唸書，而後在戰亂的年代進入文學場，曾多次南返，並沒有斷絕與家鄉的聯繫，也不屬左翼文學的譜系。而王嘯平北返是為了革命—藝術，因而處境又非同一般，更缺少自由，文學信念也大不同。

比王嘯平晚一世代（相差十六歲）的新加坡左翼青年賀巾（本名林金泉，一九三五—）青年時代處身於完全不同的殖民地狀況，童年時日軍佔領新加坡，他作為文藝青年的五〇年代已是日本戰敗、共產黨活躍的年代。作為馬共的一員，他此後被迫流亡印尼，八十年代方輾轉到馬泰邊境參與游擊隊，一九八九年合艾和平條約後轉而經商，旅居泰南而撰寫出自傳體長篇小說《巨浪》、《流亡》，一樣是以所謂的現實主義的筆法回顧所經所歷，一樣不在南方而回顧南方。關鍵的差異在於：一個選擇了「祖國」，一個選擇在地革命。如果說前者成了出生地—民族國家的外人，後者則簡直是民族國家的敵人，縱使他認同它——相較於前者之認同中國。

本文嘗試探勘這不同的兩代人孤獨的精神之旅，不在場付出的歷史代價、對「此時此地」的現實主義觀的反諷等等。

祖國悲歌：王嘯平的精神自傳

在進入作品討論之前，得稍稍說明一下。我這裡的工作並不是去對勘王嘯平的自傳與小說，我並沒有掌握那麼完備的傳記資料。關於作者的生平，我掌握的僅僅是王安憶回憶父親的幾篇散文和中篇小說〈傷心太平洋〉，可以說相當有限。但也許足矣。這裡關心的，是作者在這三部作品中建構了怎樣的主人公形象，而該主人公經歷了怎樣的精神考驗？作者企圖透過那樣的考驗表達甚麼？

作為革命文學洗禮、成長起來的一代人，把文學看成是非常嚴肅的事業，因而王嘯平的晚年小說不可能是遊戲之作，而必然是藉由這樣的敘事形式來總結某種典型環境（日本南侵前的殖民地馬來亞）下典型人物（反殖、熱愛祖國、返中的左翼青年[5]）的精神追尋。從華裔青年的精神歷史來看，這三部曲的特殊意義正在於，它勾勒出左傾華裔青年從殖民抗爭到

4　晚近的討論見鍾怡雯〈杜運燮與吳進——一個跨國文學史的案例〉《國文天地》第五十一期，二〇一二年六月，頁二二三—三七。及許文榮，〈杜運燮研究〉馬新華人歷史人物討論會，拉曼大學中華研究中心，二〇一一年十二月三—四日。許文榮近年撰有杜運燮研究論文多篇。

5　在新馬的英殖民末期，有大量的華人左翼青年被遣返中國，目前仍未見詳細的研究。

歸返祖國的連番考驗，這考驗有親身經歷做依據。就這點而言，它是有自傳意味的。而「歸返」正是彼時南洋華裔青年人生的選項（具體可能性）之一，一如在地的革命。或遵循更多人選擇的社會上昇之路，成為中產階級；或一直在底層煎熬，都是具體的可能性。因此從這三部曲應可看到王嘯平對他那種人生道路的一種徹底反思。

三部曲的篇幅以第一部最長，依次遞減。《南洋悲歌》寫的是主人公方浩瑞在殖民地的青年時代；《客自南洋來》寫主人公在新四軍裡的歷練、考驗；《和平歲月》則是本返鄉記，返鄉歷程中倒敘出主人公在新中國中遭受的折磨考驗。

而《南洋悲歌》寫的大概是三〇年代末（日軍侵華，抗戰時期）新加坡的狀況。以主人公與同窗鄭莉英的戀愛為主線，他之受導師馬仲達的革命啟蒙，殖民地華人眾生相——小資本家、受英文教育的親英者、紈綺子弟、底層苦力、華校生……主人公參與了抗日救亡、為新四軍募款、抵制日貨諸行動，並因此被捕[6]。比較賀巾的《巨浪》，寫二戰後的殖民地新加坡，一樣熱鬧——華裔學生熱哄哄的走上街頭、反殖、反黃、反就業服務法等。雖然抗爭的名目不同，一樣是左翼立場，雖然當事人後來的回憶都試圖撇清與共產黨的關係，但只怕是此地無銀三百兩。

《南洋悲歌》最終以主人公被殖民政府遣送回中國做結。那原該是流亡——但因為沒有在地認同做背景，因此原該是流亡的悽楚，被轉換成回歸祖國的憧憬與希望。小說最末頁主人公與南洋故鄉的告別，竟是充滿著無限的嚮往：

再見！我不幸的同胞們！讓我們在新中國再見！那時真理將戰勝謊言，正義要戰勝專制！

我夢想中的祖國啊！[7]

然而在祖國是否「真理戰勝謊言」、「正義戰勝專制」呢？小說第二部《客自南洋來》提供了部分解答。其實題目中的主詞「客」就是個強烈的暗示。王安憶在短文〈父親的書〉中，準確的把握到她父親回祖國後的格格不入與不合時宜，但她說：

「客自南洋來」的這個「客」字總覺得用得不妥，因為我父親再也不是「客」了，他和中國知識份子一起，經歷了日本投降，全國解放，反右運動，「文化大革命」。[8]

6　孫愛玲的《論歸僑作家小說》不知道為甚麼討論的對象侷限於「華僑題材小說」——時空侷限於南洋，而不處理「在祖國」的精神之路。

7　《南洋悲歌》，頁三五〇。

8　《空間在時間裡流淌》（北京：新星出版，二〇一二年），頁一九六。

這恰恰是最值得玩味的。為甚麼經歷了那一切之後，經過了一輩子在「祖國」的歷練與反省，還是把小說中自己的化身（那第二自我）稱為「客」呢？這連女兒（這共和國的女兒）都難以理解的感受，顯然他的格格不入、不合時宜[9]是更為本質性的。《南洋悲歌》雖為「悲歌」，但由於有金燦燦的祖國可以仰望，因此流露出一股陽光天真。主人公雖被放逐，但那悲歌裡的南洋，即將被拋在身後了。

到了《客自南洋來》天真的主人公到了中國，憧憬成了現實，但那現實比想像的粗礪堅硬得多了。首先所有人都注意到他的南洋身分，那像是個外來者烙印、標籤，即便女兒也注意到他那改不去的南洋口音，和易被辨識出的異鄉人步行的樣態，那和他的個性、他的固執一樣，統統被標籤為「南洋」。他原以為回到祖國或許即可以如魚得水的溶入，不料他的差異被顯著的標識出來。因此覺得「客」字不妥的王安憶，竟然沒注意到更不妥的應該或許是『自南洋來』這形容詞組。其實如果嚴格依照「革命文學」的思路，更政治正確的銜接《南洋悲歌》的應是「回到祖國的懷抱」，而不該是「客自南洋來」；「客自南洋來」這五個字本身就帶著一絲難言的苦澀。

《客自南洋來》的主人公還未抵達陸地就目睹了祖國的窮困，到部隊去才發現，新四軍文工團裡的同儕，文化水平竟遠不如他這個殖民地來的青年。他們沒聽過托爾斯泰，只讀黨規定的標準讀物，不懂外文，「黨的領導與被領導之間存在著不平等」[10]，然後因被懷疑「托派」而「靠邊」……箇中的逃兵被槍斃，更是一大震憾[11]。那是死亡教育，革命的暴力。接下來發現，他的文章發表了，可是他的名字被塗掉，甚至作品被有權有勢者竊取，變成別人的……《客自南洋來》就非常具體的寫文工團內部權力關係造成的種種不公，以有限的視野寫那小天地內的「不平等」。

主人公雖身處祖國大地，小說展現的景觀卻比《南洋悲歌》更為侷限。小說分兩部，兩個標題「一顆『個人主義』子彈」、「自由的失落」都有點題的作用。那是主人公回歸祖國、投奔軍旅必須放棄的。小說的末尾藉由主人公在南洋時的導師馬仲達的開導之言，勾勒出他的適應困難：

革命隊伍裡是光明的，但也不可能是清一色光明。你看到一些缺點，不合理、不理想，便苦惱，發牢騷，大喊大叫，這又何必呢？太陽還有黑斑呢。（頁二五六）

……我們的命運只能和黨的命運聯繫在一起，否則，祖國沒有前途，我們個人也沒有

9　關於王嘯平的不合時宜，見王安憶，〈話說父親王嘯平〉《空間在時間裡流淌》（頁一八七―九三）王安憶最常用來描述她父親的辭彙就是不合時宜，也即是不通世故。

10　《客自南洋來》頁七八。

11　〈父親的書〉有提到這一點。

前途。（頁二五九）

當年「真理戰勝謊言」、「正義戰勝專制」的憧憬已經變得相當灰暗了。《和平歲月》是三部曲的總結，主敘事是個返鄉的故事，不斷穿插祖國的各種黑暗的考驗。它的人物都來自前兩部，尤其是《客自南洋來》中的角色，都走向各自的結局。時間是八〇年代改革開放、也即是主人公的右派身分終於獲得平反，離鄉四十年後，終於有機會回到已徹底現代化的新加坡探親、掃墓，並會晤《南洋悲歌》中歷盡滄桑的老情人。其實《和平歲月》寫得比《客自南洋來》更其苦澀。王安憶〈父親的書〉沒提到的這本，也許它完成於〈父親的書〉之後[12]。「和平歲月」的標題是更其反諷了，寫作的佈局也更像馬共回憶錄。表面上指向解放後的三十多年，實際上或許更指向主人公之重獲自由。《客自南洋來》中發生的糟糕事更變本加厲的發生了；反右、文革時的被鬥，都嚴厲的考驗他的信念。而不擇手段、欺下巴上的領導更往上爬，當年的導師被踩到最底最底，小說終結於主人公該有的榮譽被小人竊取，連官方出版的《百科全書》都是謊言（頁二〇〇）。《南洋悲歌》末尾的「真理戰勝謊言」、「正義戰勝專制」都成了尖銳的嘲諷。革命和祖國都沒有想像中美好，但主人公已耗盡青春歲月，再無退路，唯有把它當成一種宗教式的考驗——沒有悔恨的餘地：

離家已三十多個春秋，在艱苦的戰鬥中，有過勝利解放的喜悅；在和平的日子裡，有過挨批挨鬥的遭遇。勝利喜悅時有個理想在鼓舞，挨批挨鬥受委曲時，也有那個理想在支持。生命早已和祖國命運血肉相關，方浩瑞死也要在祖國大地上。（頁一五四）

這一點和和平條約簽署後的老馬共的心態很類似。討論賀巾小說時再略做比較。《和平歲月》的敘事張力其實轉向雙鄉（祖國—南洋）之間的情感拉鋸，前者是主人公的選擇，後者是由他的母親所代表的親情。因為不自由，主人公不得返鄉，以致老父母在思念中死去，而有不孝的罪名。這部分的藝術加工是明顯的，尤其把主人公設計成獨子，強化了忠（愛祖國、愛黨）孝之間的現代緊張[13]。「要說當年拋棄兩老奔回祖國，不能盡孝道，實非忠孝兩全。但他是報效祖國而去的啊。」（頁一〇四）祖國之愛顯然是苦澀的，祖國的

12 它晚於〈父親的書〉（一九九一）完成（一九九七）、湖南文藝出版社出版（一九九九）。

13 可是有個關鍵細節卻頗費思量。依傳記資料，王嘯平應係自願北歸而不是被遣返的，雖說他不走可能會被捕（王安憶，〈父親的書〉），但小說裡是被遣返。就忠孝緊張的藝術效果而言，自願北歸應該會強些，那是自己選擇為忠棄孝。被遣返多了份身不由己，縱使是不孝也可以打幾分折扣。就小說中呈現的情感狀態而言，其實比較像是自願北歸而不是被遣返的。「被遣返」這一情節設計或許是為了凸顯帝國主義的惡毒。

回報也是異常嚴酷的——這嚴酷，還是來自人性，權力與貪婪。它讓理想主義顯得迂腐、不合時宜。

相較之下，晚生近三十年，他孩子輩的南洋華裔如李永平（一九四七—）、溫瑞安（一九五四—）的祖國之愛，因為一直在境外，倒顯得安全得多。如李永平近年為大陸版《大河盡頭》寫的序〈致祖國讀者〉就有這麼一段文字：「可我內心里还有另一位娘亲。她有很多名字：唐山、神州、华夏、支那、Mother China、母亲中国。不管大家如何称呼她，对我来说，她就是那个当年在婆罗洲，由我父亲传留给我，在我童稚时期，就悄悄进驻我心灵的『祖国』。如今，漂泊在外的游子，垂垂老矣，她依旧盘踞我内心一个隐密的角落，像个老妈妈般，不弃不离地守护着我。」（二〇一二年三月号《文景》，二七）距離讓它長葆純粹美好。文中提到他父親（比王嘯平年長三歲，李若愚，一九一六—二〇〇〇[14]）三〇年代「隻身到南洋『找头路』，闯天下」，恰恰和王嘯平—方浩瑞互換人生的旅程，免去了中國動盪歷史的折磨，「后来时局发生了天翻地覆的变化，回乡路断，我父亲归不得……，不得不死心塌地，在沙捞越定居下来，娶妻生子建立另一个家，但在他内心中，至死有一个祖国。那是他老人家在异乡五十年，魂萦梦牵的唐山。」（頁二六）

因離開而美好。李永平在台灣，至少有生活和寫作的自由。那是「表叔」王嘯平那一代因愛祖國而北歸者可望而不可即的。而溫，早已為青年時代的神州（想像的祖國之愛），找到更合宜的形式——商品形式——武俠小說的古裝暴力劇場，更具反諷意味。

那難以避免的強烈挫折感、失敗感，也從王嘯平的小說湧向他女兒對他的回憶，「在他們面前，他對自己的價值感到懷疑」[15]。他們，是他在南洋的家人。《和平歲月》設計主人公與昔日的戀人鄭莉英（她早已是名滿天下的歌星）文革時期錯過的一次重逢，是由於主人公恐懼兩種不同人生的選擇後果的殘酷對照——祖國夢碎：

「一個是大紅大紫的名歌星，身價百倍的外賓；一個是名不見經傳的小人物，摘帽右派……」「我是怕她知道我今天的遭遇和下場，對我們國家產生不良印象。」（頁一七八）

比較王安憶的敘事，詠嘆調似的《傷心太平洋》裡的父親還有兩個弟弟，〈話說父親王嘯平〉裡叔叔和姑姑常來訪，但長子的效果當然遠不如獨子。《和平歲月》裡設計的這雙鄉對峙，對主人公而言其實是場倫理的對峙，而真正的犧牲者或竟是父母。《和平歲月》最心酸的呼喊正是來自南洋母親的呼喊，雖然歸僑的心酸史目前還未見完整的研究，但從有限的資料來看，王嘯平—方浩瑞的案例並不是特例[16]。小說中的馬仲達更悲慘，昔日奉黨之命做

14 見李永平自選集（一九六八—二〇〇二）《迢迢集》的扉頁，台北：麥田，二〇〇三。

15 《空間在時間裡流淌》，頁一八九。

16 如蕭村的《魂縈南洋》等。一個旁證是出生於一九二四年的新加坡前駐外大使李炯才（與李光耀年齒相若）的弟弟李良漢的旅程。一九四五年返祖國，但很快就被捲進中國詭譎的政治風波，「歸僑都有私通外敵，顛覆國家的嫌疑」，反右文革他

的地下工作被視為投靠敵人的罪證，淪為黑五類，萬劫不復。這些歸僑如果是理想主義者，以中國反右及文革的那種中世紀製造女巫的尺度，必然都是右派；況且來自南洋的海外背景、受過殖民地教育，彷彿都有原罪——帶著「自南洋來」的「客」的羞恥印記。

一切都燒盡了之後，那剩下的灰燼便是他信念的舍利，然而來不及結成晶體。

賀巾的馬共書寫：流亡與受困

相較之下，晚一個世代的賀巾，首部曲《巨浪》寫新加坡五〇年代華裔青年在新加坡的抗爭。彼時殖民統治日暮，冷戰格局已成。賀巾那代左翼文藝青年抗爭的年代，馬來亞聯合邦（Persekutuan Tanah Melayu，Federation of Malaya，一九四八—一九六三）成立，馬來亞的建國其實已排入日程。一九四八年緊急狀態後，馬來半島的共產黨活動被迫潛入地下、走進森林的武裝抗爭。來不及潛伏的，往往被捕後就是被遣送中國，管他出生地是哪裡。換句話，《南洋悲歌》主人公的命運，甚至一直延續到馬來亞建國後。

比較這兩個不同世代的南洋左翼青年的晚年寫作，其實可以發現一些有趣的共同點。兩個人晚年寫的都可說是左翼青年的精神自傳。他們的小說雖然並非總是用標準的限制觀點來展開敘事，但小說裡的世界其實都嚴格的被限制在一個顯然是和作者的自傳身分相當貼近的、主人公的有限視野裡，一個有限的經驗世界，他們的此在視域。縱使作者身處動盪的大時代，那樣的寫作策略卻強迫讀者用特定的窄仄視野來看歷史——被他們的經驗之光投照出來的有限的可見世界。金枝芒的小說其實也離不開這囿限，而呈現出「類報導文學」的狀態，抗拒虛構，抗拒想像，也抗拒小說本身該有的閱讀趣味。但金枝芒作為小說家他比賀巾高明多了，最終能往上提昇而開展出一個類寓言的視野。

這是最堪玩味的事。作者顯然希望讀者關注他們藉由敘事展開的自我反思，箇中的自我形象。視野的狹隘的一個直接的原因在於，經驗主體受困了（不論是困於黨、國，還是困於叢林），而他們的文學觀進一步限制了他們的想像視野。此時此地的現實因而僅僅是自身扁平的現實。

世界變小了。

賀巾的長篇比王嘯平的還更欠缺文學的趣味、更缺少文學的經營。《巨浪》篇幅不小，但格局不大，是個單調的革命＋戀愛的故事。或許非常寫實，但讀來相當乏味；《流亡》是

都逃不掉，就那樣虛耗掉二十二年。針對這個案，李炯才評述說，「兄弟之間，良漢受華文教育影響最深，真正是一個中國人。但可惜，他以華僑身分回歸『祖國』，卻換來大半生悲苦。……良漢仍認為自己是中國人，但中國使他失望。離開中國後，成了無國籍的人，他一家勢難回到新加坡或馬來西亞。他一生最光輝燦爛的日子，就這樣枉費了。」《追尋自己的國家》（頁五五—五七）「一生最光輝燦爛的日子，就這樣枉費了」很可能對那時代的歸僑來說是普遍適用的評語。

它的續篇，寫的是一對被迫流亡的革命夫妻，流亡印尼的瑣瑣碎碎的生活。有限的戲劇衝突也僅限於家與組織之間，並無法提供一個更寬廣的視野來邀請讀者共同反思那場革命[17]。雖然篇幅大，但訊息承載量低，也相當無趣。就小說論小說，還遠不如同一作者八、九〇年代的短篇集《崢嶸歲月》。

對比於王嘯平依主人公生命時間展開的《南洋悲歌》《客自南洋來》《和平歲月》；賀巾的《巨浪》、《流亡》的第三部應是稍早於這兩部長篇，於九〇年代出版的以山林裡游擊隊生活為主題的《崢嶸歲月》。

關於賀巾的小說，孔莉莎已有很好的研究。針對《崢嶸歲月》她指出，「賀巾的小說處理日常生活，那些在部隊裡如此親近地長時間生活在一起的男男女女，他們之間的友情和磨擦，還有他們埋藏在心裡的夢想和失望。」[18]和王、金的手法類似，語言都力求淺白，題旨顯豁，沒有任何複雜的文學技術，也沒有任何妨礙理解的裝置，似乎在抵制文學想像。對他而言，小說的功能不過是「編製花環，獻給為祖國的獨立運動灑下熱血的英靈！」（〈前言〉），而這花環的材料，還必須取諸於此時此地。

小說裡的人物都是身邊的人，戰友，同志。數十年的共同生活，革命情感非比一般。但從小說的這樣的聚焦，卻也可以看出，那些理念、信仰的大論題，經歷長期叢林生活的磨蝕後，可能都已化成煙雲了。他們的最後的戰役就是——堅持下去，並且，無悔——這一點作

者在〈前言〉裡說的非常清楚，在他寫〈前言〉的時刻

《崢嶸歲月》內的人物，都還健在。他（她）們走過的歷程，儘管如何坎坷，總算是挨過去了。他們抹去了淚水和眼淚，與摯友重逢，豈不是露出珍貴的歡欣嗎？雖然撫摩著傷口，仍感到陣陣痛楚，但並不引以為悔。正如女主角瑞所說：「為祖國和人民做出奉獻，這不會錯，怎麼會後悔呢？」（頁五）

當然，這裡的祖國和王嘯平的祖國並不是同一個，但這態度和《和平歲月》主人公卻十分相似——他們都沒有任何的悔退路了。這些人縱使沒有犧牲掉性命，也都犧牲了最精華的人生歲月。

《崢嶸歲月》中即使有對肅反的批評、對犧牲的哀悼，對部隊內錯誤決策、不尊重他人想法、戰爭沒能早日結束等抱怨；但相較於《和平歲月》的尖銳憤慨，《崢嶸歲月》其實是十分溫和的，也許因為主人公畢竟是旁觀者。然而依作者的意圖（取暖、獻花），比較合宜

17 針對這兩部小說魏月萍〈青春、革命與歷史〉做了詳細的討論。

18 孔莉莎著、潘婉明譯，〈虛構中的「事實」：馬共小說裡的歷史〉，陳仁貴、陳國相、孔莉莎編《情繫五一三：一九五〇年代新加坡華文中學學生運動與政治變革》（吉隆坡：策略資訊研究中心，二〇一一），頁二四二。

的文學形式應該是散文而不是小說。

為什麼選擇小說呢？這只怕是這小說真正令人費解之處。或許馬共的內部暴力真的遠不如紅色中國。但更可能是馬共容許再現的尺度或許還不如中共，它容許的反思程度也遠不如中國的傷痕文學。王嘯平的小說是有傷痕—反思文學作為背景支撐的，多少也反映了中共改革開放後的言論尺度。原因也很簡單，一九四九中共建國後，它就已是勝利者了。要不是爾後數十年毛主席的政治瘋狂，它也不需要再浪費三十年。而馬共，即便他們不承認，革命畢竟是失敗了（如果我們以取得政權或至少被承認為合法政黨並且能公開運作為勝利的話）。縱使他們認為堅持到最後、沒有被消滅就不算失敗，但那股失敗感卻瀰漫在整個敘事空間（不論是金枝芒還是賀巾的小說）。在那樣的情況下，揭露內部的黑暗[19]難保不被視為「家醜外揚」，在傷口上灑鹽，甚至視同背叛。於是不足為外人道的，還是不必向外人訴說。一切盡在不言中。

依常理推斷，所有的社會都存在著這方面的黑暗。尤其在權力高度集中、領導／被領導階級分明的部隊，那麼封閉扭曲的社會。而且人數那麼龐大（相較於方浩瑞處身的文工團）問題必然很多，《崢嶸歲月》〈前言〉有一段話透露出些蛛絲馬跡：

我們的部隊有點特殊，戰爭又持續了那麼久（一九四八—一九八九，其間四十一年）

許多事情不為外人所知，是需要加以說明的。……這些組織，極為嚴密，又有鐵的紀律保證行動的統一。但是，這些隊伍又不是正規軍，而是男女合一、老少合一；有的隊伍還得照顧老弱病殘者，因而難免顯得機構臃腫，組織龐雜，不夠機動，並經常為生活問題所糾纏，矛盾紛起。（頁一一一—一一二）

但從他們的小說中，看不到那潛伏於林中數十年的、龐大的社會眾生相的圖景。如果對馬共小說有所期待，期待的正是這個。然而沒有，即使是金枝芒三四十萬字的《饑餓》，寫的也是個縮小的世界[20]。王嘯平把他的小說限制在主人公的精神之旅，是「一個歸僑、革命—藝術家的精神自傳」，其實帶著殘存的浪漫主義色彩、個人主義，主人公在嘗試確認自己剩餘的歷史位置。

而馬共小說，很顯然更具侷限性，更明顯也更清楚的界定了可寫與不可寫的範圍。不論是《巨浪》、《流亡》那樣殘破的精神自傳，還是《崢嶸歲月》那有限的眾生相、《饑餓》那被圍困的世界，都是極其有限的。顯然書寫者都把可寫的嚴格限定在經驗的範圍內（所

19　目前種種的馬共回憶錄，也明淨得非常可疑。
20　關於該著的討論，詳我的〈最後的戰役〉。

見、所傳聞——被證實的傳聞），必然是已發生而被知道的。而排除了可能發生了但不知道；更別說可能會發生、該發生然而卻沒有發生的。而已發生而知道的事情中，又得排除不欲為外人知、「盡在不言中」、說出有損部隊形象的。換言之，那其實是個不折不扣的散文的世界。

他們也許誤把散文當小說了。

那是馬共內在視野的侷限，那是一種自我理解的侷限，同時也限制了他人對他們的理解——這在馬共回憶錄裡也是一樣，都亟亟於塑造出近似的（集體）自我形象。文學原本可以讓他們超越那侷限。然而當可能性在現實裡被耗盡之後，某種意識型態讓他們也消滅了想像裡的可能性。

祖國的客人或敵人

賀巾縱使青年離境，但因為他早年的作品在新加坡出版，還是會被承認是新華或馬華作家。晚年作品在吉隆坡出版，雖然因政治因素必須處身境外，從作品中還是可以清楚看出對新馬的認同。而他那欠缺虛構趣味的小說題材，讀者也可以說被篩選過了：要麼是經歷可以和主人公互換的難友同僚，要麼是對馬共史有興趣的學者。就我的閱讀感受而言，我覺得它恐怕很難吸引文學的讀者，更別說是吸引新馬以外的文學讀者。它被列為「馬來西亞的另一面『文藝系列』」是有道理的，它的寫作目的只怕不是文學的，而是企圖用有限的虛構去「補史之闕」。但那史，也不過是他的「我方的歷史」。

相較之下，很難想像王嘯平被重新納入新華或馬華文學，尤其這裡討論的是他晚年在中國出版的小說。他成年後即歸返並認同中國，只有「歸僑」這不尷不尬的位子得以安頓他。這位子，處在中國現當代文學灰暗的邊緣地帶，與華僑／華人研究交匯，是極其微不足道的。王嘯平自己其實很清楚，那位子是依歸返者的來處（而非去處）命名的，如果那位子有個名字，文學一點的表述即是客自南洋來。那只能是個客位。新華文學如果接受他，只怕也僅限於其離星前的少作。民族國家成立後的文學歸屬是相當嚴厲的，既考慮認同，也常常會想到國籍。嘲諷的是，以新馬為例，近年新加坡的國籍可以透過購買（投資移民）；而馬來西亞透過贈與——只要你生對種族[21]。

21 近年大馬報紙大量報導，馬哈迪任首相期間為了贏得選舉，曾非法快速頒發身分證給沙巴非法移民，總人數可能達兩百萬人的驚人數目。見《星洲日報》〈社論：沙巴皇委會的驚人揭露〉（二〇一三年一月十四日）。及年初關於「沙巴非法移民皇委會聽證會」的相關新聞。而目前至少有三十七萬五千人只有紅色身分證（永久居留），縱使在馬住了一輩子，也難以獲得藍色身分證。關於這些紅登記者（無國籍國民）的故事，見《星洲日報》范艾艷報導，〈紅登記背後的故事〉系列報導(1-25)，二〇〇九年九月二十日—十月十四日。

而類似賀巾這類不願歸返或不能歸返馬來西亞而客居泰國的前馬共，則連客都不是了，只怕敵人的隱形標籤還在身上，但馬華文學承認他。我想我們該把這兩個文學個案命名為馬華流亡文學，或南洋流亡文學。離散在國家之間，流亡於家國之外。

二〇一三年四月三日初稿於埔里牛尾，八、十月小修

引用書目

孔莉莎著、潘婉明譯，〈虛構中的「事實」：馬共小說裡的歷史〉，陳仁貴、陳國相、孔莉莎編《情繫五一三：一九五零年代新加坡華文中學學生運動與政治變革》（吉隆坡：策略資訊研究中心，二〇一一）。
王安憶，《空間在時間裡流淌》（北京：新星出版，二〇一二）
王安憶，《傷心太平洋》收於《王安憶自選集之三：香港的情與愛》北京：作家出版社，一九九六。
王嘯平，《和平歲月》（長沙：湖南文藝出版社，一九九九）。
王嘯平，《南洋悲歌》（北京：作家出版社，一九八六）。
王嘯平，《客自南洋來》（上海：百家出版社，一九九〇）。

李炯才，《追尋自己的國家：一個南洋華人的心路歷程》（台北：遠流出版社，一九八九）。
李永平，李永平自選集（一九六八—二〇〇二）《迌迌集》的扉頁，台北：麥田出版，二〇〇三）。
李永平，〈致祖國讀者〉《文景》第八十四期（二〇一二年三月）。
范艾艷報導，《星洲日報》〈紅登記背後的故事〉系列報導（1-25），二〇〇九年九月二十日—十月十四日。
林萬菁，《中國作家在新加坡及其影響（1927-1948）》（新加坡：萬里書局，一九九四）。
孫愛玲的《論歸僑作家小說》（新加坡：雲南園雅舍，一九九六）。
賀巾，《巨浪》（吉隆坡：朝花企業，二〇〇四）。
賀巾，《流亡——六十年代新加坡青年學生流亡印尼的故事》（吉隆坡：策略資訊研究中心，二〇一〇）。
賀巾，《崢嶸歲月》（香港：南島出版社，一九九九）。
賀巾，《賀巾小說選集》（新加坡：新華文化事業，一九九九）。
黃錦樹，〈最後的戰役：論金枝芒的《饑餓》〉《香港文學》第二九八期（二〇〇〇年十月），頁七〇—七七。
鍾怡雯〈杜運燮與吳進——一個跨國文學史的案例〉《國文天地》第五十一期（二〇一二年六月），頁二三—三七。
魏月萍〈青春、革命與歷史：賀巾小說與新加坡左翼華文文學〉《中國現代文學》半年刊（台北：中國現代文學學會）二〇一三年六月，第二十三期，頁二九—四七。

附錄三 寫在南方
——黃錦樹「馬共小說」的文學史鐘面

駱以軍

1.「延長賽是尷尬的。」

「延長賽是尷尬的。」

這裡頭，在閱讀的默契——那之於馬華之外，對南洋華人一百年之遷徙、捲入「遠方的鼓聲」、熱血回振某個南來者的革命之夢、失語症的被殲滅、被「神隱」其名字、懸空在一「去脈絡的現實」……幾乎全然無知，常只能調度「異國感」（而正是拉美魔幻、印度、非洲小說在確定自身「進入」歐洲小說大書寫的一個重要的自我戲劇化與掙扎）——小說先於原本無知、無共感知「史」（南方，南洋，馬華近代史，馬共史）而鮮豔、氣味濃郁、雨林裡如上帝或佛陀最晦澀炫技之刺青的蟲魚鳥獸、熱氣蒸騰的性、同樣熱氣蒸騰的原始屠殺，一種人類學情感的「之於外」、「空白頁」、山海經式的奇觀異想、被殖民史、日軍暴力南洋進兵史。二戰後馬來西亞獨立建國史一次次「在他人的國度」之捶擊重塑不同形狀的認同地位……活脫亂跳的蹦入「我們」（台灣的小說讀者、或共享華文的小說讀者）超出想像維度的景觀。所以，李永平的《大河盡頭》、《吉陵春秋》；張貴興的《群象》、《猴杯》、《我思念的長眠中的南國公主》；黃錦樹自己的〈魚骸〉、《烏暗暝》、《刻背》；到黎紫書那近乎「古老戲曲熠熠發光世界、栩栩如生之博物館」（可以王安憶《天香》對照讀之）……幾乎任一種古魅幽靈的故事入口、傳奇旋轉門，都可以闖進那飽滿、暴脹著存在劇烈剪影（父母餐桌暗著臉的低語祕密、像公猴般生殖力強大的某個父系祖先、殘酷的屠村、屍骸被野獸撕碎吃光、強暴芭蕾舞劇的性的腦額葉爆炸或懺情錄、旖旎的彈詞琵琶戲台上人或濕雨的小鎮（通常是離開的異鄉人：從《十七歲出門遠行》到《如果在冬夜，一個旅人》），布魯諾・舒茲那異變成大型禽鳥標本或螃蟹的父親……）。

這是「我們」即使不懂「馬華」內心那傷害史時鐘、層層累聚之離散者考古地層學的，那麼艱難晦澀的整幅二十世紀「史的現場」，也能「魂兮歸來」（王德威語），將之「聊齋化」、福克納「南方化」、馬奎斯「百年孤寂化」的閱讀：一種異史與無河之流、鬼影幢幢，符號大矩陣快閃紛繁的神話學式擠壓與狂歡。

我們可以什麼都不懂，卻裝作是最好的，最熟悉故人的「馬華小說讀者」。

然後我這樣一個讀者，從最初的時刻，就屢屢摔趴在黃錦樹的小說（每一個，只是一個短篇的篇幅）之前。似乎他在操作著一架超乎你掌握的小說機械論更「非如此不可」的認識論的未來創造：最開始觸摸那發著黑夜純淨冰冷光澤的巨大火車頭裡的鐵鑄鍋爐、銅管蒸汽閥、嵌合連軸桿、魔鬼臉孔般的儀表；或是最開始在一個夢中醒來，漂浮著不知該摸哪裡的一架朝寒冰天宇飛去太空船艙內；或是虛空中疊棧搭勒拱天窗，那波赫士的《神學大全》或愛因斯坦與波爾的「EPR」思想實驗論戰：完全抽象、純淨數學，在演算中疊高、脫離僵固物理學舊慣性，才得以趨近之「謊言與真理之技藝」。

問題在於這錦樹關於馬共的一句感慨關鍵字：「延長賽」。

一篇先於小說集而浮現腦中的，這本「當時尚未出現之小說集」的「自序」；一本虛構的，應該長這樣，雖然現實裡未必如是，但以這小說家一人「代筆」，偽造出的《馬華小說選集》；一篇像波赫士〈另一次死亡〉；或村上龍〈五分後的世界〉；或更激進之《哈扎爾辭典》的〈馬來亞人民共和國備忘錄〉；一篇南洋該出現的陳映真小說；一個並沒有如史載被日本憲兵祕密處決的，變成南洋女海盜老公（且多子多孫），被困於南方（遺忘、默寫上半輩子知識構成之華文經典）的老人郁達夫……

應該發生過的九十分鐘正規球賽，在這國境之南的地圖上，最慘烈的衝擊、犯規鏟球、紅牌黃牌、擔架抬出斷手斷腳斷頭者、觀眾席暴動，或是可歌可泣的十二碼罰球、魔術般香蕉弧度一腳進網的角球，一種人類以存在之個體妄圖拚搏，卻形成群體的疊加態故而產生之荒謬、恐懼、哀憫……到了這個天才神童上場的空闊綠草如茵的球場，卻發現：嗶嗶！沒有比賽，沒有那在他腦海中特寫、長鏡頭、優美野蠻史詩般穿繞、撲防、打落牙齒踢斷足脛的「羅摩衍那」、「摩訶婆羅多」……被屏蔽了？被「笑忘書」了？

他不斷用「南方」開「中原」的玩笑；用二十世紀末乃至二十一世紀初全球化景觀的資本主義大樓峽谷景觀、笑忘書的政客、媒體人、盜賣「文化財」（屍骸或手稿甚至糞便化石）的商人之巴赫汀愚人宴狂歡開「華教」、「族魂」的玩笑；用魯賓遜式的野人傳奇、猴子後裔、巨大的屌開那些「原鄉神話」（被創造出來的失落烏托邦）或謎一般的「感時憂國、涕淚飄零」（郁達夫）的玩笑；或用「錢鍾書養的鸚鵡」、「顧城的死亡詩劇布置」、「日本學者掌握的郁達夫無限晚年寫在無數『香蕉鈔票』空處的默寫遺稿——古今名詩詞兩千首、古今名文三百篇、先秦諸子、歌德《浮士德》、密爾頓《失樂園》、但丁《神曲》」，將晚清至民初，那個魯迅、張愛玲們遭受的碾殼般的中國古代與西方現代的痛苦車裂文明撞擊，拉至南方，成為一種《蒼蠅王》式的荒島惡童原始劇場，或如瑪格麗特・愛特伍《末世男女》那樣的「創世紀」，或艾可的《昨日之島》：另開一個從零開始的自由狂想蠻荒布置，無人在場（大人；二十世紀世界史那擁擠、自顧不暇其歐洲文明的崩毀、大屠殺、文明壞墮、機械複製的新舊帝國們；或那個祖先遷移往這熱帶叢林之前的「我的祖國是一座祕密地下電台」……全部不在場），一個像齊天大聖孫悟空，被其內在暴力、「為何是神猴」，但又一抓毛髮幻變出千千萬萬單一個體承受（卡夫卡的《城堡》、孟克的〈吶喊〉、乃至奈波爾的《抵達之謎》）的迷惘、失語、失史、被棄在千百華人苦力脊背被小說狂人妄圖以中文之《尤里西斯》（不可替代的革命性的現代主義方案）刺刻於一「肉身的痛」、「隨生命流逝之短暫性」、「活生生的載體」這經典的奇想——從魯迅的「吃人血饅頭」，朱西甯的〈鐵槳〉，到莫言的《檀香刑》，這不知已奔跑到多遠的噩夢國境之南，小說觔斗雲能翻跳的不可思議顛倒幻夢、形銷骨毀了。

被引渡到了「南方」。

如錦樹在《南洋人民共和國備忘錄》自序〈關於漏洞及其他〉一文中，半嘲半謔說「那時也想過嘗試用各家文體來寫馬共題材（如愛倫坡體、卡夫卡體、波赫士體、昆德拉體……），似乎過於偏向於遊戲，喚不起激情，也就無疾而終了」——我完全相信，當代整個華人頂尖小說家之中，只有他有這能力及「演奏小說」之音域，可以實現這樣一本「在他念頭中出現又作罷」的「二十世紀偉大小說家們擄起袖子各寫一篇『馬共』小說」的「如果在南洋，一個旅人……」（同時我們會疑惑想起，那個原本更激進的余華，更先鋒的格非、馬原，那個張大春……他們到哪去了？）

同一篇文稍後，他又提到：

有一年，想寫一本假的馬共書信集，與其說是為了講故事，不如說是為了個中的省略和漏洞。也是自然的無疾而終。原因之一或許在於，我常是擬仿的那些人的文字能力普遍不佳，不論擬仿的逼真與否，下場都一樣：必然是部失敗的小說。

或再印象派的補一段他十年前在《刻背》後記就已經提出的話：

……可悲的是，做為異鄉客，我們的寫作，在此間的文學消費市場上，宿命的若非被當成異國情調來消費，便是把技術看做是它們意義的唯一依據。這多少可以解釋我的兩位同鄉前輩的寫作何以選擇如此徹底的美學化，因為選擇和自身存有的歷史對話就等同自絕於此間的讀者。即使是長篇累牘的註和解說也是無效的，解決不了它們內在必要的沉默。借維根斯坦的話，簡單性和複雜性都不是自明的，而是被語境決定的。

如此，不僅是將五四〈文學改良芻議〉後百年、那驚心動魄的西方（或應說「世界」）小說引進、在地對話、實踐、誤讀——如所有第三世界文學「現代」的自我觀看視覺與自我敘述的聲音（通常是「巴別塔」的詛咒：雜語爆炸的機械）之「發明」，調快了歐洲四百年幾條小說傳統河道演進成渠網的小說鐘面之命運——但或已在二十世紀末的全球化大國文化輸出，透過不可能模仿的巨資電影工業，網路、智慧手機的媒體革命，或傾倒如海嘯的《哈利波特》《達文西密碼》之類複製的席捲模式……完全實踐其「文學——書（或不同載體）——商品」之宰制；那個「北方」（「中原」、「作為所有文化地震的震央」），因為上半個世紀的毛語言宗教式大清洗，農民（「為人民而文學」）語言成為國家文學語言之隱密的正朔，反而奇妙的接收、模仿這種「國境是平的」的暴脹式出版景觀。

之前之於台灣的文學場域（文學史；文學出版、市場、讀者；發表之空間；學院的討論，討論後面的歷史或文學史的記憶河道；下一代作家進入文學舞台的窄門……）的「馬華小說」，在「大哥想扮演西方想像的那個『中國』」，「二哥想扮演那個西方想像的那個『台灣』或大哥想像的那個『民國』」，「魯迅成為『大哥的魯迅』」，「現代主義成為『二哥的現代主義』」，「張愛玲成為『大家的張愛玲』（我們一家都是（上海）人？）」……作為「馬華小說」的那個孫悟空的黃錦樹（或他想「刻背」於己身的「中文現代主義——一個未完成的計畫」），那真正可以將華文小說的創作維度，帶進波赫士、納博可夫、卡夫卡、馬奎斯、昆德拉、奈波爾、魯西迪、大江、柯慈們的「小說羅摩衍那」、豐饒之海、唐吉訶德那無比自由的故事冒險大曠野，這樣一個現代小說飛行計畫可能擁有最末來設計圖、最大運算資料庫、最強噴射引擎的變形金剛，卻站在一個「預先宣判缺席」的空曠太空。一個魯賓遜，一座「先要把亡佚的父親重新生回來」的孤島。

2. 當馬戲團從天而降

以〈當馬戲團從天而降〉這首卸除了「以波赫士式之短篇否證了長篇」最形式激進的，像「剜肉還父、刮骨還母」的對西方長篇小說那「大冒險」（倫理、認識論、存在主義、國族創病史、追憶似水年華……）的漫漫書寫長途，不斷剝除，一種所謂「短篇」的物理學或方程式世界再現（卡爾維諾說「宇宙的模型、無限性、不可複製性、時光之永恆……」），或是敘事（而非「濃縮」與「隱喻」）的量子化微測模型——連這「最後的」字與篇幅形成的文類邊牆都翻跳躍境——變成了詩，這樣的一個「馬戲團」（讓我們想起布魯諾．舒茲那孩童哀傷懵懂之眼所見，一個所有華麗夢幻「世界」拔營而去之前的，那傻氣歡樂的詛咒。或讓我們想起馬奎斯《百年孤寂》裡所有不同年代濾紙色層分析深淺暈圈的外來者：吉普賽人帶來的新奇事物、高地姻親帶來的上一代西班牙殖民貴族的宗教、歐洲、拉丁文、銀器……之教養作態或神祕感，美國人帶來的鐵路，色情電影、香蕉園及整批跨國移工……；或卡夫卡那自由變貌的動物、城市機構將之孩童嬉鬧化的「惘惘的威脅」；或葛拉軾《鐵皮鼓》那個人時鐘停止在侏儒（因此是男孩）的文明崩壞走馬燈大場景的流浪漢傳奇……）；這樣一個「從天而降」（讓我們想起杜斯妥也夫斯基的《附魔者》；易卜生的《野鴨》；葛林的《沉默的美國人》；奈波爾與魯西迪……）……作為被啟蒙、被贈與魔術奇景、同時被姦淫、掠奪，最終被遺棄的「可憐的小子宮」，被百年如浪潮的幻影侵入者一次又一次終只是魔術、激情後的虛無、竭澤而漁的被歷史遺忘……的《南洋人民共和國備忘錄》，它不陷入那筆記小說、稗史、異志、卡爾維諾《看不見的城市》（如董啟章在《V城繁華錄》所蓋的鏡像倒影之城）的陷阱；而是像乳酪狀蟲洞一個奇異維度可自由穿進穿出的「膜宇宙」；一個魅影重重走廊通道如迷宮不知在哪處鏽壞崩裂之下水道管便打開一個暴脹、繁簇妖異的（偽）歷史或記憶祕道：一個千瘡百孔、結滿傷痂膿血的「子宮城寨」：

「我可憐的卵巢」伊抑鬱的說，
「已然凋萎如老嫗」
是的　那隻可憐的小蝌蚪
如被擱淺在乾涸的河床上的老魚
張大了口喘著喘著
在牠三百六十度疲憊的視野裡

都是沙漠。

之後便是獅子座流星雨般的，從天而降的華麗、瘋狂、幻暴的各種駱駝、河馬、神的大篷精液（好大一團烏雲）、穿著紅色肚兜的三隻小猴子、蛇、人頭蛇、互人、魚婦、三面人、刑天、獨角獸、那父、耳鼠、雨師妾……紛紛從天而降。三個小丑、兩個魔師……墜落感同時如轟炸意象，視維的自由碎裂、墜落物本身的神聖圖騰舊昔感（像班雅明那哀傷回望但陳列於拱廊街的靈光、靈魂之手工藝造之物）因所出之時代印象的錯幻；且從天而降的魔術師們，出場詩（介白）像發條玩偶般古怪、像布雷希特「史詩劇場」那刻意的突梯歌隊、嘉年華如歌的行板、小步舞曲的豆子蹦灑節人文中的笑謔、爭吵、喧嘩、「惡童的胡搞」。

「革命需要重整」
指導一個偉大
革命運動的如果
沒有革命沒有
歷史沒有實際運動的
深刻要取得

是不可能的。

註釋附錄的被倒裝、頭尾亂接的《毛語錄》原文：「指導一個偉大的革命運動的政黨，如果沒有革命理論，沒有歷史知識，沒有對於實際運動的深刻的了解，要取得勝利是不可能的。」

這像是《刻背》裡那些臉色陰鬱屈辱、背脊被異想天開的「偉大創作計畫」，刺青了零碎斷句的南洋華工，在我們眼前不存在的歷史廣場，混亂悲慘的亂跑，排列組合，如詩中那個俄國形式主義文論家「什克洛夫斯基」所說：

小弟的專長是
復活，詞的復活
讓石頭
更像石頭
讓花更花
大象更 gajah
tiger 更 haniman

這首詩讓我們看到黃錦樹可以展開的敘事曠野有多麼自由、任意招喚結界以撬開這個歷史糾結、多少塌縮、離散之族裔、身世之謎、被羞辱損壞棄之於「南方」的死靈魂們、承受且守諾攜於流浪之途且「祕密教喻」原封口傳子孫的「華教」，古詩詞古戲曲宗教祭祀（那永恆無法啟航的〈開往中國的慢船〉，鄭和的寶船幽靈船隊和荒塚遺跡，悲傷的失語的峇峇）。

這首詩〈當馬戲團從天而降〉，像是卡爾維諾在《給下一輪太平盛世的啟示錄》，〈輕〉這一章的提示，成為一種馬華小說的歷史意識那千頭萬緒糾葛辯詰（一不謹慎便被某一種「詞」的魔術師式換手裝箱便吞沒至「詞的死蔭之谷」：黑暗之心，作為太年輕的共和國或太年輕的民國各自不同中西衝突乃至其實已淘洗（或大江說的：被換成「冰雕的嬰孩」），或是和那移遷落地之鏡藤根盤錯或許並不那麼秀異的老一輩作品的紊雜心靈史礦層——它好像以「馬共」為賦格主題的各篇章（那背棄的、負著罪衍的、時光永遠停在樹林戰爭中或屠殺噩夢的、說謊吹牛的、揭開性狂歡野性生殖奇觀的、湮沒的重大人物被重翻開的瘋狂史）的「再一次」輕快演奏，一個提示，一個盤桓飛行其上的安魂曲。

但這首〈當馬戲團從天而降〉，同時是書中（這本《南洋人民共和國》）上一篇小說〈尋找亡兄〉將近尾聲時，那歷史劫餘倖存老頭的一段話中，懸而未說完的「潘朵拉之盒」：

「你知道嗎？五〇年代末，它的成員如果不是被捕投降，就是被殺或餓死。北方來的兩個魔術師改變了它的命運。一個來自莫斯科，一個來自北京。這棵樹本身就是戰爭的紀念碑。這裡是最後一場戰役的舊戰場。現在倖存的那些人，都不知道自己其實是幻影哪。」

「在最後的戰役裡，我們幾乎就要全部戰死叢林了。那時發生了一件事，馬戲團——」

奇怪的是，這話題就斷在這裡。憑空截斷了。

這篇小說的開頭，卻說要去「尋找的這個亡兄」，竟和他二十年前那篇已成為九〇年代短篇經典〈魚骸〉中的虛構哥哥，近乎一模一樣的身世背景，同樣的被軍警圍剿，但並沒有死在沼澤裡，而是被拘捕入獄，之後「自我流放」，沒被馬共史寫進的幽魂人物，「那不是我的亡兄嗎？」

故事如陳映真的〈山路〉，郭松棻的〈月印〉，一個被背叛的，發著純潔微笑的昔時，像是夜行列車穿過一座一座幽微隱蔽的隧道，像旋轉的藻井，不斷進入那個叢林深處，暗夜行路，讓人想到奈波爾《大河灣》、《在自由的國度》這樣的「尋找之旅」。

3. 無岸之河的多重渡引

李渝在小說〈無岸之河〉的開頭，藉《紅樓夢》第三十六回寶玉窺見齡官與賈薔為一籠中鳥展演之戀人絮語，以看似無理之刁難、嗔怒傷害對方，其實以隱形之絲繩絕望又熾熱地在大觀園中禁制封閉、權力地位皆不對等的愛情關係中找尋一情愛交涉之「純潔」可能；或是沈從文在〈三個男人和一個女人〉中，以「說故事」之遞轉、懸疑、豔異傳說，層層切入一「不可能」的，在荒涼亂世中存在的深切愛情。李渝提及一「多重渡引」之概念：

> 小說家佈置多重機關，設下幾道渡口，拉長視的距離，讀者的我們要由他帶領進入人物，再由人物經過構圖框格般的門或窗，看進如同進行在鏡頭內或舞台上的活動，這長距離的，有意的『觀看』過去，普通的變得不普通，寫實的變得不寫實，遙遠又奇異的氣氛出現了。

非常奇異的，黃錦樹可能是我這代小說家群最早即具備這種〈故事的多重渡引〉——一種小說家將要全面啟動、一個無比繁複、封印在幽微祕境的「傳說」管弦樂團開始大演奏前某一支琴似是不以為意的調音試奏，一種〈本格小說〉的懸念氣氛故事起手式「佈置多重機關」天分、魅力，或技藝自覺（說故事？）的第一人。其實，進入那個「秘境」「被遺忘的處所」「塌縮而無法從我們這個順時物理學宇宙跳躍進入的一個宇宙」，這個「緣起」之交代，穿過換日線之前，一切都好好的。

一切都如我們閱讀的「那些小說」可信的細節。

像波赫士〈不為人知的奇蹟〉，那些行刑隊在冬日早晨，押著那劇作家在冬日刑場前，那一切「穩定的寫實」：光影、空氣、人物們的各懷心事的表情。一種故事展開，對讀者的催眠。像那些本格小說、浪漫傳奇，登上將出航的鐵達尼號，碼頭上栩栩如生的「不知之後命運」的各路人等。

阿波羅十三將發射前，所有角色內心的焦慮，惘惘的威脅；將遠行前對妻兒的牽掛。

然後出發。魔術在那時出現：越過那道換日線，艾可的〈波多里諾〉的唬爛中一張羊皮卷翻出的一個「如果堂吉訶德沒瘋」，那個一坨紙團，一房間凶殺案現場（諸多推理線索），一個封印了的神燈巨人，在那魔術時刻將要啟動（咆哮山莊？）前的「我只是來借個電話」。

包括〈大河的水聲〉那奇異聳人的祕道裡的展廊收藏：不存在的手稿、女作家的內衣褲、指甲齒牙毛髮、作家的蛻物，甚至乾屍。將之「古堡小說」化，怪誕的進入一個核爆地窖般的「不存在的馬華文學地下室」；包括〈補遺〉那仿擬當年雷驤與攝影小組拍攝之「作家身影」，偽造了這樣一趟「尋找郁達夫」的南洋之旅，也是透過那偷天換日、暗影幢幢的驚悚小說氛圍，「多重渡引」至一個言之鑿鑿，像波赫士〈歧路花園〉那樣一個由祕密、陰謀、諜影、監禁的老人郁達夫的「偽／遺世界」；以這一年新發表的〈猶見扶餘〉一篇來說，錦樹似乎更把這樣的「故事的多重渡引」發展到更神祕魔幻。

小說的開頭引一九五〇年陳寅恪詩〈讀《霜紅龕集》有感〉：「不生不死最堪傷，猶說扶餘海外王。同入興亡煩惱夢，霜紅一枕已滄桑。」

即進入那「一位女學者採錄泰南和平村關於女馬共生命史」的遭遇。她採錄的對象是一個叫「阿蘭」的老女人，她曾加入馬共，但「從一次幾乎喪命的危險遭遇中倖存後，她就變得很不一樣，愛說一些荒誕不經的靈異經驗。中央認為她違反了馬克思唯物主義辯證法的基本教義，因此被迫做了多次的思想檢查」。這樣一個層層累加的「語境協商」，讀者不斷在曾閱讀過的小說記憶庫調焦那被文字的景觀佈置（「村裡的紅毛丹榴槤、波羅蜜、尖必辣等都結實累累，但都還沒到成熟的時候，綠的張揚。村子中央那棵高大的樹，葉子倒不合時宜的紅了，她的葉子有點像山竹，闊葉卵形，葉厚而正面帶油光，葉背有絨毛。」）：李維史陀《憂鬱的熱帶》那樣的人類學筆記，採錄的對象，女馬共。一個湮滅的組織、一個失去生命現實感的時光廢棄物，在南方之南，叢林的邊緣。她作為一個「黑盒子」被解密著那些歷史暗處的稀微磷光：慘烈的被殲滅包圍的叢林遭遇戰、組織裡的鬥爭、批判、思想檢查（這時我們或會調度共和國小說諸如閻連科作品的印象）。那被世界遺棄的「比死更悲慘的遭遇」，中伏、樹林中敵人槍火的掃射、敵軍用馬來話喊要強暴她。那人失去人類文明依傍的野蠻之境，黑暗之心（這時我們很難不啟動召喚李永平與張貴興）……

這時，小說中奇怪的引渡出現了，小說家撬開了一個波赫士式的魔術小盒。那瞬間暴脹張開的世界，乍看像唐傳奇〈南柯太守傳〉中，那蟻穴之國裡「彩檻雕楹、朱軒棨戶，冠翠鳳冠、衣金霞帔」的朝廷奇遇，以及恍惚轉眼榮華權貴一生如夢；但其實揉混了更多遊俠傳奇的現代小說運動感、怪誕感、瘋狂的特寫——這又讓我們想起魯迅的〈故事新編〉——同時閱讀瞳焦錯駁跳閃著斯威夫特的《格列佛遊記》、愛倫坡〈陰鬱的禁閉〉；或錦樹自己獨特風格印記的「怪誕的生殖劇與性狂歡」；或他的「地下室屍體標本展廊」。甚至，沒錯，卡夫卡，那故障童偶般對唯一在人類狀態者之恐懼、驚嚇、迷惑、羞愧，完全無感無同情理解的僕人們或官吏們……

這樣的一個短篇所吞吐的小說維度——時間上的暗影偷渡，調亂鐘錶齒輪的變形之跡，從南方，到馬共，到唐傳奇（或陶淵明〈桃花源記〉）那烏有之邦的開啟、闖入，一個豁然張展的另一幅文明史（或如他另一篇小說〈馬來亞人民共和國備忘錄〉。一個量力宇宙概念的，「在我們感知的這個宇宙沒發生的，但在其他無數個薛丁格方程式宇宙必然是這般發生的歷史」），一個狂想的、所有物理學法則全被更改的離散，或柯慈所說「極限的光焰在暗滅之前，最後的幻視殘餘所照見的一閃，讓我們瞥見那部可見的事物」——我想那個層層累聚之陰影，一塊一塊揭開如洪太尉放走百十道金光妖魔之石碑。那從魯迅的〈在酒樓上〉、從張愛玲的《雷峰塔》、從錢鍾書的鸚鵡、郁達夫的手稿、辜鴻銘的國學夷學造詣，一個黑暗迷霧電光閃閃痛苦不已的，大爆炸意象碎肢骸掉出國境之南的，「再一次的死亡」。他不只是張愛玲將自己後半生全擱淺、塌毀的李鴻章張佩綸的家族舊照片；他扛著那個「馬戲團從天而降」，「正歡快騎著女神的戰神／一時走神／不及攔下子彈／只好抽搐出／好大一團烏雲蔽天／雷亂鳴／隨手撈起一條河潑下」，那因為無足夠篇幅，所以未展開如奈波爾那樣公路電影漫漫長徙的「抵達之謎」，這個男孩，憤怒、驚恐、悲不能抑，翻拾遍野屍骸瓦礫（這篇小說的女主角阿蘭，老去的瘋婦，唯一能證明那所遭遇為真，竟是她會寫一手曹操〈求賢令〉真跡的字），一方面又如匈牙利女作家雅歌塔・克利斯多夫《惡童日記》的結尾，始終以雙胞胎「我們」這內爆敘事聲音，扞格於自我內在崩裂同時攫抓的文化之「魂飛魄散」，終於在結尾，其中一人留在那成為廢墟的故國，另一人，踩著父親被地雷炸死的屍體，越過邊境線，歡快地奔向那未可知的，可能將變成怪物，但故事全部可以顛倒錯換從頭說起的南方——是的，就空間上而言，我想將來的文學史家會重新丈量錦樹這批小說，觔斗雲翻滾又翻滾，將華文小說帶到多麼遠之地。那或可以波赫士的一篇小說〈南方〉來比擬，一部出錯的百科全書，莫名奇妙被關進一所精神病院，似乎在一高燒夢境被放出，搭上一列開往南方的火車，中途在一罕無人跡荒棄小站下車，從此展開一趟尋找南方、但漸淹沒進其歧岔迷宮、古代神廟城廓的流浪。

國家圖書館出版品預行編目資料

猶見扶餘／黃錦樹著. -- 初版. -- 臺北市；麥田出版：家庭傳媒城邦分公司發行, 2014.07
面； 公分. --（麥田文學；277）

ISBN 978-986-344-124-3（平裝）

857.63　　103011566

麥田文學 277

猶見扶餘

作　　者　黃錦樹
責任編輯　林秀梅　莊文松
校　　對　吳惠貞

副總編輯　林秀梅
編輯總監　劉麗真
總 經 理　陳逸瑛
發 行 人　涂玉雲

出　　版　麥田出版
城邦文化事業股份有限公司
104台北市中山區民生東路二段141號5樓
電話：（886）2-2500-7696 傳真：（886）2-2500-1966、2500-1967
麥田部落格：http://blog.pixnet.net/ryefield
發　　行　英屬蓋曼群島商家庭傳媒股份有限公司城邦分公司
104臺北市中山區民生東路二段141號11樓
書虫客服服務專線：(886)2-2500-7718；2500-7719
24小時傳真服務：(886)2-2500-1990；2500-1991
服務時間：週一至週五09:30-12:00；13:30-17:00
郵撥帳號：19863813　戶名：書虫股份有限公司
讀者服務信箱E-mail：service@readingclub.com.tw
歡迎光臨城邦讀書花園　網址：www.cite.com.tw

香港發行所　城邦（香港）出版集團有限公司
香港灣仔駱克道193號東超商業中心1樓
電話：(852)2508-6231　傳真：(852)2578-9337
E-mail：hkcite@biznetvigator.com

馬新發行所　城邦（馬新）出版集團【Cite(M)Sdn. Bhd】
41, Jalan Radin Anum, Bandar Baru Sri Petaling,
57000 Kuala Lumpur, Malaysia.
電話：(603) 9057-8822　傳真：(603) 9057-6622
E-mail:cite@cite.com.my

設　　計　蔡南昇
封面題字　陶玉璞
排　　版　宸遠彩藝有限公司
印　　刷　前進彩藝有限公司

2014年7月1日　初版一刷

售價：NT$320

ISBN 978-986-344-124-3
城邦讀書花園
www.cite.com.tw